U0506285

康梁演義

[清] 佚名／著

宋雪／编校

上海古籍出版社

国家社科基金青年项目

"文学视域下的戊戌维新文献整理与研究"

（20CZW037）

山东省"泰山学者"青年项目

《康梁演义》导读

引　言

借助报刊舆论的鼓吹和政治愿景的书写，以康梁为代表的维新派建构起维新视角下"新中国"的宏伟蓝图；与此同时，维新也在被时人冒用、误用、滥用，乃至于被揶揄、被批判和被解构，组成多相共呈的复杂光谱。在清季众声喧哗的舆论氛围中，维新作为一种政治行动和文化喻象，在社会生活中留下了形形色色的印记和故事，亦投射出极具戏剧性的文化图景。

"戊戌变法在把康、梁等维新派志士推上政治舞台的同时，也把'新小说'推上文学舞台。"[①]维新派为改良群治、呼唤新民而着意强调小说的宣传力量，这一点很快就突破了具体立场的限定，成为清季士人记录社会现象、表达政见主张、抒发内心感慨的有效途径。作为"彼时最重要的公众想象领域"，晚清小说在其创作和阅

---

① 陈平原：《前言》，陈平原、夏晓虹编：《二十世纪中国小说理论资料》(第一卷)，北京：北京大学出版社，1989年，第1页。

读的过程中,也为家国未来"揭示了更复杂的可能"①。与王先谦、叶德辉的政论相比,描写新党不端、指摘维新流弊、讥讽新政不通的小说,在嬉笑怒骂间,无疑收获了更多的读者。小说家笔下道貌岸然的人物,装腔作势的行动,欲速不达的闹剧,组合出活色生香的社会场景,在啼笑皆非的荒唐故事之外,也多有政治寄寓。这些小说以丰富立体的言说方式,描绘出维新的种种悖反之处。从维新的反面入手,以"小说鉴史"②,通过文学对历史的多维解读,亦可体察维新时代政治、文化、思想各方面的冲突和选择,以及清季维新潮流中的吊诡与迷思。

百余年来,"戊戌政变已大书深刻于旧朝晚季之史乘"③,相关史事也在传奇说部中被不断演绎和述说。变法失败后,梁启超曾欲创作变法题材的小说,只是"茌苒不成失灵药";邱炜蒌亦曾"欲为政变说部",虽康有为作诗"乞放霞光照大千,十日为期速画诺"④促之,然此计划终归落空。反而是两部充满敌意的小说《康梁演义》(1899)和《大马扁》(1909)⑤在晚清大量刊行,分别以守旧者与革命派的视角记述维新史事,并对康梁发起攻击,这也许是倡言"小说为国民之魂"的维新士人所始料未及的。

---

① 〔美〕王德威著,宋伟杰译:《被压抑的现代性——晚清小说新论》,北京:北京大学出版社,2005年,第2页。

② 按:这里借用法国历史学家莫娜·奥祖夫(Mona Ozouf)著作中译本(《小说鉴史:旧制度与大革命的百年战争》)标题,其法文名"Les Aveux du Roman"意为"小说的供述",强调小说对研究历史的功用。

③ 陈寅恪:《读吴其昌撰梁启超传书后》,夏晓虹编:《追忆梁启超》(增订本),北京:生活·读书·新知三联书店,2009年,第151页。

④ 康有为:《闻菽园居士欲为政变说部,诗以速之》,《康有为诗文选》,北京:人民文学出版社,1958年,第232页。

⑤ 小配:《大马扁》,东京:三光堂,1909年。

与黄小配的《大马扁》相比，《康梁演义》对时事的回应更快，主要人物都有真实依据，不少情节有所依傍，且收入大量奏议、条陈、谕旨，体现了作者对戊戌史事的熟悉，"当系有计画的作品，不可以坊间投机性的小书视之"①。不过，这部小说虽收入多种书目和介绍性资料，但相关专题研究甚少，除20世纪40年代的两篇短文②有所讨论外，对该书进行专门考察的仅有叶毅均与陆胤两篇论文③。叶文根据"中研院"傅斯年图书馆藏本，从"启蒙"与"反启蒙"角度进行文本分析；陆文以北京大学两部藏本入手，考察小说版本材源，并着重讨论杨深秀和林旭的狱中诗。两文先后指出了这部时事小说的时代意义，但在不少关键问题上仍留有较大的研究空间。结合《康梁演义》存世的不同版本，考察其文本内容和思想意涵，可以从其反维新书写中，探讨历史叙事的多元面向。

一、从捉拿"康梁二逆"到"康圣人的故事"

中国古代小说具有别名者并不罕见，别名较多的小说，往往涉

---

① 叶恭绰：《绣像捉拿康梁二逆演义书后》，《矩园余墨》，沈阳：辽宁教育出版社，1997年，第177页。

② 杨世骥：《康圣人显圣记》，《文苑谈往》（第一集），上海：中华书局，1945年，第111—113页；陈家雄：《〈康梁演义〉的作者》，《巨型》第3期（1947年9月），第108—109页。

③ 叶毅均：《从启蒙到反启蒙：试论晚清小说〈大马扁〉与〈康梁演义〉对康有为形象的建构》，胡春惠、周惠民主编：《两岸三地历史学研究生论文发表会论文集》，台北：政治大学历史学系、香港：珠海大学亚洲研究中心，2001年，第1—32页；陆胤：《〈捉拿康梁二逆演义〉考——时事小说与戊戌政变史再解读》，《首都师范大学学报（社会科学版）》2021年第3期。按，本文在修订过程中曾参阅陆文未刊稿，感谢北京大学中文系长聘副教授陆胤惠赐文稿。

及风月或政事，或是坊间将畅销书改头换面以此牟利的结果。由不同的题名，可见作者创作设想、社会舆论风向、读者市场接受之间的复杂关系，亦可观察小说的影响力。

（一）《康梁演义》的六个题名与十一个版本

据笔者调查，章回体小说《康梁演义》先后有六个题名，分别为《捉拿康梁二逆演义》《康圣人显圣记》《康梁乱国始末演义》《康梁演义》《维新小说康有为》《康圣人演义》。各本均为四十回，内容基本一致①。题名的变化，透露出政局变动对社会舆论的影响。

戊戌政变次年，一部题为《绣像捉拿康梁二逆演义》的小说在坊间印行。小说共40回，不题撰者和出版者。笔者所见北京大学藏本为巾箱本，一函四册，有绣像6幅②，副题《康梁演义》，卷首有"古润埜道人"序：

　　自古金壬邪佞，挟阴险诡谲之计，以济其贪婪诬罔之私，辩言乱政，蠹国害民，上与下交受其祸。至今读史及之，犹令人眦裂发指，废书三叹焉。而当其时，里党相揄扬，侪友争推荐，君若相亦深信不疑，鲜有能发其奸者，何也？采虚声而不察实行故耳。世有君子而不敢自信为君子之人，断无小人而自居于小人之人。且微特不肯自己小人己也，阳与君子附，阴与君子仇，甚至援君子于小人，而以小人冒君子，植党羽，结奥

① 陆胤《〈捉拿康梁二逆演义〉考》比照北大藏本《绣像捉拿康梁二逆演义》和《绣像康梁演义》，发现两者之间仅有个别字词的修订。本书所对校的哈佛本《绣像康梁乱国始末演义》与傅图本《绣像康梁演义》文字差异也很少。
② 每幅2人，图1为如来佛和至圣先师，图2为元始天尊和外国教主，图3为康有为和梁启超，图4为康广仁和杨深秀，图5为杨锐和刘光第，图6为林旭和谭嗣同。

援,互相标榜,为之游扬延名誉,致令正人志士误入牢笼中而不悟。迨变乱成章,排击善类,天下骚然不靖,然后知其前之误也,不已晚乎! 孔子曰:"君子不以言举人,不以人废言。"即此之谓欤? 是为序。

时在光绪己亥嘉平月,古润埜道人撰并书。

光绪己亥为1899年,嘉平月即农历十二月。这说明戊戌政变后一年,即有小说形式的维新史问世。"古润"乃镇江别称,然"埜道人"为谁,至今仍是一个谜。据杨世骥《文苑谈往》,此年还有北京文盛堂刊刻的《康圣人显圣记》行世,署为伏魔使者撰,却邪居士评①。笔者尚未觅得该版本,据杨文所引六君子就义之段落,此书内容与《捉拿康梁二逆演义》当为一致。《康圣人显圣记》似未有翻印,《捉拿康梁二逆演义》另有光绪戊申(1908)上海书局石印本与宣统元年(1909)同文书局翻刻本②。

既然康梁远遁海外,捉拿无着,小说很快改题为《绣像康梁乱国始末演义》。笔者所见为哈佛大学燕京图书馆藏本,石印本,一函四册,系韩南教授藏书。扉页有"光绪辛丑春颠翁题"字样,无序跋,不题撰者与出版者,回目和内容与《绣像捉拿康梁二逆演义》一致,有绣像4幅。对照可见,该书系将《捉拿康梁二逆演义》的绣像重新组合,从每幅2人合并为每幅3人,绘画手法更为细腻,但人物形象基本未作改动③。由此可知《绣像捉拿康梁二逆演义》

① 杨世骥:《文苑谈往》(第一集),第111页。
② [日]樽本照雄编:《清末民初小说目录》(第16版),清末小说研究会,2025年,第8943—8944页。
③ 每幅3人,图1为元始天尊、至圣先师、如来佛,图2为外国教主、康有为、梁启超,图3为林旭、杨深秀、康广仁,图4为杨锐、刘光第、谭嗣同。

系《绣像康梁乱国始末演义》的祖本,这与两书卷首序言题跋所标时序也是一致的。

图1　北大本《捉拿康梁二逆演义》与哈佛本《康梁乱国始末演义》绣像[①]

"捉拿康梁二逆""康梁乱国始末"都带有强烈的政治意味,在清廷通缉康梁的时期,无疑博人眼球。随着局势变化,意涵较为中性的"康梁演义"成为更通行的标题。笔者所见有四个版本,北京大学图书馆藏《绣像康梁演义》为潘景郑旧藏,石印巾箱本,一函四册,扉页题"子明氏署",未署出版者,有绣像4幅,绣像与哈佛《绣像康梁乱国始末演义》藏本一致,但刻画较为粗糙;复旦大学图书馆藏《绣像康梁演义》为赵景深旧藏,石印本,一函一册,未署

---

① 为说明各版本绣像插图情况,选取各本中康有为、梁启超图像进行对照。

作者与出版者,有绣像2幅①;国家图书馆藏《绘图康梁演义》(副题《绣像康梁演义》),无题署,亦未署出版者,有绣像4幅(与北大本绣像不同)②;台北"中研院"傅斯年图书馆藏巾箱本《绣像康梁演义》8册,扉页题"光绪戊申年镌""子明氏署",前四册题"抄刻康梁新书",后四册题"续刻康祖诒梁启超新书",有绣像4幅(与北大本绣像一致),内容与前述三种相同③。虽说换了题名,《康梁演义》的内容却与前述《捉拿康梁二逆演义》《康梁乱国始末演义》基本无异,只是删去了卷首的序文和题签。由傅图本所标"光绪戊申年",《康梁演义》的印行当不晚于1908年。据《申报》广告,直到1920年,上海中华图书馆仍在发售《绘图康梁演义》④,可见此书翻刻之多。

1909年,上海同文书局将此书改题为《维新小说康有为》重新发行,扉页署有"宣统元年闰二月""茂苑朱斗南题",有绣像6幅⑤,标为每部价洋五角,除上海总发行外,同时由汉口、长沙各大书庄分发。该书现存复旦大学藏本,卷首题为《绣像捉拿康梁二逆演义》,虽然版权页特地标明"不许复制",但根据内容,此书只

---

① 每幅3人,图1为至圣先师、元始天尊、如来佛,图2为教主、康有为、梁启超。人物形象与前书不同。
② 每幅3人,图1为元始天尊、至圣先师、如来佛,图2为外国教主、康有为、梁启超,图3为谭嗣同、杨深秀、刘光第,图4为林旭、康广仁、杨锐。人物形象与前书不同。
③ 感谢台湾大学中文系邱怡瑄博士2016年10月代为初步查阅。笔者在哈佛大学访问期间,2018年1月,哈佛燕京图书馆马小鹤先生联系傅斯年图书馆进行了全文复制和文献传递,使笔者有机会寓目全书,谨致谢忱。2019年8月,笔者在傅斯年图书馆查阅原书,并进行了部分彩色复制。
④ 《亦高尚亦风雅之消夏品》,《申报》1920年7月10日,第17版。
⑤ 每幅2人,图1为至圣先师、如来佛,图2为外国教主、元始天尊,图3为康有为、梁启超,图4为康广仁、杨深秀,图5为谭嗣同、林旭,图6为刘光第、杨锐。

图2　北大本、复旦本、国图本、傅图本《康梁演义》绣像

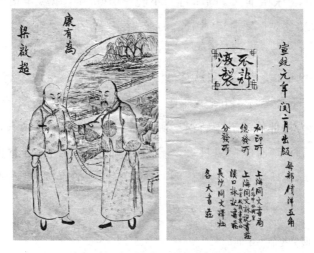

图3　《维新小说康有为》绣像与版权页

是将前书改头换面的翻刻小说，而非时新作品。

　　迨民国年间，虽清廷已覆，"二逆"归国，然此书热度不减，先后有上海广益书局和大达图书供应社的铅印标点本《康圣人演义》行世。笔者所见广益书局版为美国威斯康星大学图书馆藏本，标为胡协寅校勘，未署出版年，有插图8幅；大达图书供应社版为耶

图4　广益书局《康圣人演义》插图

鲁大学图书馆藏本,注为"近代名人历史说部",朱太忙标点,1936年出版,无插图,仅封面有一帧简笔画。

综上,可总结这部小说的版本情况:

表1　《康梁演义》版本概览

题名	题署	年份	出版者	形式	馆藏地
绣像捉拿康梁二逆演义	古润埜道人序	1899	/	石印本	北京大学图书馆
康圣人显圣记	伏魔使者撰,却邪居士评	1899	北京文盛堂	石印本	不详①
绣像康梁乱国始末演义	颠翁题	1901	/	石印本	哈佛大学燕京图书馆
绣像康梁演义	子明氏署	/	/	石印本	北京大学图书馆
绣像康梁演义	/	/	/	石印本	复旦大学图书馆

① 杨世骥:《文苑谈往》(第一集),第111页。

续　表

题名	题署	年份	出版者	形式	馆藏地
绣像康梁演义	/	/	/	石印本	国家图书馆①
绣像康梁演义	子明氏署	1908	/	石印本	"中研院"傅斯年图书馆
绘图捉拿康梁二逆演义	古洎埶道人著	1908	上海书局	石印本	天津图书馆②
维新小说康有为	茂苑朱斗南题	1909	同文书局	石印本	复旦大学图书馆
康圣人演义	胡协寅校勘	/	广益书局	铅印本	威斯康星大学图书馆
康圣人演义	朱太忙标点	1936	大达图书供应社	铅印本	耶鲁大学图书馆

从1899年到1936年，清季到民国的三十余年间，这部小说前后共六个题名，石印线装被铅印形式取代，绣像亦改为插图，内容却几乎没有更动。在戊戌政变近四十年后，一部反维新的小说仍有市场，一方面反映了其作为通俗读物的成功，同时说明了历史的复杂性——倡言维新的康梁，在近四十年后，仍以"乱臣贼子"的形象面对读者。文学对历史的多维解读，建构起虚实掺杂的维新记忆，也留下了纷繁错综的故事言说。

---

① 收入桑兵主编：《辛亥革命稀见文献汇编》第43册，北京：国家图书馆出版社、香港：香港中和出版有限公司、台北：万卷楼图书公司，2011年，第1—146页。
② 周绍良：《天津市人民图书馆藏明清小说草目》，《绍良书话》，北京：中华书局，2009年，第404页。按：此本在天津图书馆未查到，周氏所记题署疑有误字。

由于《绣像捉拿康梁二逆演义》有副题《康梁演义》，《绣像康梁演义》也有多种版本，本文以《康梁演义》统称这部小说。

（二）"未完成"的维新史

《康梁演义》所叙故事为二十八宿中的心月狐与虚日鼠私自下凡，分别托生为康直和梁启超，在人间的几十年经历。小说设定康梁二人同龄，一起进学，然康直不遵庠序之道，调戏妇女，包揽词讼，讹诈僧道，被革去生员，气死父亲。后改名康有为，纳监赴考，乡试中举，次年进京会试，名落孙山，直到癸巳恩科取在三等，赐同进士出身。康有为借故告假，便道上海张罗钱款，结交西人。回粤后与梁启超借尸图诈，逼死人命。只得私遁外洋，四年后方敢回乡，以外洋经历游说当道，得张荫桓、宋伯鲁、杨深秀保荐，获光绪帝召见。此后，康氏拟奏折本，结交当道，倡言西法，力主维新，开保国会，奏请变法。将谭嗣同、刘光第、杨锐、林旭认作门生，请设时务报馆和译书局，保奏梁启超督办，自此康梁声价日高，依附者日众。康有为又借机开去御史文悌之职，奏请开农学，裁冗员，改寺院为学堂。此举惹恼了僧道始祖如来佛和元始天尊，二者齐谒至圣先师，而孔子以康有为罪未贯盈相答。康有为又奏请改换西服，请圣驾巡狩，离间两宫，假传圣旨。太后大怒，令密拿康有为。康广仁、徐致靖、杨深秀、谭嗣同、刘光第、杨锐、林旭、张荫桓等先后被捕，会审之后，将六人正法。康有为虽得脱逃，却惹恼了儒、释、道三教神圣，三教聚议捉拿之法，派使者前往西国擒拿。小说以"毕竟后事如何，且看续集书中分解"收束，然此续集，终未成书。因此，小说虽囊括从康有为出生到政变出亡的四十年历史，从艺术结构上看，还是一个"未完成"的故事。

《康梁演义》叙事荒诞不经，杜撰情节，但所叙维新之事，确有历史依据,人物姓氏籍贯亦有真实参照。作为一部时事小说,它在艺术上并不成功,反维新的政治立场也为人诟病①。然而,作为重大历史事件,戊戌维新的纷繁复杂不易为一般民众所知,虽梁启超出亡后作《戊戌政变记》进行总结,但此"逃犯"之作,国内一般读者并不易得。而政变次年即问世的《康梁演义》,对读者来说,既是故事,也是新闻——至少,书中内容"让读者明了百日变法的来龙去脉"②。《康梁演义》虽与《戊戌政变记》立场相反,但也同样建立起以康有为为首脑和主线的戊戌叙事框架。正因其较早梳理了维新史事(虽多有歪曲之处),这部小说很早就引起了史学家的注意。翦伯赞《戊戌变法书目题解》将其收录③;顾颉刚1930年作《〈绣像捉拿康梁二逆演义〉目录及题记》,誊录小说回目,记录阅读心得④;叶恭绰更是直言"看此类书籍作为历史研究资料,顾颇有价值也"⑤。与政论史传相比,小说在表达政见上具有更大的灵活性。同是反维新之作,苏舆《翼教丛编》"首驳伪学,次揭邪谋"⑥,批判康梁学术之乖张、议论之纰缪,维护儒教纲常和圣学传统,影响士论颇深;而在下层社会,《康梁演义》借用小说体式和通俗语言,以政治闹剧作舆论宣传,在文本内外,都有独特的意义。

---

① 欧阳健:《古代小说与历史》,沈阳:辽宁教育出版社,1992年,第153页。
② 陈大康:《"小说界革命"的预前准备》,《华东师范大学学报(哲学社会科学版)》2007年第6期,第76页。
③ 翦伯赞:《翦伯赞全集》第五卷,石家庄:河北教育出版社,2008年,第254页。
④ 顾颉刚:《顾颉刚全集·宝树园文存》卷五,北京:中华书局,2011年,第268—271页。
⑤ 叶恭绰:《〈绣像捉拿康梁二逆演义〉书后》,《矩园余墨》,第177页。
⑥ 黄协埙:《石印〈翼教丛编〉序》,《申报》1898年12月12日,第1版。

二、从神话到历史：虚实之间的维新记忆

《康梁演义》开篇叙说兜罗天虚无洞中的心月狐与虚日鼠二宿，"羡慕红尘景象，欲要临凡一走，享一番尘世之福"（第一回），故瞒了洞主，私自下凡，托生广东康梁两家，终以"儒、释、道三教议设十面埋伏阵，捉拿康有为"（第四十回）作结，叙事从仙界到人间，最后又回到天上。虽艺术结构模仿《红楼梦》的神话缘起与终归大荒，但中间所叙却是清季数十年实事，所演人物亦是晚清政治舞台上的重要角色。小说中康有为从天界下凡到人世，又两度出走海外，打通了仙界与人间、中土与异域，也铺展出晚清叙事的新概念地图。作者将"当代史事"文学化，对时局人物编排演绎，形构出虚实之间的小说天地。

（一）从仙界到人间

《康梁演义》假托康梁本为二十八宿中的心月狐与虚日鼠，"这两个星宿，本是极奸极恶，狡诈多端"，"妖狐之性最善惑人，鼠耗之精怪能钻洞。凡世间的狐鼠尚且如此，而况是两个星宿，那一种钻谋荧惑的技俩，可想而知"（第一回）。心月狐即心宿，虚日鼠即虚宿，这里的狐鼠二宿并非随意安插，而是作者有意为之。根据古代星相学，心宿象征皇帝及皇子，故李汝珍《镜花缘》写武则天是心月狐下凡，僭越篡位，夺取唐朝江山。《康梁演义》如此设定，暗喻康有为变乱国政，"保中国不保大清"。而将梁启超设为虚日鼠，一方面可能与其生日（同治十二年正月二十六日）即属虚宿有关①，另一

---

① 康有为的生日（咸丰八年二月初五日）本属毕宿，即毕月乌。《史记·天官书》："毕曰罕车，为边兵，主弋猎。"作者将其设定为心月狐而非毕月乌，应为政治目的。

方面,晚清也曾有传闻称梁启超为"耗子精"①。

　　小说自第二回"南海县妖星降世"起,便着力描绘康梁的人间生活,直到第二十五回,康有为奏请改寺院为学堂,惹恼了僧道始祖,欲与孔圣人商议合力除灭。作者大胆地设想孔子师徒与释道二教舌战,让圣人走下神坛,就清季时局发表意见,可谓新奇之笔。面对元始天尊对康有为"废八股,灭圣教"的指摘,孔门却对废弃制艺之举甚为开明。八股本为"代圣人立言",这里圣人穿越到晚清,亲自剖白心迹,指明制艺一道"行之既久,文风渐变,支离怪诞,叛道离经,至于不可收拾"(第二十六回),倒是替维新派做了张本。作者以小说"代圣人立言",也从侧面反映出守旧一方在维新潮流中思想的松动。孔门弟子不计较八股之兴废,反将释道二教指为异端,体现出作者的儒教中心观,同时也为下文议及西教埋下了伏笔。

　　随后,小说叙事转回人间,分述康有为离间两宫、假传圣旨、作乱朝廷、侥幸逃脱等事件,清廷谓其"首倡逆谋,罪恶贯盈"、"大逆不道,人神所共愤,即为覆载所不容"(第三十五回)。僧道始祖再次往谒孔子,称康有为"诬先师于不忠不义",孔子终同意捉拿(第三十七回)。不过,既然议及出洋,当此"用夷变夏"之世,就不得不考虑西教势力。在此顾虑下,孔子发表了一番演说:

　　　　况今之耶稣、天主、基督诸西教,流传中土也久矣,而信此教者亦多矣。所以然者,盖彼教无论诸色人等,皆可入教,不若我教选择太严。而且当入教之初,又先动之以势利,如保护身家,给其养赡;既入彼教,则名之曰教民。遇有教民显犯王

①　李详:《药裹慵谈》,南京:江苏古籍出版社,2000年,第91页。

章，为我官法所不免，我中国地方官不知其已入彼教，必得按律治惩。而彼教一闻是言，谓系该教中之民，无论犯法轻重，必向地方官索回而后已，因此信入彼教者日多一日，盖有所恃而无恐也。……今康逆既为西人保护，虽非在教，现在西国界内，我等暗去捉拿，纵使上自国王，下讫官民，无一知者，而彼教中之教主，未必不知。教主既知，而谓康逆虽为我西国国王都人士所保护，现在中国既有三教来此会拿，我只听之而已，绝不干预此事者，未之有也。彼教主既经干预，则我等必难奏效，不能奏效，势必有所不甘，有所不甘，必至于势不两立。若不筹画尽善，有始无终，甚非大有为之道也。(第三十八回)

作者代孔子所拟之说辞，体现了明清长期存在的中西宗教冲突。晚清教案频起，反洋教斗争此起彼伏，许多教案即因士民反对改庙宇为教堂而引发，时常发生的教会包庇教徒事件，也加剧了教徒和普通民众之间的摩擦①。小说借孔子之口，铺叙清季社会现实，也道出儒学面对西教时的无奈。

虽有诸多顾虑，但既无万全之策，三教还是议决派出使者前往捉拿：

但见子路夫子头戴鸡冠，身穿盛服，腰挂瑕佩，手执长剑，乘坐肥马，那一种倨倨之貌、行行之容，真令人望之可畏。那韦驮尊者头戴金盔，身穿金甲，手执降魔杵，足登兽头靴。正乙玄坛头戴皂盔，身穿皂甲，脚着皂靴，手执钢鞭，坐下黑虎，

---

① ［美］费正清、［美］刘广京编：《剑桥中国晚清史(1800—1911年)》上卷，北京：中国社会科学出版社，1985年，第551页。

放出降龙伏虎的神威。三位尊神皆是雄纠纠,气昂昂,各道了一声请,韦驮尊者在前,正乙玄坛、子路夫子殿后,冉冉凌空而去。(第三十九回)

作者描绘三位尊神身着盛服、腾云驾雾的西行之路,颇具神魔色彩。然此行伍过了苏彝士河,就遇到西教大法师勃老特的拦阻。这位法师"不衫不履,非俗非僧,头扎一块八尺多长元青绸帕,直拖至背后,身穿一件似圆领白布直缀,脚登一双皂皮鞋,满头黄发披在两肩,一双碧绿眼睛,高鼻梁,阔口,左手拿着一本书,右手执一根四尺长短黄藤棒,后跟一样装束两个童男女,彳亍着迎面走来"(第四十回)。这里虽言明西人长相,但描写实在不伦不类。作者尽骋想象之能事,构建出晚清神界的一番天地。不过,这番异想天开的情节,也并非全无现实依据。勃老特向中土而来的三位使者索要照会,三人既无照会,只得无功而返。可见,即使是神祇欲行出国捉拿要犯,也得遵守外交规则。小说最后描写三教兴师问罪,西国起兵抗敌,"在英国大摆迷云阵,儒、释、道三教议破迷云阵,康有为逃往美利坚,儒、释、道三教议设十面埋伏阵,捉拿康有为"(第四十回)。在甲午战后的亡国危机中,作者仍希冀以迷云阵、十面埋伏抗敌,可见"我支那四千余年之大梦"[1]在作者心中尚未唤醒。作者意识到了西教的强大、条约制度的不可抗拒,也承认八股制艺可废,但仍固执地沉醉在天朝梦中。研究者批评此书"为诋毁维新变法,不惜采用陈腐的下凡托生、天怨神怒等故伎"[2],但也正是这些

---

[1] 梁启超:《戊戌政变记》卷一,线装九卷本,横滨:清议报社,1899年,北京大学藏本,第1页a。

[2] 刘叶秋等主编:《中国古典小说大辞典》,石家庄:河北人民出版社,1998年,第861页(欧阳健撰)。

旧小说笔法，透露出传统士子在时代大潮中内心的矛盾与彷徨。

（二）人物、事件、文本："当代史事"的文学化

《康梁演义》的作者站在保守立场上讲述"戊戌纪事"，小说构思奇幻，叙事夸张，但其所述人物事件与所引文本大都有所依据。前人在批评这部小说恶谑之不当的同时，亦指出此书录引章奏参本，关涉政局人物的时代价值①。《康梁演义》四十回中，除不具名的和尚道士、衙役听差及虚构的李继成案人员外，共62个人物，包括神界人物16个②、现实人物46个③。其中现实人物囊括了戊戌前后政坛上的主要角色。相较于严肃的历史书写，作者嬉笑怒骂、语多讥讽，架构出一部维新闹剧。

中国古代小说为了增加叙事真实感，常引述非叙事性的文书材料，以证所言之切，例如《三国演义》第九十一回引诸葛亮泸水祭文与《出师表》，《水浒传》"武松打虎"一节引阳谷县所贴印信榜文。这些文本与小说情节融合，使人物形象更加丰满。不过，这类文体在古代小说中所占比重整体较低④。《康梁演义》援引大量文书材料，多数文段冗长，在整回中占比较大。据笔者统计，小说

---

① 杨世骥：《文苑谈往》（第一集），第112页。
② 心月狐、虚日鼠、虚无洞主、如来佛、元始天尊、孔子、子路、子贡、子有、子夏、韦驮、正乙、勃老特、日行使者、扫帚星君、过往神。
③ 康直（康有为）、康父、梁启超、康广仁、许应骙、张荫桓、宋伯鲁、杨深秀、黄遵宪、徐仁铸、阎迺竹、徐致靖、文悌、光绪帝、慈禧、李端棻、谭嗣同、林旭、奕䜣、荣禄、李鸿章、翁同龢、刘光第、谭继洵、杨锐、孙家鼐、丁韪良、林缵统、阎敬铭、端方、徐建寅、吴懋鼎、怀塔布、堃增、王照、袁世凯、载澜、崇礼、李提摩太、王文韶、聂士成、黄花农、蔡和甫、黄爱棠、谭钟麟、刚毅（另有不具名的县令、军门、缉捕等数人，未计入）。
④ 据统计，《三国演义》中最长的《为袁绍檄豫州》（1690字）占第二十二回字数的31.46%。罗维：《明代章回小说中的告语类文体研究——以〈三国演义〉〈金瓶梅〉〈封神演义〉为例》，湖南师范大学硕士学位论文，2012年，第5页。

第十三—三十五回共引述此类文本32篇,包括奏折条陈17篇、章程1篇、上谕14篇,其中七回引文字数占比多达一半以上,比例最高者竟达77%[①]。大量奏章书牍充斥其间,使小说叙事被频繁打断,读来不免有"似说部非说部,似稗史非稗史,似论著非论著,不知成何种文体"[②]之感。小说采取章回形式,表现守旧立场,而大量引用时文之举,却有着与新小说类似的特点。梁启超发表于1902年的政治小说《新中国未来记》"编中往往多载法律、章程、演说、论文等,连篇累牍,毫无趣味"[③],为了表现"新意境",不惜打破"旧体裁";同样是为了"发表区区政见",《康梁演义》也采取了这种方式。奏章上谕进入通俗说部,使小说具有极强的政治意味,而辩论场景的插入,又使其体现出某些现代意识。

《康梁演义》所引文书,大都有真实的历史材源。兹统计如下:

表2　《康梁演义》所引文书材源[④]

类型	回目	小说中之名目	字数	出　处	备注
奏陈	十三	康有为自拟奏折草稿	1 231	作者自撰	/
	十五	康有为奏陈	748	作者自撰	/

---

① 第十三回52.0%,1 231/2 369字;第十六回63.5%,1 285/2 025字;第十七回70.5%,1 448/2 053字;第十八回63.5%,1 337/2 107字;第二十回53.5%,1 083/2 023字;第二十二回77.0%,2 012/2 614字;第二十三回53.5%,1 302/2 433字。
② 饮冰室主人:《〈新中国未来记〉绪言》,《新小说》第1号(1902年11月14日),第52页。
③ 饮冰室主人:《〈新中国未来记〉绪言》,第52页。
④ 按,小说所引文书原文,参见本书附录二。

类型	回目	小说中之名目	字数	出　　处	备注
奏陈	十五	李端棻上疏	161	李端棻《变法维新条陈当务之急折》①	节引
	十六	康有为条陈	538	作者自撰	/
	十六	许应骙奏稿	747	张之洞《劝学篇·卷上内篇》	改编
	十七	康有为奏稿	693	作者自撰	/
	十七	宋伯鲁、杨深秀奏稿	755	掌山东道监察御史宋伯鲁等折	全引
	十八	许应骙回奏稿	1 337	许应骙《明白回奏并请斥逐工部主事康有为折》	全引
	十九	孙家鼐奏稿	753	孙家鼐《奏译书局编纂各书请候钦定颁发并请严禁悖书疏》	全引
	二十	梁启超折本	829	孙家鼐代梁启超奏译书局事折	全引
	二十	梁启超折本	254	梁启超呈	全引
	二十二	文悌折本	2 012	文悌《严参康有为折稿》	节引
	二十三	康有为奏章	624	康有为《请开农学堂地质局折》	全引
	二十三	康有为奏稿	516	作者自撰	/
	二十四	王照折底	45	王照《礼部代递奏稿》	概括

---

① 按，李端棻上奏时间为1898年7月24日，原折已佚，参钟家鼎等：《李端棻〈变法维新条陈当务之急折〉研究》,《贵州文史丛刊》2004年第1期。据光绪1898年7月29日上谕,可知李奏折内关于删改则例部分的主要内容。

类型	回目	小说中之名目	字数	出　处	备注
奏陈	二十四	康有为折本	837	康有为《请饬各省改书院淫祠为学堂折》	重述
	二十六	康有为密奏稿	24	康有为《请断发易服改元折》	概括
章程	十九	时务报馆章程	256	孙家鼐《奏遵议上海时务报改为官报折》	节引
上谕	二十三	当即降谕	162	作者自撰	/
	二十四	前奉谕旨	59	上谕（1898年8月2日）	概括
	二十四	内阁传出明谕	50	上谕（1898年9月4日）	概括
	二十四	果然奉准	99	上谕（1898年7月10日）	概括
	二十六	光绪上谕	83	作者自撰	/
	二十八	皇太后懿旨	46	上谕（1898年9月21日）	概括
	二十八	面请懿旨	15	上谕（1898年9月22日）	概括
	二十九	当奉懿旨	13	上谕（1898年10月4日）	概括
	二十九	电谕两广总督谭制军	14	上谕（1898年10月1日）	概括
	二十九	面谕崇大金吾	24	上谕（1898年9月24日）	节引
	三十	奉懿旨电调北洋大臣	31	上谕（1898年9月25日）	概括
	三十四	随奉谕旨	63	上谕（1898年9月28日）	改编
	三十五	奉朱批	692	上谕（1898年9月29日）	节引
	三十五	同日奉上谕	84	上谕（1898年9月29日）	节引

　　《康梁演义》大量照搬奏稿谕旨,将当代史事采择编演引入小说,在建构起叙事的"真实性"与"正义性"的同时,也为自身赢得了读者——小说所引文书材料,无疑给了通衢大都之外的普通民众了解当朝局势的一种路径。并且,这些"原原本本"的引文,也让作者得以对前十回中康有为乡居期间龌龊行径的捏造自圆其说。小说虚构康有为包揽词讼、引起公愤,系对许应骙和文悌奏折中相关语句的发挥。许应骙《明白回奏并请斥工部主事康有为折》痛斥康有为之无行:

　　　　盖康有为与臣同乡,稔知其少即无行,迨通籍旋里,屡次构讼,为众论所不容。始行晋京,意图侥幸,终日联络台谏,夤缘要津,托词西学,以耸观听。即臣寓所,已干谒再三,臣鄙其为人,概予谢绝。

　　十余天后,文悌《严参康有为折稿》称"初九日遂于邸钞中,见许应骙覆奏中,言康有为少即无行,通籍回里,屡次构讼。晋京后,终日联络台鉴,夤缘要津,再三干谒",并举康有为代办林缵统行贿之事,得出"许应骙言其构讼,亦不为无据"的结论。礼部尚书许应骙与御史文悌一唱一和,描绘康有为的恶劣行径,并将之坐实,以达到政治攻讦的目的。《康梁演义》据此铺衍成文,将子虚乌有的构讼之事真实化,以期抹黑康梁。

　　章学诚《丙辰札记》曾讨论演义小说的虚实问题,认为:"演义之属,虽无当于著述之伦,然流俗耳目渐染,实有益于劝惩。但须实则概从其实,虚则明著寓言,不可虚实错杂,如《三国》之淆人耳。"[①]

---

① 　章学诚:《丙辰札记》,北京:中华书局,1986年,第90页。

《三国演义》"七分实事,三分虚构"尚存在"观者往往为所惑乱,如桃园等事,学士大夫直作故事用矣"①的可能,《康梁演义》这样以真实人物和奏稿文书为线索演绎出的故事,更足以惑乱人心。"读正史则易生厌,读演义则易生感""专以历史上事实为材料,而用演义体叙述之"②的作品更易于通行坊间,且小说对上谕的推崇和对维新派的攻击具有代官方立言的性质,因而在戊戌变法这一重大历史事件后,《康梁演义》的风行并非偶然。只不过,这部小说虽有四十余个真实人物和二十余篇抄自邸报的奏折谕旨,然所铺叙的维新史事,并不全然是历史的真相。

三、新学的渗透与守旧的立场

法国历史学家莫娜·奥祖夫指出:"小说尤其适合阐释时代变迁。"③在晚清"过渡时代"的背景下,小说在嬉笑怒骂间,也呈现出新旧交锋中历史的艰难演进,兼及帝国末世的社会图景。变法失败后,六君子被戮,徐致靖、李端棻等被革职,康梁出亡,守旧者重新占据朝廷要津。《康梁演义》梳理戊戌前后史事,将矛头指向业已凋零的维新派,表现出强烈的政治色彩。然而,这部宣扬守旧、丑诋维新的小说,却也透出新学渗透的痕迹与矛盾的心态。作者毁谤维新但知晓新学,攻击康梁却沦为丑诋,歌颂太平又不得不承

---

① 章学诚:《丙辰札记》,第90页。
② 新小说报社:《中国唯一之文学报〈新小说〉》,陈平原、夏晓虹编:《二十世纪中国小说理论资料》(第一卷),第42页。
③ [法]莫娜·奥祖夫著,周立红、焦静姝译:《小说鉴史:旧制度与大革命的百年战争》,北京:商务印书馆,2017年,前言第6页。

认社会弊病，种种龃龉之处，不免令人好气好笑。隐藏于重重历史云烟中的作者，借故意歪曲的维新史事，痛詈康梁"辩言乱政，蠹国害民"，却又在笔墨间透出晚清新学的影响。

（一）作者之谜

《康梁演义》各版本皆不署作者真实姓名，即使有所题署，也皆为化名。作者之谜也引发了读者的兴趣，进而产生多种猜测，诸如"带些奴性的守旧派人物"[1]"戊戌案的后党为平息反动争取同情而作"[2]"识见有限、思想守旧的下层读书人"[3]等。有人专门撰文考察，但所得结论也只是模糊的"一个在京为官，而与康有为一批人有关系的人"。有什么样的关系呢？文中认为"作者也是十分同意康有为的维新的"，"大概康梁事败，与他们有关系的人就都倒了霉，或者可能倒霉，于是不得不向当道者表明一番心迹，或悔过一下，以求免罪，于是写下了这部书来颂赞我朝皇上"[4]。且不论康梁一派是否可能有人在变法失败后挖空心思撰写这样一部小说来撇清关系，仅就小说中编造梁启超在政变后生母、叔侄、兄弟、母姨等六人在番禺被捉拿，就可知作者与康梁私交并不深厚。梁启超原籍新会，其生母1887年已去世，政变后梁父携眷避居澳门，"新会原籍，虽有查搜，但是还未被大祸"[5]。若作者本为维新阵营之一员，事变后撰小说以悔罪，大可不必如此篡改事实。小说将康梁

① 杨世骥：《文苑谈往》（第一集），第111页。
② 叶恭绰：《〈绣像捉拿康梁二逆演义〉书后》，《矩园余墨》，第177页。
③ 任增霞：《时事小说生成溯源新论》，《南开学报（哲学社会科学版）》2016年第1期，第117页。
④ 陈家雄：《〈康梁演义〉的作者》，第109页。
⑤ 丁文江、赵丰田编：《梁启超年谱长编》，上海：上海人民出版社，2009年，第108页。

写成同龄，变师生为同学，将二人在粤时期的形象塑造成顽劣少年，一方面有其现实政治目的，另一方面也说明作者对康梁进京前的故事大约不甚了然。

不过，说作者是"在京为官"的人，则大抵是有所根据的。前述许应骙的奏章曾刊于邸钞，作者全文引录，说明他能够接触到邸报。小说中述及各官僚住址如数家珍，例如张荫桓居于锡拉胡同，南海会馆位于顺治门（即宣武门）外绳匠胡同，若非居京，当不知晓如此细节。此外，小说对所提及的46个真实人物大都直呼其名，唯有4人例外，他们分别是许大宗伯（许应骙）、文御史（文悌）、崇大金吾（崇礼）、澜公爷（载澜）。四人都是守旧臣僚，采取这样的称呼，加上小说引述许应骙、文悌的奏折都长达千余字，极力渲染"崇提督执法如山"之威风（第二十八—二十九回），说明作者很可能与他们关系甚密。

作者在引述奏折、谕旨时，除全引和概括外，节引时多是依据小说情节，抄录部分相关内容，唯有第三十五回所录上谕，故意删落一句。这则朱谕发于1898年9月29日，是为六君子被戮的次日。小说照录原文，惟将其中关于"不审而诛"的一句删去：

> 前经将各该犯革职，拿交刑部讯究。旋有人奏，稽延日久，恐有中变。朕熟思审处，该犯等情节较重，难逃法网，觉语多牵涉，恐致株连，是以未俟覆奏，于昨日谕令将该犯等即行正法。①

---

① 《京报》1898年9月29日，中国史学会主编：《戊戌变法》（二），上海：上海人民出版社，2000年，第102—103页。

删落此句后，作者虚构了一出"三法司秉公会讯，六官犯按款招供"的故事。小说绘声绘色地描写了审讯的详细经过，仅从开审前的环境描写，已可见作者的立场：

> 这日，刚、王、荣、李四位中堂，及都察院、刑部各堂官、司院人等，齐集刑部大堂，会讯各官犯。只见那刑部堂上摆列着六张公案，堂下两旁齐列着书差、衙役、刽子手、刀斧手，并亲兵护勇一二百名，一个个手执刀枪剑戟，雄纠纠，气昂昂，站立甬道两侧。只听一声点响，暖阁门开，各衙役齐唱威武，四位中堂、都察院、刑部大堂暨司员等众，一齐出来，挨次坐定。各差役重复呐堂毕，真是肃然起敬，鸦雀无声。法堂上那一种肃静森严的光景，任那铜浇铁铸之辈，到此也觉心惊。（第三十四回）

小说着力铺叙这场子虚乌有的审讯，刻画出清王朝亡国危机中最后的威仪。作者用小说笔法让六君子悔罪，并借杨深秀、谭嗣同之口批判康有为"暗有阴谋""大逆无道"，自悔"误入保国会""为其煽惑，误结匪人"，请"各位中堂大人明鉴"，以"六官犯"之招供，凸显康有为株连之罪愆。此外，问讯中反复提及康有为"保中国不保大清"之语，以此作为康党谋逆之明证。文悌所上长折纠劾康有为时宣称"保国会之宗旨在保中国不保大清"，作者特别着意于此，亦可见自身立场。由于插入了这样一场审讯，小说就把六君子被诛日期推迟了一天，变成了八月十四日（9月29日），又由于朱笔上谕有"于昨日谕令将该犯等即行正法"一句，小说就将这则上谕也推迟了一天。实际上，在9月28日，朝廷即下达了诛杀六君子之谕：

　　谕军机大臣等：康广仁、杨深秀、杨锐、林旭、谭嗣同、刘光第等，大逆不道，着即处斩，派刚毅监视，步军统领衙门，派军弹压。①

　　六人在是日下午即被斩，9月29日的谕旨对"不审而诛"做了简单说明。《康梁演义》虚构审判情节，删落朱笔上谕中的说明，将原本不合律例之举，变成"秉公会审"后以"谋乱国政"罪名诛杀六君子，从而将该事件合法化、正义化。这样的做法，自然有维护当政者之意。因此，推论小说出自一名守旧的京官之手，是大致可信的。

　　（二）西学常识与矛盾心态

　　梁启超曾痛陈三种"握持政柄之人"，其一即"瞢然不知有所谓五洲者，告以外国之名，犹不相信，语以外患之危急，则曰此汉奸之危言悚听耳"②。《康梁演义》作者持论守旧，但也知晓英京伦敦、苏彝士运河、香港鲤鱼门、普法之战，甚至也知道"'伯里玺'（即president）名目，系民主之称"（第三十四回）。小说虽犯了将"英吉利的耶稣，法兰西的天主，美利坚的基督"作为西国"最尊君敬上"之三教（第三十六回）的错误③，却也具备一定的西学常识。在前述有关外交照会的情节外，小说最后写到三教合议捉拿康有为时，还编入了一个插曲：

　　　当时忽有扫帚星君离座大言道："此事不难，只须聊施小计，便可将康有为置之于死地，何劳先师、世尊、天尊如此大费

①　中国史学会主编：《戊戌变法》（二），第102页。
②　梁启超：《戊戌政变记》卷三，第2页a。
③　戊戌之后，对中国民众而言，西教之分仍未成为常识。参见章可：《概念史视野中的晚清天主教与新教》，《历史研究》2011年第4期，第78页。

周折乎?"先师听他言罢,亦即问道:"既有妙计,便请一道其详。"扫帚星君道:"以某的愚见,可将扫帚星向地球轨道而行,与地球相碰,将地球碰烂,康有为必死其中,岂不省件许多大事,何必派人前去捉拿呢?"(第三十八回)

扫帚星是彗星的俗称,作者在将其认作天神的同时,也知道彗星有与地球相撞的可能性,这类现代天文学知识,是古代历书所没有的。小说虽极力宣称"舍中就西,从新弃旧,是犹向盲人问道"(第二十七回),但已在不经意间接受西学新知的渗透,体现出时事小说的时代背景。身处清季变局,作者在揄扬"我朝""三百年来承平日久"的同时,又历数"生民涂炭,糜烂不堪"之苦况(第一回);一边痛诋维新运动之大逆无道,一边又对新政举措稔熟于胸;将六君子骂作"官狗",却又仔细录出杨深秀与林旭的吟诗(第三十五回);而改写历史,将"不审而诛"情节翻转为"秉公会审"之举,也透露出君权不能凌驾于法律的现代意识。这样的矛盾叙事和其背后的复杂心态,也折射出传统士子在转型时代的迷茫。

作为一部时事小说,《康梁演义》的反应是较快的。然而,"当小说作者距离史事发生的时间越近,他就越陷于'当局者迷'的状态"[①],《康梁演义》以邸报和新闻[②]作为主要材源,在政变后的鹤唳风声里,政治的压力不容他多做思考,秉持着"代朝廷立言"的写作宗旨,在剪裁取舍中也就不免有前后矛盾之处。

晚清时"从搜罗遗闻旧事或新闻时事,再经加工的小说写作,

---

① 潘建国:《古代小说中的"当代史事"及其采择编演》,《北京大学学报(哲学社会科学版)》2015年第4期,第85页。

② 按,小说所述康有为脱逃的细节,在《申报》《中外日报》等均有刊载。

概已蔚成风气"[1]，报刊的兴起和西学的新闻化，潜移默化地改变着读书人的知识世界。即如守旧官僚，也不得不在自认的"太平景象"中承认甲午战败的影响。《康梁演义》的守旧倾向代表了维新话语之外的另一种声音，同样有其时代价值，并且从旧党对新学的接受，亦能窥见维新思想的现实影响。

（三）誉谤"康圣人"

康有为的形象，时常出现在晚清小说中。但不论是直用原名（如《康梁演义》《大马扁》），还是易名影射（如李伯元《文明小史》中的安绍山、旅生《痴人说梦记》中的宁孙谋、黄小配《宦海升沉录》中的康无谓），其形象大都是负面的。作为"戊戌变法之魁"[2]和"先时之人物"，康有为不被传统士人所理解，"动辄得咎，举国皆敌"[3]并非虚言。"举国俗流非笑之，唾骂之，或谓为热中，或斥为病狂"[4]的心态，反映到小说创作中，就成为"神人共疾，覆载难容"（第三十六回）的骂詈之词。

《康梁演义》曾题为《康圣人显圣记》和《康圣人演义》，"康圣人"亦有讽刺揶揄之意。康有为"成童之时，便有志于圣贤之学，乡里俗子笑之，戏号之曰'圣人为'"[5]；又因其《新学伪经考》

---

① 赖芳伶：《清末小说与社会政治变迁（1895~1911）》，台北：大安出版社，1994年，第331页。

② 王树枏：《南海康君墓表》，夏晓虹编：《追忆康有为》（增订本），北京：生活·读书·新知三联书店，2009年，第134页。

③ 任公：《南海康先生传》，《清议报》第100册（1901年12月21日），《中国近代期刊汇刊》第6册，北京：中华书局，1991年，第6339页。

④ 任公：《南海康先生传》，《清议报》第100册，《中国近代期刊汇刊》第6册，第6304—6305页。

⑤ 任公：《南海康先生传》，《清议报》第100册，《中国近代期刊汇刊》第6册，第6300页。

遭劾毁版，"'圣人'之名，大噪于全国"①。康有为号长素，故反对者传其"以素王自比"②，攻其诞妄；直到20世纪20年代，康有为到西安，因闹出"盗经"风波，有时人作漫画"圣人不死，大盗不止"，将康圣人指为大盗；又有对联"国家将亡必有，老而不死是为"，讥讽康有为为"妖孽"和"贼"③。"南海先生冒天下之大不韪，主张变法维新，誉满天下，亦谤满天下。"④而在维新运动二十年后，在不少国人眼中，康有为的形象仍然是"妖孽"，这和《康梁演义》对其设定的"妖星降世"何其相似。小说作者为了攻击康有为，"写了康有为在政治上的丑态和失败还不够，必得锦上添花，更理想地增加这位主人公的罪恶"⑤，于是给他安插上一些莫须有的故事，在人格上进行贬低和毁谤；数年后《大马扁》同出一辙，虽所持政见不同，但污蔑康有为的做法是相似的。黄小配笔下的"南海圣人"狂荡无赖，骗取虚名，私德不堪，实为一棍徒和马骗。《康梁演义》和《大马扁》"二书一先一后分从左右两极对康有为进行人身攻击"，虽然"都不能反映康、梁变法的实质，对其作出恰如其分的历史评价"⑥，但这类"丑诋私敌，等于谤书"⑦之作，亦有其时代意义。

---

①　陆乃翔、陆敦骙等：《南海先生传》(上编)，夏晓虹编：《追忆康有为》(增订本)，第39页。

②　胡思敬：《康有为构乱始末》，夏晓虹编：《追忆康有为》(增订本)，第244页。

③　单演义著，单元庄整理：《康有为在西安》，西安：陕西人民出版社，1990年，第154、157页。

④　李满康：《康有为先生事迹鳞爪》(节录)，夏晓虹编：《追忆康有为》(增订本)，第167页。

⑤　杨世骥：《文苑谈往》(第一集)，第112页。

⑥　欧阳健：《晚清小说史》，杭州：浙江古籍出版社，1997年，第234页。

⑦　鲁迅：《中国小说史略》，北京：北新书局，1926年，第345页。

"假小说以施诬蔑之风,其由来亦颇古矣。"① "今之诋先生、毁先生、攻先生、讦先生者,固无所不有。"② 将小说作为宣传工具,穿插人物史事,演成真假难辨的故事,无疑比政论参本更易于流传。通过《康梁演义》《大马扁》这样的维新故事,报上连篇累牍的搜拿犯党、查禁逆书等消息,加上振华公司纠纷后《康梁徐谋财害命铁证书》③ 的大量印行,晚清"康党"的负面形象也被一再申说。作为当事人一方,梁启超在政变后即写成《戊戌政变记》为变法张目,康有为则以"万年青史纪维新,功罪如何说党人"④ 的态度,将功过之论交给历史。在一百多年后的今天,回望戊戌,在其功罪是非之外,时代潮流的激荡、政治派别的交锋、思想观念的更迭等,都是值得关注之处。

结　语

"戊戌维新,虽时日极短,现效极少,而实二十世纪新中国史开宗明义第一章也。"⑤ 这场失败了的变法运动,所引起的舆论关注和思想变迁,对中国近现代政治、文化、社会诸方面,都有广泛和深远的影响。相比于传统的帝王将相、才子佳人故事,维新史事本身就极具传奇色彩,演绎成小说后,更是呈现出纷繁复杂的光谱。不同政治立场、观念派别的作者,对"当代史事"的观察自然多有歧异,

---

①　鲁迅:《中国小说史略》,第71页。
②　陆乃翔、陆敦骙等:《南海先生传》(上编),夏晓虹编:《追忆康有为》(增订本),第49页。
③　刘作楫辑:《康梁徐谋财害命铁证书》,清宣统石印本,北京大学图书馆藏本。
④　许姬传:《戊戌变法侧记》(选录),夏晓虹编:《追忆康有为》(增订本),第292页。
⑤　任公:《南海康先生传》,《清议报》第100册,《中国近代期刊汇刊》第6册,第6305页。

以后来人的眼光看,某些观点也许不无偏颇之处,但在这些文字背后,也反映出维新潮流中时人复杂的时代心境、历史思考和家国想象,以及皇朝威仪下的末世悲哀。

在"经史不如八股盛,八股无如小说何"[①]的清季,小说的宣传力量为人重视,"仅识字之人,有不读经,无有不读小说者"[②]。这一点,也超越了具体的政治立场,成为社会共识。诸如《新中国未来记》一类鼓吹维新的作品,倡言新学,构想"新中国"的万般美好;类似《康梁演义》这样希冀保守、力挽旧制的小说,虽沉湎于"国阜民康"的王朝旧梦,亦体现出西学的渗透和时文的影响。《康梁演义》虽云保守,但其通俗白话的形式,对报刊新闻的关注,却也是新小说所提倡的。从某种意义上说,在反维新的戏谑、指摘和咒骂中,同样体现出维新的实绩。

(原题为《小说鉴史:〈康梁演义〉的反维新书写与晚清文化图景》,刊于香港《中国文学学报》第11期,2021年6月,收入本书时略有修订)

---

① 康有为:《闻菽园居士欲为政变说部,诗以速之》,《康有为诗文选》,第232页。
② 任公:《译印政治小说序》,陈平原、夏晓虹编:《二十世纪中国小说理论资料》(第一卷),第21页。

目　　录

卷　三

卷　四

凡　例

一、本次整理，以美国哈佛大学燕京图书馆韩南教授藏本（简称"哈佛本"）为底本。该本为石印本，具有明确的题署年份（光绪辛丑，1901年）。选取"中研院"史语所傅斯年图书馆所藏《绣像康梁演义》（光绪戊申，1908年题署，简称"傅图本"）作为参校本。

二、底本无误者，参校本内容有歧异，仍以底本为准。底本中明显的因形似音近的错字和排印错误，如"已"和"己"混用，"土"和"士"混用，"辩"和"辨""办（辦）"混用，"心月狐"作"心月孤"、"杨深秀"作"杨琛秀"、"袁世凯"作"袁士凯"等，及明显的衍漏错倒字径行在文中改正。底本中出现的借字，如"那""到""属""狠"，均予以保留。

三、底本有误，据参校本改正者，在校勘记中注明据傅图本改。二本皆误，使用理校法订正者，在校勘记中说明。

四、参考底本所用标点、句读转换为现行标点符号；繁体字、异体字改为简化字；按文意进行分段。

五、此外，书前加入笔者所作《小说鉴史：〈康梁演义〉的反维新书写与晚清文化图景》(原刊香港《中国文学学报》第11期，2021年6月)作为导言，书后附录数种与《康梁演义》有关的研究资料，具有代表性的版本封面、绣像和插图，以及小说所涉文书的原文，力图为读者提供一部便于阅读且翔实可信的版本。

卷一

第一回
国阜民康万方①向化　狼前狈后二宿潜逃

　　话话我朝自定鼎以来，海晏河清，万民乐业，五谷丰登，三百年来承平日久，虽上古亦无我朝立法之善。在朝诸臣，文皆有匡扶社稷之功，武更有带砺河山之略，忠心保国，赤胆安邦，文武相佐以治，治万万年有道之基业。且我朝自定鼎以迄今日，凡如前朝之虐政，有碍民生国计者，无不尽行扫除。所以无厚敛，无重徭，无严刑苛罚，深仁厚泽，浃髓沦肌，至优至渥。其间有奸诈之辈，叛逆之臣，任他狡猾多端，终属难逃法网。即如咸丰年间发逆作乱，扰遍天下十六省，生民涂炭，糜烂不堪，百姓荡产离家，死生亡没，不可以数计，却有一层好处，糜烂虽如此其极，绝无离叛之心。兼之中兴之臣，人才辈出，文如胡文忠、曾文正、左文襄、沈文肃、曾忠肃诸公，武如向、黄、陈、张诸提督，或练乡团，或练劲卒，发逆虽悍，究竟难抗王师。故天兵所指之处，不数年即扫荡妖氛，重安社稷。中兴而后，迄今又数十年来，天下四百兆人民，仍是穰穰熙熙，不减上古太平景象，耕田而食，凿井而饮，总感我朝仁泽之深。虽近三十年海禁大开，洋人骈至，在我朝交邻有道，政尚宽和，凡各国所请之事，苟于国体无甚关碍，无不俯如所请。而外洋各国，上自国王，下至商民，其未经来华者，固闻风而仰慕；其现在我国者，官、商、工、

① "万方"二字，哈佛本和傅图本均作"万民"，据二本回目改。

贾,更自感荷深仁。及至甲午中东之战,海军溃败,陆军屡挫,致败之由,虽由带兵诸将领军令不严,军心不固,且有克扣粮饷等情,卒以我国家仁厚为怀,恐干戈不息,万民惊扰,遂许和议。若专以穷兵黩武为事,一溃之后,复振兵威,何难直捣黄龙,使蕞尔弹丸,束手待毙。所以和议既定,那东洋各国,虽有不甚畏威之处,而怀德之心却是甚深。加以我国家柔远人,交邻国,互相聘问,莫不情礼交至。试问如此国政,不必说前朝未有,就便上古尧、舜,亦未有如我朝仁泽之厚。还有一种善政,如各省、府、州、县,或遇有水旱偏灾,只要据该督抚奏闻上去,无论被灾处所大小轻重,或发粟赈济,或豁免钱粮,总使黎民得沾恩惠。即间有贪官污吏,借端匿报侵蚀等情,一经觉察,或有人告发,轻则倍罚,重则查抄,立予治罪。你道我朝的仁德厚不厚么?

　　这且慢表。且说自古及今,凡忠臣孝子、大奸大恶的人,其来历多有不凡之处,然以星宿托生居多,代远年湮,原不可概为考据。即如说唐、南北宋诸小说,有谓罗成系白虎星托生,单雄信则为青龙星降世。至唐太宗朝,盖苏文兴兵犯境,薛仁贵跨海征东,又谓盖苏文系单雄信再世,薛仁贵为罗成再世,仍是青龙、白虎两星降世。降及于宋仁宗朝,如包文拯、狄青,有谓一系文曲,一系武曲临凡。至高宗南渡,谓岳武穆系大鹏托生,而韩蕲王则为黑虎。诸如此类,虽不必尽为可信,要亦不必尽以为非。

　　如今且说兜罗天虚无洞有两个星宿,羡慕红尘景象,欲要临凡一走,享一番尘世之福。怎奈责守綦严,不能公然下界,又不便禀知洞主。于是他两个互相议论,意欲私逃。你道这两个是什么星宿呢?看官听我说来。这两个原是那二十八宿之中,一个心月狐,一个虚日鼠。这两个星宿,本是极奸极恶,狡诈多端,不必说别的,但说那妖狐之性最善惑人，鼠耗之精怪能钻洞。凡世间的狐鼠尚且如此，而况是两个星宿，那一种钻谋荧惑的技俩，可想而知。

这日，心月狐在洞中无事，惹得他胡思乱想，正在无计可思，忽见虚日鼠来到，心月狐遂请他坐下。虚日鼠道："师兄连日作何勾当，有什么消遣？"心月狐道："正是闲闷得紧，难得师兄到来，大家商议个方法，解解闲闷。师兄可有什么方法呢？"虚日鼠道："欲寻方法，不过是那游山玩水，啸月披风。我辈久居在此，只得清静寂寞，无一点繁华景象。纵然欲解解闷，除却这几件事，还有什么别样方法呢？"心月狐道："可不是这样说法么？我亦正为此想着。我思那下界地方的，必然不同此间的光景。那些富贵人家，少年公子穿的是绫罗缎疋，吃的是美味珍馐，住的是高房大厦，还有娇妻美妾，尽他受用。何等快活，何等舒服！看我等终年在此，可有一些如他们那等情景？"虚日鼠道："那富贵之家固然如此，你还不知那帝王之家，更要强此十倍呢！"心月狐道："据你这样说法，我们那日去走一遭，见见人间的识面也好。"虚日鼠道："欲要下界去，这件事却不容易。第一是洞主不准，第二是不便久离，第三若我辈本来面目，仍不过看看而已，必得身历其境，才可尽知其中的好处。你道可难不难呢？"心月狐道："据你说来，必是去不得的了。我的意思，却不患不身历其境，也能久离在此，惟恐洞主不准，只是无法。然仔细想来，却亦无甚难为之处。只要将洞主瞒了，私逃下去，也无甚不可。况且天上人间，年岁不一，如上天一日，终得人间即是一年。但须逃走二三十天，便在人间过了二三十年，那些好处，也可领略将尽。若洞主未经查出，还可多留几十天；万一竟查出来，那时回至洞中，不过受些磨折，也还抵销得过。你道此计好不好呢？"虚日鼠道："好虽好，特恐瞒不过洞主，怎好逃走下去？"

心月狐道:"我还有一说,只要当时瞒了,后来便查出来也不怕他。我只到了下界,任他查察,我自有我的主意。总使他不能暂时令我回洞,就便查得甚紧,我也不过受些风波,终无大得。以后的事,也到不必过虑。为今之计,却要想个什么方法,便于逃走。"虚日鼠道:"若只顾眼前逃走,似觉不过为难。我到有方法,只可瞒得一时,以后却万瞒不去。"心月狐道:"你这方法,且说出来,彼此商议如何?"虚日鼠道:"你我虽不能七十二变,也还可以代形变相。何不借一物件,变成你我两个,做个替身,使他住在此地,你我便可脱身。这叫做金蝉脱壳。你看这个计策,可使不可使么?"心月狐道:"此计甚好,若不是你提醒,我却忘坏了。既然如此,何必借物幻形,只须使个分身法,留在此地,将真魂魄随身带去便了。"虚日鼠道:"你会分身法,我却不会,那便如何?"心月狐道:"你不会分身法,待我教你,有何不可。"

二人说罢大喜。心月狐当时就将分身法教了虚日鼠,两人便变化起来,一刻工夫,居然分出四个。两个真的,将那两个假的细细看过,实在分不出真假,二人欢喜无限。复又收了变相,预备得空下凡。只因二宿潜逃,却闹出许多大事,欲知后事如何,且听下文分解。

第二回
南海县妖星降世　东粤省督学抡才

话说虚日鼠、心月狐两个,一心系念红尘,欲享人间富贵,多恐洞主不准,意欲私逃,又恐无计脱身,两人便想个分身法术,一时瞒了洞主，私自下凡。他两个商议停妥，瞒了洞主，分身法留在洞内；又瞒了那二十六个同班的星宿，真是人不知，鬼不觉，悄悄的走出洞外，离了兜罗天虚无洞。

二人立在空中，望下一看，只见一片繁华，好不热闹。心月狐道："你我若不使出这条计策，那得下去凡尘，享受人间富贵。你看这一种繁华气象，好不爱煞人也！"虚日鼠道："你我现在却离了本地，但是到了凡间以后，无论富贵贫贱，总要同享同受，不可各有偏废，忘了今日的义气。"心月狐道："那个自然，何用交代。却有一件，如今你我二人，却在那里托身才好？"虚日鼠道："我在洞中的时节，偶闻洞主说及，天下四大部洲，中华地方，惟广东最富；西夷之地，惟英吉利国最为富强。如今还是托生中土，还是托生西夷？"心月狐道："中华为自古文物之邦，既然广东富甲他省，我们托生那处，投个好人家，享用些富贵，再取功名，做些事业。只要我们做得尽兴，作出件惊天动地的事来，就便洞主知道，查拿下来，我们好在已经离了那个地方，还怕什么不了。若在中华住久了，又觉得那繁华富贵不过尔尔，厌烦起来，欲要重新耳目，我们便到西夷去走一趟，有何不可？"虚日鼠道："既如此说，我们便去广东托生便了。"

二人说罢，便直向广东省城而来。这日到了南海县的境内，二人又商议去投生于那家。正是主意未定，忽闻得隐隐有人说道："康家的女人，正当今日生产，现在已经坐蓐了。"又有一个说道："那梁家的不过早晚，也要生了。"心月狐听了此话，便急急的向虚日鼠道："我便往康家托生，你只须稍待数日，就托生梁家便了。"虚日鼠道："你这样性急，连我皆不稍待。你既要赶着前去，你就去罢，我不日也就向梁家去的。但自此一别，相会之时，倘得迟至十数年后，那时可不要忘了今日的义气。"心月狐道："你这是什么话，你我二人同逃到此，以后的事自应有福同享，有祸同受，不得偏废。我就此告别，改日再会罢。"说着别了虚日鼠，竟往康家去了。那虚日鼠不日也是托生梁家，不必交代。

却喜这康家祖居南海县内，上代也是家道不甚大富，也还小康得狠。到了这代，一家男妇守着祖上的蓄积，颇觉宽裕。这日见添了一个男丁，一家更为欢喜。当由生父取了乳名，又取了个学名，唤作康直。三年哺乳，不必细说。却喜这康直生而聪颖，性情灵动，才交四五岁，便百般狡猾。他父母却不虑他不成器，反喜他聪敏过人，将来不可限量。到了六岁，便给他延请名师教读。这也奇怪，他一见书本，便能过目不忘，他父母更是欢喜。光阴似箭，不觉已至十岁以外，不必说那四书五经，全行读过，就连那子、史诸籍，便能了了。那先生便代他开了笔，做起文章来，不过两年，便完了篇。先生看他做的文章，却与别人多有不同的意境，大抵好奇好怪，甚至不顾题目，异想天开，说得满篇洋洋洒洒。先生因此就预料他不甚平正，虽才气有余，而德性定然不足。也曾规劝过他数次，教他从平正一路作去，怎奈他性情生就，不但不以先生的说为然，反说先生是个腐儒，不足计较，由此更加狂妄，做的文章竟有菲薄圣贤之处。先生明知他有意桀骜，也是无可如何，只得自尽其心而已。

又过了两年，康直已交十六岁。这年正逢岁试，他父母便要使他出来应试，当与先生商量。那先生道："论他的文章，今年稳稳进学的。但不过小试场中，却要平正文字。若依着他那种好奇好怪，甚至菲薄圣言，却于小试大为不利。"他父亲又请先生教他一番，那先生又道："我也曾规劝他几次过，怎奈他生性如此，却非所宜。今年且教他前去应了县试再说。惟望他头场不取，榜上无名，他或因此知道那一种好奇的文字不合作法，改正了过来。若使竟取了名字，他乖僻之性，却更难以收拾了。"康直的父亲听了先生这一番议论，口内却不便说他不是，心中也觉得先生庸腐不堪。

这也不在话下。又过了些时，县试已择定日期，当即由门斗前来通报。康家也准备县考，忙着请定保师，又去学内报名买结。到了头场前两日，又请廪生画了押，交与门斗拿去盖印。诸事已毕，这日进了考场，合邑童生皆在那里点名接卷。封门以后，有了题目，大家便构思起来，两文一诗，俱已完毕，缴卷出场，将文章誊了清稿，送与父兄、师友观看。康直也将文稿誊好，送与先生阅看。那先生将他文字看了一遍，心中大喜。原来这文章，却合了小试的体裁，迥非窗下所作的那一种好奇好怪的文字。过了两日，头场案出，却好高高的取了第五名。门斗送了报条，一家喜悦，自不必说。二场案试，点到他的名字，才将卷子接下，忽听那点名的人喊了一声"梁启超"，原来梁启超却取在第六名。康直听见喊出这个姓来，猛然心中一动，好像姓梁的这个姓，曾在那里议论过的。他便停住了脚，站在一旁等候。少停，梁启超已将卷子接下，刚走到康直面前，猛然见了康直，好生面善，却又想不起来在那里会过。康直见了梁启超，也是如此。到是梁启超走到跟前问道："足下尊姓，榜名可是康直么？"康直答应道："是。"随即问道："梁启超便是足下么？"梁启超亦答应："是。"二人复又齐道："彼此实在面善得狠，一时却记不起在那里会过。"于是二人便即一见如故，找了坐号，却好第五、第六的坐号，是在一处。他两个先将考具摆下，然后便谈论起来，彼此甚觉投契。一会子看了题目，将文章作好，二人又互相换看，更觉意见相同。比交卷出场，次日梁启超便先到康家去拜，康直又回拜启超，从此二人非常亲热。

县考已毕，两人皆取列前十名内，两家欢喜，自不必说。接着府考，二人也高高的取了出来。等到学宪按临，合属生童齐集赴考，学宪将生员考毕，便考南海、番禺两县文童。学宪细心校阅，将这两县试卷看毕，觉得颇有佳卷。及至看到康直、梁启超两本文章，更觉与他卷不同，另有一种才气。学宪大加赏识，便道："这两本卷子，思精意博，才气纵横，将来这两个人，定是不凡之器。"便高进出来。

合属考毕，到学宪发落的日子，康直、梁启超与同案的那些新进文童，前去接见领奖。学宪点到他两个，便招呼上去，亲自说道："本院看你这两人文字，虽然才气纵横，却都有矜才使气之处。此次回去，便要潜心讲究。才气固不可少，却不可使才外露。总要从纯厚一派上加意用功，方不负名贵之作。本院下届科试，再看你等有无进境，不要有负本院期望之心。"二人也自答应退下。

学宪发落已毕，新进诸生各自回家，不必细表。欲知康、梁二人果否能听学宪之言，且听下回分解。

第三回
逞奸刁居心险诈　揽词讼作事荒唐

话说康直、梁启超进学之后，两人更加亲热，彼来此往，无一日不见面的。始则不过谈论些文章，考究些典籍，渐渐的便戏谑起来。这日，康直正由梁启超家回来，走到半路，忽见迎面来了个麻脸妇人，他便有心调戏，说了许多戏谑的话。那妇人听了，不觉怒气填胸，便与康直对骂起来。康直始尚见怪不怪，既而被那妇人骂急了，他也百般辱骂。那路上看的人，亦复不少。彼此正在唇枪舌剑，忽然康直的先生从人丛中走了过来，见了康直与那妇人在那里对骂，他的先生便上前呼喝道："你们不准再骂，究竟为着何事，且说与我听。"

那妇人便抢着说道："你老人家是年尊的人，等我告诉你老人家，评讲这道理。我向来亦不认得他，我从对面走来，他见我脸上生了许多麻子，他便任意调笑。你老人家明见，我这麻脸，岂是出娘胎胞就有么，也只只因出天花的时节带下来的。我自己还恨得紧，好好的一个面孔，弄得大窟窿、小窟窿，原是不好看相，只是无法。他见了便戏谑起来，说什么钉鞋踹烂泥，又说什么反像石榴皮，我听见这些话，起初还未骂他，还自恨生了这副麻脸，惹得人家取笑，只当没有听见罢了。那晓得他见我没有睬他，更觉得意，便叨叨的说个不了。那些话实在难听，我也记不清楚。我听见了实在气忍不过，只说了两句，我这麻子又不是你家祖宗面上，干你何事？就便生在你家祖宗脸上，做子孙的也不该调戏祖宗。他见我骂了，在懂道理的，觉得讨了个没趣，就可走了。他不但不走，反走上前来，借着我说那子孙不应调笑祖宗的话，他乘着煞尾'祖宗'两字，便道：'你喊我祖宗做什么，可是请你祖宗给你医补麻脸？但是你祖宗家里，从来没有这麻脸的畜生个。'说过这些话，还说了许多无耻的言语。你老人家听，可怪我不怪我么？"

康直先生听了一遍，已是怒不可遏，便望着康直训道："你是个庠序中人，应该遵那言坊行表，人家麻脸，于你何干，你为什么要任意调笑人家？你以为是将他取笑，殊不知是玷辱自己声名，那里这么不知检束？如此行为，实为名教中败类。姑念尔初次，以后若再如此，先行戒尺，后再为尔注劣。"康直被那先生训责了数句，口中虽不敢强辩，心里却是不服。你道他是什么用意呢？他以为既是我的先生，见了学生与人家斗嘴，应该胳膊望里湾，帮着自家与人家吵闹才是。那有训责自家人，反卫护人家，这不是锅朝外烧吗？他不说自己非是，反存了这等心思，当时暗暗痛恨，被先生教训了一番，也只得怏怏而去，那麻脸妇人也就走了。

先生回至馆中，又将康直数说了一阵，无非教他行止端方，不可有失礼义，为名教中的匪人。康直不惟不省，却更恨他腐气太重，着实讨厌，并暗自说道："我虽不能明白伤他，也教他暗暗的吃点小苦，才得泄胸中之怨。"

事有凑巧，此时正当六月，他父亲请先生去看荷花，并请先生吃饭。他得了这个机会，便暗暗的去到药铺里，买了些巴豆，碾成药末，放在一旁。等先生吃饭回来，若果吃得大醉，便将此物请他受用。到了晚间，先生回来，果然吃得大醉醺的，一到书房，便要吃茶，却值伺候的书童不在馆中。康直赶着自己斟了一碗浓茶，顺便将那巴豆末放入茶内。先生醉眼模糊，未及细看，也断不料学生暗地使他致病。一见浓茶，接过来便喝个干尽。当时并未发作，坐了片刻，也就睡去。康直也退出房，自去睡罢。先生睡不了一会，那巴豆的药性发作起来，忽觉腹痛得紧，赶着下床，提了马桶，便去大便。刚才坐上，那腹内如雷鸣一般，响个不住，而且痛不可耐。又坐了片刻，便如倒泻银河，大泻不止。泻了一阵，腹中疼痛觉得稍好。先生擦净了谷道，仍然上床去睡。那里知道才睡下去，腹内又痛起来，先生又赶着下床去坐马桶。如此爬起睡倒，整整泻了一夜，把个先生泻得四肢无力，动弹不得，睡在床上，只得哼哼的叹气。

到了次日一早，康直进来，见先生那样光景，知道昨晚的那件物事有了效验，心中却自暗喜，外面还故意问道："先生昨晚归来，虽稍有醉意，也还不甚疲惫。怎样睡了一夜，今早便如此疲弱，不知是因伤酒，还是有那不受用呢？"先生听说，也道："昨晚回来之后，不过觉得微醉，那知才去睡了片刻，便自腹痛起来，因此大泻不止，整整泻了一夜，不曾合眼，所以今日困顿不堪。仔细想来，昨日所吃的饮食也还洁净，怎样就会破腹呢？"康直道："莫非昨日菜内，厨子做得不好，或是那苍蝇飞在了菜上，散了子在里面，吃了会腹泻起来。"先生道："你父亲曾腹痛么？"康直道："父亲到不见腹痛。"先生道："可有来了，若说菜不洁净，你父亲是一起同吃的。他既不曾腹痛，我这腹泻断非因此所致。"康直又道："先生昨日曾吃嗬嘀水么？"先生道："嗬嘀水是吃的，而且吃得不少。"康直道："这腹泻病，定是嗬嘀水之故了。"先生道："恐系因此致病，也未可知。"康直道："先生此时觉到怎样呢？还是请个医生来诊诊脉，服两帖药，调理调理。"先生道："这到可不必。现在腹泻已止，只须养息了一半日，使可无事了。"康直也就去寻找梁启超，将这话悄悄的告诉了他，两人颇觉得意。后来梁启超无意中对旁人说出，传入他父亲耳内，才知康直与先生作要，被他父亲着实责罚了一次。幸而先生毫不知觉，也就罢了。

　　过了两日，康直因天气太热，城内有座宝珠寺，这寺内地方甚大，又极凉爽，他便去那寺内乘凉，一直走到方丈，见那住持打了赤膊，睡在藤榻上午觉。他将和尚唤醒，说道："你好自在！我康少爷到此，你都不应酬我，还直挺挺的睡在那里，好没规矩。赶快滚过来，让你康少爷睡觉。"那和尚睁了眼睛，听他说了许多话，心内着实可恶，欲待发作，又怕是有来历的，不便得罪，只得隐忍下去，赶着陪了不是，让康直吃茶，闲谈了一会，康直才走。那和尚等康直走后，便将道人喊到面前，说他放着闲人进来，骂了几句。那道人也只得受些委曲而去。后来和尚各处打听，才知道康直是进学未久的个秀才,也就不将他放在心上。

过了半月光景,已是七月中旬。广东向例风俗,到了七月,大闹兰盆盛会,赈济孤魂。各院寺内总有道场焰口,颇觉热闹。那些游人,也是争先恐后,去各庙内观看热闹。这日康直也去观看,信步又走到宝珠寺内,依然进了方丈,去寻前次那个和尚。他以为头一次将和尚降服下来,此次见了,定然更加酬应,加倍恭维。谁知那和尚早知道他的根株,一见他来,便将道人喊进,借着道人指桑骂槐,痛骂了一阵。康直听见,明知骂他的,却又不便认话,只得乘兴而来,败兴而返,暗自说道:"有日寻出你这秃驴的短处来,那时才叫你知道我的利害。"

光阴迅速,不觉又过了数年,合当宝珠寺运气不好,寺内有个道人服毒自尽。这话传了出来,被康直知道了,就去勾了尸亲,把这词讼包揽过来。欲知后事如何,且听下回分解。

第四回
因命案唆讼报私仇　起贪心诈财忘大义

却说康直闻得宝珠寺的道人服毒身死,他便暗自喜道:"今日却有把柄了,我便可借端报复,以复从前耻恨。若不将你这贼秃驴弄成个落花流水,也不算我生在世间。自古道'无毒不成丈夫',你今日看看我的手段罢!我总要叫你花上若干钱,才得寝事。"心中想罢,便赶着寻了道人的尸亲,招呼到背静所在,与那尸亲说道:"你可知道你家的人,是怎样死的么?"那尸亲道:"他因亏空旁人一笔款项,人家要得紧,他无钱还,又没处想法,因此寻了短见,这也是他命该如此。"康直道:"你家的人是死了,那债主可以不要你家还钱了?"那尸亲道:"死者虽死,生者是生。那债主断不能因我家死了人,也就不要债。而况且自己寻死的,又不是债主逼死他的,就便现在碍着死人,不便来索,过了这个事,还自要来,终不能因你家人寻了死,他便将前项送你家做吊仪么。"康直道:"那债主再来讨索,你又将何项抵还他?"尸亲道:"火烧眉毛,且顾眼下。现在人死了,先将他收起来,等到以后,再说以后的话。"康直道:"你家人死在他寺里,所有的衣衾棺木,想都是那当家和尚备了。"那尸亲道:"少老爷再不要提起这话。我们向他求过两次,请他看死者可怜,给几个钱,好备棺木。那和尚始则不肯,好也容易说之再至,才肯给钱五千。少爷的明见,这五千钱文够做什么呢? 这也没法,只再向各处借贷罢了。"康直道:"你家人死在他寺内,叫他多给几吊钱以备棺殓,他还不肯,这和尚太也可恶了,你为什么不去县里告他呢?"那尸亲道:"如果死者是被他害死的,前去告他也还罢了;怎奈死者实系服毒自尽,就是县大老爷准了状词,下来相验,也不过叫和尚备棺盛殓,那死者反更受罪。而况这和尚势利甚大,门路极多,若要告他,只怕告他不倒,反将自己坐成诬告。所以多一事不如省一事了。"康直道:"既然如此,你现在曾借贷到手么?"那尸亲道:"正是,我们尚在借贷无门。"康直道①:"看你们真是些老实无用的人,我到想帮你们争争气。放着那和尚那种混帐,你家人死在他寺内,他连棺木总不肯备,还要你们尸亲各处借贷,备棺收尸,那有这样的混帐? 你们如果信我的话,管教你们得一注大财,至少也有二三百金到手,偏教那和尚不能如愿,任他势利大、

---

① 哈佛和傅图本此处均缺一"道"字,据文意补。

门路多,总要教他破些财,给你死者泄泄忿。你若还怕钱不到手,将来认我拿二百吊钱;若不相信,你还去各处借贷。"

那尸亲听了这一番话,又见有许多钱可得,心里也活起来,遂道:"依少爷是怎么个主见呢? 你老我们只要不吃亏,有钱靠得住,为什么不信你少老爷的话呢?"康直道:"你们果真依了我,我便给你一张状词,前去县里喊冤。县大老爷准了状,若问那死者是怎样死的,你就说是和尚因失去一样物件,硬说是死者偷去,勒令交还,若不交出原贼,定然送官究办。死者因诬窃畏法,心实不甘,曾与和尚理论。怎奈和尚不以理喻,徒仗势利压人,因此冤屈莫伸,又难与和尚讲和,只得服药自尽,以免送官究办,徒受刑杖之苦。你们只须这样说法,也教你赢官司得钱。却有一说,你们千万不可说我指使。"那尸亲说:"你少老爷是卫护我们,怎样可以说出少老爷呢? 那不是恩将仇报么?"说罢,康直就写了一张状词,交给他前去。康直又去找了梁启超,复纠合了学中几个朋友,写了一张公禀,单说宝珠寺住持和尚,平时不守清规,奸淫作恶,近复威逼人命,实为地方之害,应请照例惩办,以端薄俗而靖浇风。将这个公禀即日递了进去,暂且不表。

再说那道人的尸亲拿了状词,赶着到了南海县,却好南海县尊出去拜客,那尸亲便等了一会。南海县却值回衙,他手捧状词,便揽舆告状。县尊见是人命重案,便准了状,即刻签差,先将宝珠寺住持看守,又吩咐预备尸场,饬令苦主听候相验。南海县差得了这张票子,真是喜出望外,原来宝珠寺积蓄甚厚,那差人也算得了一宗财爻。县差持票去后,宝珠寺住持自必吃惊不小,且慢细说。

再说县尊进了衙门,将方才收的状词细加展阅,尚未看毕,又见门上拿进一个白禀。县尊接过来一看,见是公禀那宝珠寺的住持不守清规，奸淫作恶，威逼人命等语。县尊看毕大怒，说道："那宝珠寺和尚如此作恶，若不严加惩办，实为地方之害。"当又加差，着即将该住持先行管押，毋任畏罪远遁，俟本县明日亲临相验后，再行按例惩办。当日宝珠寺住持见南海县来，知道此事已经尸亲控告，当下先将县差安排停当，一面请人调处，一面钻打门路。正在忙碌异常，又见二次的加差又到，当即问明情节，方知康直等递了公禀。那寺内住持因此恍然大悟，赶着请人找了康直，情愿送钱和事。到了次日，南海县亲临相验，据件作喝报，实系服毒身死。又将原被人证各问了两句，饬令该住持先行备棺盛殓，仍饬原差将该僧押候提讯。县尊去后，该住持一面将道人备殓起来，一面请人到县里托了贿嘱，复又与康直说明和议，并允尸亲二百千文，真是钱能通神。这样一件雷厉风行的案子，不到两日，平复得风平浪静。尸亲得了钱，便先递和息，该住持又具了改过切结，县尊一并准其消案。那住持虽将大事了理清楚，除尸亲及衙门内上下差人等不计外，单只康直头一次包揽百吊钱，统计用去有一千以外。这且不表。

再说康直头一次包揽，便得了这一个大注，他以为此事实在可做，就放着胆，专门寻找此等生涯。这日走至一处，忽见道旁有座洞神宫，他便进去游玩，才进大门，便见个道士送了个尼姑出来。他一见有这等巧事，以为又是个财爻，便也不加思索，遂拦住他们去路，大声喝道："你这宫内道士住持，如何容尼姑出入？男女混杂，显有情弊。"他以为就此两句将道士喝倒了，遂又如宝珠寺的住持，暗暗的孝敬。那知这道士来历甚大，不但不受惊吓，反将康直骂了一顿，说他是个地棍，还要送官究办。你道康直可能容纳否？而且成了骑虎之势，只得勉强说道："你好大个道士！自家作了不法的事，还在这里恃强。我此刻也不便同你辩嘴，等会子叫你认得我就是了。"说着便大踏步出来，到了家中，即做了个禀帖，仿佛禀那宝珠寺的话头，却少了威逼人命一节。即刻送到县里，即请县尊出差提人。门稿上拿了禀帖去回本官，县官将禀帖一看，见上面写的又是康直名字，心内就有些疑惑。及至看到后面所告的是洞神宫道士暗藏女尼，宣淫不法等语，县官看毕，暗道："怎么这些僧道都是不法，而且都是康直知道，其中显有情弊。"当即批了个仰候确查是否属实，再行核办。当时康直见批了出来，似觉不甚应手，只得且回家去，再作主意。欲知后事如何，且听下回分解。

第五回
动公愤告发例裰名　赴乡闱观光重纳监

话说康直借端讹诈，去告洞神宫道士，经南海县批出，仰候确查是否属实，再行核办。康直见了此批，知道此事不甚应手，只得回家，再作主意。一路想来，暗道："我何不去寻梁启超，请他再纠合同学，上个公禀，偏要将那道士告倒，方显我等的手段。若一个道士告不倒，将来还能作大事么？"想罢，来寻梁启超，将前番的话，以及想的主意，均告诉一遍。启超道："此事虽可公禀，但究无实在凭据，恐不能如宝珠寺的那样应手。"康直道："我亦正因此事毫无把握，但现在已成骑虎之势，那条批又是那种说法，万一确查起来，竟是绝无劣迹，岂非告人的人说不定要被人么。我所以想递个公禀，足见这件事系出于公，或可竟将那道士告倒。"梁启超道："既然如此，且递个公禀再说罢。"因此又纠合了两个同类的去递公禀,暂且慢表。

再说南海县将康直的禀单批出,一面即饬差去查。那道士一得了这个信,首先差人将贿嘱停当,请他在县尊格外进言。那县差得了贿属,不必说道士本无不法情事,就便向来是真个个不法,看这孔方兄面上,也不过于薄情,而况表里俱到,差人又何乐不为。

那县差去后,那道士便去各绅士家诉了冤枉,请其代为解释。原来这洞神宫虽属道士住持,却是本地绅士资集公建,以为游憩之所。宫内地方甚大,也有一座花园,却造得十分精致。平时道士用度一切,除宫内香仪不计外,各绅士每月亦稍有津贴,每年仍有岁收,另外还有些田产,所以这"势利"二字,道士也算兼全。各绅士听了道士那一番言语,无不大怒起来,皆道:"省会之地,那能容得这等劣生? 鱼肉善良,借端讹诈,此风万不可长。若不禀请重办,何以安良善而儆刁风?"属令道士先行回宫,听候我等给你禀究。道士有了这些依靠,还怕什么秀才,也就洋洋得意而去。

众绅士亦即行聚议起来,有的说无须公禀,只要开个名字送到县里,请县尊照地棍访拿;有的说公事公办,但开姓名不过是件访案,终觉不成公事,而况这康直究竟是本学生员,若不公禀究办,县里也不肯过于雷厉。又有一个说道:"上次宝珠寺那件命案,尸亲本无兴讼之意,后经康直唆使包揽过来,以致宝珠寺住持大吃其亏。闹到完结,尸亲所得不过少许,单他一人倒大得其利。"又有一个说道:"据闻宝珠寺和尚曾经得罪过康直,所以他才借端报复的,这却情有可原。至洞神宫道士与康直彼此从不认识,何能石上栽桑,硬指他男女混杂、任意奸淫? 若谓因见有女尼从宫内出来,不知那女尼是道士的胞妹,因自幼许人,未及过门便做了寡妇,因此勘破红尘,削发为尼,欲修来世。兄妹偶尔来往,亦属寻常之事,他就因此借口，未免有忝名教。依我的主见，不但公禀，而且要将宝珠寺那一层叙入禀内，不办则已，欲办就要办到底，使他无所倚赖。不然留着那护身符，终久是个祸根。"大家皆极口称是，因此公议了一张禀状，单说他身列胶庠，不修名教，包揽词讼，遇事生波，鱼肉善良，借端讹诈，士林羞与为伍。上次宝珠寺庙祝服毒自尽，尸亲控告，亦系该生唆使而成。省会之中何能容其不法，若不严加惩治，何以安良善而戢刁风。且恐此风一开，必致效尤者接踵而至，应请按律详革，作以一警百之法，庶若辈闻而知惧，不敢相率效尤；即良善之徒，亦得相安无事云云。将这禀状议好，大家列上姓名，即刻缮就，饬人送至县内。

县尊接着这件公禀，细细展阅一遍，又将康直的禀辞暨梁启超等的公禀，详细阅过，方知康直非善良之人，实名教中之土棍。禀辞俱各阅毕，又将饬查洞神宫的原差唤至跟前，重又问道一遍。那原差仍自回说，洞神宫道士向来安分，恪守清规，实无不法情事。县尊问毕，嘱令退去，当即行文移学，请将康直协拿到案，以便合学会讯；一面饬差密拿，毋任泄漏风声，致为逃遁。南海县学接到县里移文，一面饬斗传知到学，一面往县里拜谒，询明原委。南海县即将原被告等词全与学老师阅看，学老师看毕，亦复大怒道："胶庠之中，如何容得这等匪人，名教之羞，孰大如此！若不严加详革，何以端士习而正人心，非按律惩办不可。"说罢，即议定了会审日期才告别回署，暂且不表。

且说县差、学差各奉本官之命，分头去拿康直，当由学差将康直传到学内，老师略问数语，即交门斗管押奎星楼，听候赴县会讯。到了会讯日期，将康直带到公堂，由县学两位亲自研讯，直问到康直俯首无辞，求请豁免。县尊到也稍有挽回之意，怎奈学老师是个极古板极直傲的人，他道："庠序中出了这等人，实为圣门的大败类，若不严加惩办，将来必多效尤，本学所管何事，一定是要详革。"县尊见老师如此，也只得了公事到学。学老师当即据情转详学宪，康直仍交与门斗管押。俟奉到学宪回批，应如何办理之处，再行核夺。又将梁启超等传到学内，重重的申饬一番。因他们虽有公禀告那道士，好的是各乡绅禀内未曾将他们告发，所以学老师得过且过。

停了一半月，学宪回批已到，着即革去生员，并严加戒饬以后释放。学老师奉到回批，随即将康直提出，戒饬了一百手心，革去生员，释放回家。各绅士闻得康直已经奉革，大家称快，那道士亦复得意洋洋，惟有宝珠寺的住持更加畅快，说道："狠人自有狠人磨，不道今日也就功名革去。"

不说众人称快，康直他革去功名，自回到家中，并不以为羞愧，还是趾气高扬，存心不善，乱想非为之事。倒是他父亲因此气出一病，当年就呜呼哀哉。康直同他兄弟康广仁料理丧务，就在家守制。原来康广仁也是本学生员，品行也不甚过好，这丧服之内，还暗地作了些不正之事，这也不必细说。同学中的那般朋友，知道他不①是正道，也就疏远去了，惟有梁启超，与他仍是莫逆，无论何事，总是狼狈为奸。康直三年服满，却值本年又逢乡试，他因革去生员不能下场，遂改名有为，取了几十两银子去纳了监，仍是乡试起来。到了临时，便去录遗，这遗才又取了一等，他更兴高采烈，逢人说项："我虽革去生员，还可以纳监赴试，而且今科稳稳高中的。"及至三场完竣，他又将场内的文章誊写出来，各处夸耀。煞是奇

---

① "不"字，哈佛本和傅图本均作"的"，据文意改。

怪,到了放榜这日,大家前去争看,他也在那里看榜,偏生又将他中了出来。他这一自命,几乎要飞到天外去了。梁启超这科却未中式,下一科也就中了。趁此交代,康有为中举之后,更加目下无人,睥睨一切,忙着开了贺。时光迅速,又至新春,他却又要北上,预备礼闱会试。毕竟康有为会试能否中式,且听下回分解。

第六回
狂妄无知状元自命　文章有价进士分曹

　　却说康有为自中了本省乡试,那种昂首天外、自命不凡的气概,实在不愿耐看。不必说那未中的,他固一味鄙薄;即是与他同年的,他也要说人家中式,是仗着祖功、宗德、侥幸而来,不如他真实本领。在他说出这些话以为得意,不知这话之中固然得罪人,还暗暗的菲薄自己祖宗没阴德。他却毫不自检,只顾说得高兴,所以那些些有道理的,也不与他交接,由他一人自命罢了。内中却恼了一个人,就是从前详革他的南海县学老师。他说:“这种人也为中举,此非天助其恶么,将他中出来,定然不会安分。与其随后闹乱子,不若趁现在告他是因案已革、更改原名的生员,蒙混纳监,禀请注销今科举人,倒觉免了随后许多乱子。”后经旁人再三相劝,那老师才不过问。

　　过了残年,却好新科举人要进京覆试,并赴礼闱,康有为此时也就预备北上。到了二月初,即收拾进京,水陆兼程,非止一日。到了京城,寻定客寓,休息了两日,便先拜中式老师,以次拜太老师、同乡官等,各处又送了礼。然后座师请众门生团拜,本省同年团拜,足足忙了数日才算清楚。接着报名投到,准备覆试。等到覆试已过,已是三月,举行礼闱大典。到了三月初八,各省举子纷纷入闱,三场完毕,大家皆住在京城等榜。凡那些会试的,谁不想中进士,在大众不过暗自想望,那敢自命必中呢。独康有为仍是那种气焰,见着人必津津而道,自夸文章如何名贵,如何才着气,经艺如何饱满,策问如何条对,真个炫耀得绝无仅有。及至出了榜,他却名落孙山。他不说才学不能如人,自己反怪主司无眼,惹得他背地痛骂起来,却无法可想,只得仍回家乡。到了广东,逢人便说主司毫无眼力,竟将我的文章不中,反中了许多不成文章的出来,其狂妄如此。过了些时,将此心抛去,又去寻他那些非礼生涯,终日在省城之中,侧目而视的不知凡几,独有梁启超与他最为莫逆。

时光如驶,不觉又是三年。这年却逢癸巳恩科会试之期,他也仍旧北上,在路行程,非止一日。这日已抵京城,寻下寓所,无非拜客寻人等。事已毕,他忽然想道:“这科未中,殊觉可恶。今科我先给自己定个预兆,凭我这才学,何愁不大魁天下!”因此就写了一张报单,上书七个大字“今科新状元康寓”,张贴寓所门首。京华之地,人烟辐辏,往来经过之人,上自王侯公卿,以至官绅士庶,偶然见了此帖,无不惊讶:这姓康的果是何人,他怎么拿得稳今科状元便是他呢? 有的议论他是不学无术,狂妄性成;有的说他是疯癫的[①];还有说他一定是老于场屋,多不能中,故作激愤之词的。巷议街谈,殊觉诧异,当作一件新闻,到处传说。康有为虽知议论纷

---

① “有的说他是疯癫的”一句,哈佛本作“有的说他的是疯癫的”,傅图本作“有的说的是疯癫的”,据文意改。

纷,他却毫不知耻。

及至会试完毕,高放榜花,康有为大名,不必说未列五魁,连那十八名都没有他分,不过低低的中了个贡士。等到报喜的人前来报捷,向他索些赏号,他却先将报捷的人骂了一顿,说:"主考实在无眼,我这样文章,他不中我会元,也就辜负我了,怎么五魁都不中,却要取什么文章? 你还要来讨赏号、要喜钱,谁希罕你来报喜?"那送喜报的被康有为连骂带碰说了一阵,把个送报的恼得有冤无处伸,真叫做求荣反辱。那送报的停了一会,慢慢的说道:"你老不用动怒,你老文章好,中的低,不怪你老抱屈。但是你老中的低了,是那主司无眼力、没见识,不认得你老的文章,只可怪那主司。小的们原是当的这样差使,凡会试老爷们中了,小的们都要各处去报的,不必说不报,是要被老爷们责罚;就是报迟了些,还恐老爷们见怪。今日小的到老爷这里报喜,固是应分的事,也是喜欢的事,满指望多讨些赏回去。谁知你老因中低了,没有地方诉苦,借作小的出气。可是你老使这标劲儿,可使错咧! 你老虽不希罕这贡士,小的们可不敢说那样话。如今你老能赏几两儿就赏,如不行就算了罢,咱也不是一定希罕这点儿赏号。还有一说,会试中低了,怨主司没有眼力。指日就要殿试,接着便是朝考,高中低中,这可不是主司乱取,却是皇上钦点。那时状元也没有人去抢,你老有才学,有福泽,只顾将状元夺来,大魁天下,可比这会元强多咧! 这会子不中会元,也算不了甚么负屈,你老就屈到这样,连咱们送报的都带晦气了,可不是笑话吗?"康有为被那送报的抢白了一阵,句语又带着讥讽,你道他可能受不能受呢? 他便更加[1]发怒道:"好

————————

[1]　"加"字,哈佛本和傅图本均作"外",据文意改。

大送报的,你敢小觑老爷不能中状元么? 你可知今科状元谁有分儿,可是你老爷中定咧! 你讨赏号,可是没有。你如再敢啰唣,便送你到官,叫你向官讨赏去。"那送报的道:"罢呀,你老就是将小的送官,也不见有什么罪呢。在小的看,你老不给赏号,到也不算什么,咱们不过空给你老报个喜儿。若将小的送官,小的们可也没有法,倒是你老不免大才小用,借送官来恐吓,这是何必。你老呢要送官就会儿送,不然咱们赏号也不要了,算给你老贴补房饭钱儿,咱们可是走了。待等到你老中了状元,再来讨赏。那时你老果真中了状元,这赏号儿可不要再借中的低、主司没有眼力的话为由,还是不给咱们的赏号。"说罢,便大踏步走出寓所去了。

康有为听了这一番不尴不尬的话,心内着实可恶,只是送报的已经去了,惟有徒骂两句而已。比及殿试,满望考在一等,到朝考时,便有大可望。谁知天不从人愿,又因康有为奸诈太甚,上天之意恐将高中了他,便更加放肆、目下无人,故将他取在三等,赐同进士出身,用了一个主事,分在工部学习。康有为一见如此,大失所望。满话是说了,那自命新科的状元帖子,还贴在寓所门首,怎么能掉转脸来。正在他理打主意,忽有个朋友前来拜他,他便借这个时候对着他朋友,又将那殿试阅卷官骂了一顿,仍是说他没有眼力。他始终都不肯存一些羞愧之心,他那朋友见他如此气愤,只得敷衍了两句,又劝了他一番,无非给他说些抱屈的话而去。康有为见用了主事,虽不能如他初愿,要中状元,但是上命难违,不得不随班谢恩,接着去谒座师、参见本部堂官。诸事已毕,这才料理到部供职。毕竟康有为分部以后,还干出什么事来,且听下回分解。

第七回
嫌冷淡乞假返家乡　恃功名甘心作刀笔

话说康有为自分部以后,暗自想道:"如我之才,只用得一个主事,实在抱屈。如分在吏部或兵部,尚觉稍有所取,偏将我分在工部。这工部是个极冷的闲曹,有何趣味?而且补缺的年分甚远,还要带出钱来供职。即使等到候补,每年所得,亦复甚薄。我何必恋恋在此,到部供职,守着这冷落一官,不如还自回家,为我所为,反比这逍遥自在。况如今中了进士,入了大乡绅的班,就便作出些非礼的事来,还怕什么有人告发。平日无事的时节,与那二三知己,或议论些当今时事,或讲究些东西言语,将来说不定也可于洋务大得其法。"

主意已定,过了数日,便去本部堂官前请了回籍修墓的假,本部也就准了下来。康有为又去会试的两个老师前,说明告假的话,然后到各处辞了行,择日出京回籍,便道上海,就在上海张罗了一次,凡那同乡以及富绅、富商,无论有无交情,皆分送了一本朱卷。其交情稍重的,或稍有名望的,再加上一副款联,或一柄的折扇。先到各处拜谒一趟,随后视送贺分程仪的缓急,如已经送来的,便去道谢;未经送来的,便借辞行为名,复去往拜,暗催人家送款。如此做作,虽不必康有为一人,凡那借此张罗的,大半这样,却是康有为比人家做得取巧,钱又比人家张罗得多。

在上海耽搁约有两月,就将这张罗来的钱,全供应在花天酒地之内，又结交几个有面子的外国人。忒也奇怪，那外国人①自从认识了康有为，就颇与他相得。本来康有为东西言语曾经习过，自此之后，便常与外国人纵谈时事，无非崇尚西学、贬抑中朝。那外国人听他口如悬河，而且扬其所长，抑其所短，更觉与他相契，并谓他是当今才子、不可多得之人，康有为因此日益骄固。他因耽搁已久，便辞了上海，遄返广东。临行这日，除他的同乡好友亲送上船外，便是那几个②外国人，也去亲自送他个。康有为见此情形，甚觉洋洋得意。比及到了香港，又在香港张罗了一次，所得亦复不少，这才挟资回乡。

　　这日已抵广东省城，当即回到家中休息。过了两日，便出去往拜地方官绅，并从前详革他的那南海县学老师，以及公禀他那些绅士，有见面的，有不见面的。遇着那见面的，他便说道："兄弟从前荒唐，不知顾忌，幸得诸位当头棒喝，作局外的箴规，将兄弟告发起来。复经老师将兄弟的详情革去，为士林之戒。那时兄弟遭此羞辱，以为功名二字，是终身无望了。迨以后技痒起来，不得已只好纳监观光，以作万一之想。不谓竟得乡荐，今又侥幸如此。仔细想来，虽有今日，还是从前仰仗诸位的教训。设若从前不经诸位那番责备，或者今日也还不能得这两步功名，实在惭愧得极。以后设有不到之处，还望你们诸位留意才好。"他这些话，外面似觉谦逊，其实他存了一个心，说是你们从前与我为难，要将我功名革去，我现在中了进士，那些非礼的事还是要做，特为知照你们一声，看你们还有什么本领再去告我，详革我的功名，明为谦逊，实在是暗地来

---

①　"外国人"三字，哈佛本和傅图本均作"康国人"，据文意改。

②　哈佛本和傅图本此处均缺一"个"字，据文意补。

寻报复。那些绅士也明知他的来意,只得敷衍他两句,又何必与他针锋相对呢。

接着,康有为又在本籍开起贺来。自古三千向火,八百向灯,况且那世态炎凉,万脱不了。现在见康有为中了进士,在家开贺,自有人前来趋奉。还有素知他平时奸险,此时不去敷衍,恐他有所怀恨,将来要寻事报复,只得前来应酬。康有为开贺已毕,终日无事,真落得逍遥自在,或到梁启超那里谈论谈论,或是梁启超前来。这日,康有为正坐在家,忽然梁启超匆匆走来,向康有为说道:"刚才从大街上走,闻得人说那李继成家出了一件命案,是凌虐婢女,以致身死。你看此事,想个什么主意,去办他一办? 并闻这李继成家道甚好,平时极其可恶,如果有法,实是一注大财爻。"康有为道:"如此说来,那已死婢女,不知是买来的,还是雇来的? 若是买的,便不甚好办,因他无尸属出首,何人前去告他? 终不然,还去买赇尸属顶冒么? 如果是雇工的,那就好办,须得打听的确才好。"梁启超道:"我便去打听,你等我的信。"康有为道:"你打听确了,如果的系雇工,便将家尸属带来,好作主意。"

梁启超答应,即刻去了。不一会带了一个四五十岁的粗人,一同到了康有为家。梁启超先叫那个粗人给康有为碰了头,梁启超便在旁说道:"这就是那李家雇工婢女的生父。"康有为随问那人道:"你姓什么?"那人道:"小人姓王,名唤王二。"康有为道:"李家已死的婢女,是你什么人呢?"王二道:"是小人的亲女儿。"康有为道:"几时雇在那里的呢?"王二道:"是去年十二月,由荐头送去,每月工钱一元,专门服侍李家太太。初去时尚好,过了两个月,渐有打骂的情事,我女儿就欲回家。小人因家道穷苦,累次叫我女儿细心服侍,没有过犯,难道主人还寻事打骂么? 我女儿听小人的

话，便又去了。后来也时常对我讲，说他家太太甚为凶恶，不愿在
他家佣工。我看女儿苦苦的要回来，也就叫他不去。我女儿见我
准他回家，他便去李家告假。后来我女儿复又出来说，李家太太不
让他走，还要叫他服侍。我就对女儿说，既太太留你，你就还在那
里，等到有好人家再去罢。我女儿也就依了我的说话，仍去李家佣
工了。数月以来，并未有什么情事。今日早间，忽然那荐头到我家
送信，说是我女儿昨夜发急痧身死。小人闻说，也当真个得了痧死
的，当即赶去看视。到了李家，知我女儿已死，却不在李家屋里，是
在李家后门外一间小屋里，见着我女儿尸身，好像不似急病死的。
正欲追问，他家有个服侍小奶奶的丫头，悄悄拉我到没人地方[①]，向
我说道：'你的女儿不是发急痧，是因他给太太擦烟灯，失手将烟灯
跌碎。太太见他将烟灯跌碎了，就骂了他两句，他就回太太道，我
却也不是有心跌碎的，谁人没有错误。太太好使唤便使唤，如果不
合意，我也不赖在你家，太太就开发我，骂什么呢？谁没有父母，我
只拿太太雇工的钱，没有[②]拿太太的骂的钱。我们贫穷，给人家做
婢女，终不然还带着父母给人骂么？他回了这些话，把太太说上气
来，便走上去给他打了两下。不知他怎样，就睡在地上，爬不起来
了。太太还只当他故意无赖，那里晓得喊他也不答应，叫他也不起
来。太太便走近前看了看，见他脸色已变，再抚摸了一回，他已是
没有气息。太太此时就喊了人，将他扶起，初以为他是闭气，还赶
着灌了许多姜汤，实指望他苏醒。那知任你怎样灌他，终不醒过

---

① "悄悄拉我到没人地方"一句，哈佛本作"悄悄拉到我没人地方"，傅图本作
　"悄悄拉我没人地方"，据文意改。
② "没有"二字，哈佛本和傅图本均作"只有"，据文意改。

来,已是死了。太太见他已死,当招呼家人,将他移到那小屋内,等到天明,就去喊了荐头,给你家送信。'小人听了那丫头这番话,才知我女儿是给他家打死的。刚才正要去县里喊冤,碰见这位老爷,说是有话向我说,我就跟着来了。"不知康有为说出什么话来,且听下回分解。

第八回
劣绅士巧计认家奴　刁县差大言惊事主

却说王二将亲女致死之由告诉康有为一遍,康有为问道:"你女儿今年几岁了,叫什么名字?你现在要去县内喊冤,你可知道县里准不准呢?"王二道:"我女儿今年才交十五岁,叫做阿娇。我去县里喊冤,难道我女儿给李家打死,县大爷不给我女儿伸冤么?"康有为道:"你可知李家是有钱的主儿,不过打死个婢女,拼着花些钱,在县里使用通了,任你前去喊冤,县里竟会不准,你又奈何他怎样?在我看起来,还是不去喊冤的好。请个人去李家给你说,使他家多给你些钱,再给你女儿从丰棺殓,我看这样办法,比你去县里喊冤妥当。"王二道:"你老爷怎么这样说法?难道我女儿给人打死了,只图现在得些钱,便不顾女儿含冤抱屈?我的冤是喊定了,就便那县里不准,再到府里去告,总要给我女儿伸了冤,我才甘心呢。"康有为道:"你既是执意要去喊冤,我却有个主意。我因为你女儿死的苦,你又痛女情深,我就帮着你,将这冤枉代你伸了罢。可有一件,你却要依我件事。你能依我,包管你不致吃亏。"王二道:"承老爷的恩德,能代我女儿伸冤,莫说一件事,就是十件,小人也是依的。"康有为道："这等说，我便给你写张状词，你前去县里告状，若县大老爷问你，你就说在我家佣工。我再给你写封信，属托县里，请县里代你重办。这样办法，你这冤枉是一定伸了。等到县里办起来，所有的情事，总由我代你作主。"王二听了这番话，以为康有为看他可怜，帮他设法，那里知康有为是要借他名，好去索财。当时王二答应，又谢了康有为、梁启超二人。康有为一面给他写了状词，让他去告；一面写了一封信，信内略谓："老仆王二，有女阿娇，由李姓雇作婢女，借服役糊口。本系极苦之事，乃李姓之妇，残暴不仁，日事凌虐。讵于某日，偶因细故，竟将该婢女毒殴身死。此等居心，残忍已极。该婢女何辜，竟遭惨死？如此残酷，实不忍闻。若不按律惩办，何以雪死者之冤。除由婢女之父请求昭雪外，用特函请实为公。"便将信写好，就着了一名该家人送往县里不表。

且说王二手执状词，跑到县里，适值县尊升堂问案，王二便当堂喊冤，县尊即命将王二带上。县尊问道："你姓什么，名唤什么，有何冤枉？须从实说来。"王二道："小的姓王名二，向在康有为康大人家作仆。有个亲生女儿阿娇，在李继成家作婢女，每月工价一元。奈因李家太太向来凶恶，小的女儿在他家时被打骂。曾经小的属女儿告假，李家太太又不准给假。小的因家道贫苦，借此减口，既是不准给假，也就嘱我女儿小心服侍，只要伺候的好，也断不会寻事打骂的。小的女儿听了小的话，他就又去了，近两个月并无打骂情事。不料昨晚小的女儿给李家太太擦烟灯，失手将烟灯堕落地上打碎。太太就先骂了两句，小的女儿回道：'打碎烟灯，也不是有意，谁人没有失误。太太动辄便骂，作婢女的只领太太工钱，没领太太骂的钱。'那知太太因此更加气怒，便将小的女儿毒打身死，求恩超雪。"县尊问道："你在康大人家，你怎么知道你女儿毒打身死呢？"王二道："小的昨晚偶然告假回家，今早忽有那荐头来报，说是小的女儿昨夜急痧身死。小的得了信，就赶紧先到主人家走了一趟，告诉了原委，当即赶往李家看视。小的初意，只以为女儿实系急痧身死；及至李家，见女儿尸身并不在他家屋里，在他家后门外一间小屋。小的将女儿看了一遍，见那形色不似发痧身死的。小的正欲追问，忽有他家小丫头走来，将小的招呼到没人的所在，将以上情节告诉小的，说女儿是被太太打死，今早才将死尸拖到这相验。"只见值堂的家人呈上一封信来，县尊接过，拆开一看，见是康有为的亲笔，属托将李家按律惩办，伸雪婢女阿娇之冤。县尊看毕，知道王二是康有为家的老仆，又有康有为的信属托，并知康有为是著名不好说话的人，何能视为寻常的命案①，当即饬差前往李家知照，预备听候亲临相验，说罢退堂。

且说县差奉了本县差遣去往李家，那两名县差满心欢喜，向来知道李继成颇有钱文，却是刻薄无比，今日出了命案，好借此敲诈起来。当即赶往李家，见了李继成，说道："你家凌虐婢女，毒殴身死，当时不报尸属，擅敢死后移尸，现在尸父在县里告准了。我们奉了本县的命，先将你这家主看管，并饬知你家赶速预备尸场，听候本县亲临相验。"李继成听说，着实吃惊不小，暗道："尸父王二向来老实，早间在这里并未说什么话，只求我从丰棺殓，怎么忽然变了局面，去到县里告起来呢？其中定有人唆使了。"当与县差说道："尸父去告我家凌虐婢女，以致身死，此时百口也难辩白，难得

---

① "何能视为寻常的命案"一句，哈佛本和傅图本均作"何能视为寻常的之命案"，据文意改。

你们大老爷前来相验，那时自有公论。但是尸父早间在此，只求我家从丰棺殓，并无异言，何以忽然有了变局？其中定有人唆使。"县差道："这句话到给你说着了。你家打死婢女，都以为尸父老实无用，许他个从丰棺殓，便没有事了。你可知道他虽老实，他家主人见他女儿给你家作婢女服役，还被你家凌虐身死，实在不忍；又见他老实无用，不敢去告①，以致他女儿沉冤莫诉。所以他家主人叫他就到县里喊冤外，他家主人自己又亲去拜我们老爷，当面嘱托，请我们老爷重办，说是这等不仁的残暴妇女，若不按律重办，何以雪死者之冤？你说尸父被人家唆使，倒不是人家唆使他，却是他主人代他女儿不平，帮着他办残酷妇女的②。"

李继成听说，暗道："这件事可是闹大了③，不怪旁人，只怪我那不贤妇，婢女打碎烟灯，有什么不了，就要将人家打死。现在钱是化定了，县里来相验的时候，但愿说是误伤，拼着化些钱还可没事。万一县里偏些心，再加主使的利害，硬说是凌虐身死，要按律办起来，那可怎么说？"又不知尸父的主人是何等样人，一面暗想，一面又问县差道："既是你们二位说是尸父的主人代他不平，托县里重办，但是他主人姓什么呢？而且我从来没听他女儿说过他老子在人家佣工。"那县差道："你不知道他主人姓名，我们告你嗏，就是新科进士、钦用主事的康有为。你看他这个主人，可利害不利害？该应你家倒运，碰着不贤的妇人，复又碰着这难说话的尸亲的

---

① "又见他老实无用，不敢去告"一句，哈佛本和傅图本均作"又见老实无用，他不敢去告"，据文意改。
② "帮着他办残酷妇女的"一句，哈佛本和傅图本均作"帮着他办残酷的妇女"，据文意改。
③ "这件事可是闹大了"一句，哈佛本和傅图本均作"这件事可是大闹了"，据文意改。

主人。"李继成听说是康有为从中主使，这一吃惊可实在不小，复又暗道："这件事要得平稳，必须将康有为先说通了，才不致掣肘。"毕竟李继成如何说通康有为，且听下回分解。

第九回
辨曲直县令判冤枉[①]　逞贪婪劣绅甘吞没

　　话说李继成因县差说出康有为从中主使，李继成大为吃惊，因思这命案若要和平完结，必须将康有为先行说通，然后才好办理。主意想定，一面预备尸场，等候县尊亲临；一面各处找人去与康有为说结，又将县差的门分礼送过。诸事已毕，一会子南海县带领书差、仵作人等亲临相验。当即升了公座，先将原告王二问了一遍，就跪在一旁，然后将李继成带上来，问道："已死婢女王阿娇，为甚任意凌辱，毒殴身死？从实招来。"李继成在下禀道："婢女阿娇，从上年由荐头雇送职员家内服侍，始尚勤俭，渐即懒惰，职员即有心开发，后职员的妻子说，阿娇已使唤熟了，就是他稍懒惰，但警他两句罢了，又何必开发呢。不意前晚阿娇给职员的妻子擦烟灯，不知他怎样将烟灯堕落在地打碎。职员的妻子就骂了他两句，说他只顾懒惰，无心做事。该应神差鬼使，阿娇不受说，便反辱相向。职员的妻子见他不驯，便举起手来就打了他两下，不觉阿娇就此倒地不起。其时职员并不在家，职员的妻子见此情形，赶着使人将职员寻回家，一面将阿娇扶起，赶着灌救，只以为他是得了急痧，那里

―――――――――――――――

① "枉"字，哈佛本和傅图本均缺，据二本回目补。

晓得再灌不醒，已是死了。此皆实在情形，并无半句虚谎，尚求明鉴。至于说职员的妻子任意凌虐，这就是欲加之罪，何患无辞了。"县尊道："你说阿娇非尔妻子凌虐毒殴身死，姑作此说。为甚么阿娇未经身死之先，你家怎不给人将他父亲寻来，眼同见证？及至身死之后，又为甚将阿娇尸身移置他处，等到天明才去报知？还要谎说急痧身死，这是甚么用意呢？"李继成道："当时阿娇未死之先，不给他父亲告知，是因在半夜，又疑他是发痧。及至已死之后，告知他父亲是急痧身死，实非居心谎报，以为打了两下，断不会将他打死，还疑他是真个急痧，所以才那样去说。至于移尸一层，虽非有意，却是职员检点不到，还求明察。"

县尊还要再问，只见王二跪在下面，大声哭道："大老爷要伸冤嘘，小的女儿实在是被他打死，不是急痧死的呀！"县尊喝道："尔无须多言，本县自有公断。"王二住了口。县尊又问李继成道："你既个有职的人员，应该知道这移尸自载在律例，你敢擅自移动，殊属荒唐。俟本县亲验以后，如果凌虐身死，定当二罪并究。"说罢，喝令仵作检验，下面答应，即去检验一遍。当据喝报①，验得尸身左太阳穴有手指一处，实系手击误中致命，并非凌虐毒殴身死。县尊据报，复离公座，亲视一遍，仍然坐下，向王二道："本县验得你女系误中致命身死，并非凌辱毒殴，本县代你作主便了。"王二道："大老爷明鉴，无论他误中不误中，总是他家打死的。既是大老爷代小的作主，小的还敢有甚么话说？只要对得住死鬼女儿，便是大老爷朱衣万代了。"县尊又向李继成道："你现在可知阿娇不是急痧，委系尔妻失手，误中致命，以致身死。尔尚有何辩说么？"李继成道：

---

① "喝报"二字，哈佛本和傅图本均作"喝后"，据文意改。

"职员知道,还求公祖明断。"县尊一面喝令李继成从丰棺殓,一面令王二先具收尸甘结。李继成当即答应,王二不肯具结收尸,县尊复善言开导道:"尔不可执迷不悟。本县既说代你作主,你又说任本县作主,只要对得起你女儿这话,倒还明白。现在本县既令你先行验尸,随后自然有个道理。你不肯收尸,难道就因这不收尸,借此挟制么?而况你女儿已死,又验得是误伤人命的,固然有罪;就是挟尸图诈的,也要问罪。而且你女儿一日不收尸,就受一日罪,你是他的父亲,放着他尸身暴露,你又何忍呢?"王二被县尊开导了一遍,这才具了收尸结。李继成仍着原差看管,等收尸已毕,再行提讯,县尊回衙不表。

再说李继成见县尊验得尸身系误伤身死,他的心虽放下一半,却碍着康有为从中主使,倒底心内还有些七上八下,赶着请人向康有为贿属。事又凑巧,他有个朋友贾仁,也是本学生员,却与梁启超认识。这日因李继成家闹下命案,他来打听究竟如何,李继成便与他商议怎样贿属康有为。贾仁听说,便道:"欲与康有为说项,除非请梁启超去,他与康有为最逆。但是我虽认得梁启超,却没有交情,不便去与他说。"李继成道:"你既与①姓梁的相识,不妨且去一走,看是如何,行与不行,再作商议。"贾仁答道:"我去却不妨,但毫无把握。"李继成道:"不必耽延,就请你去走一趟罢。"

贾仁答应,就随即去寻梁启超。跑到梁启超家,说是早间到康家去了。贾仁听说,即到康有为家来寻,却好启超未走。贾仁见着启超,便拉他到了门外,说道:"小弟今有一事奉商,因敝友李继成家那件命案,此事实系敝友治家不正。但闻得尸亲是令友康君的

---

① 哈佛本和傅图本均无"与"字,据文意补。

旧仆,现在经县里验明,并非凌虐身死,实系误伤致命,已经奉县尊示谕,饬令敝友从丰棺殓,并饬尸亲先行缮具收尸甘结,俟收殓后再行批讯。此案若依国法,自应照例惩办。然仔细想来,误伤人命,却无抵偿之罪;而且名分攸关,似无家主问抵奴婢之例。因此小弟意欲多事,仰仗老兄善言解说,将他两造说开了,免得将这件事闹大开来。况且老兄与康君最善,而该尸亲又系康府的旧仆,得老兄先与康君一言,再请康君转向该尸亲善言开导,该尸亲重以主命,似无不应之理。至死者甚苦,小弟当令敝友酌贴他些恤银,不知老兄尚肯转达否?"梁启超听了这番言语,明知是事主属托而来,却好①正合心路,当即说道:"既承尊属,敢不如命。却敝友康某亦系代抱不平,只要尸亲可以活动,敝友亦何乐不为? 特恐尸亲痛女情深,虽有主人之命,也不肯私自了结,敝友亦无可如何。且请稍待一半日,小弟当据情转达,是否如何,再行回报。"贾仁又谆托了一回,匆匆而去。梁启超便将这话与康有为商量起来。

过了一日,贾仁见无音信,又去梁启超家打听,却好启超并未出去。贾仁见着启超,问道:"昨日所托一节,是否如何?"梁启超道:"敝友康君见小弟将尊意转达以后,他也道此案既经县尊讯明,并非凌虐身死,又饬令事主从丰棺殓,死者之冤,也算伸过。当即饬人将该仆唤来善言开导,争奈他坚执不行,复又再三相劝,尚未过于活动。然在小弟看来,似尚可行,且请再停一半日,当有确信奉告。"后来此案经康、梁二人,直索至四千两方才寝事。那尸亲王二只得了数百两纹银,其余皆为康、梁二人所得。诸如此类,不一而足。毕竟后来还作些甚么事来,且听下回分解。

———————

① "却好"二字,哈佛本和傅图本均作"好好",据文意改。

第十回
两次告发私遁^①外洋　四载稽留重回中土

却说康有为因王二的亲女阿娇在李继成家作婢女，被李继成之妻失手误中要害致命，将阿娇打死，经康有为冒认王二为家奴，从中主使，捏词控告。当时经南海县验明误伤，又经李家托出贾仁，商同梁启超转托康有为贿属了事。康有为与梁启超尽得纹银三千余两，王二只分了数百两，就此勒令着王二递了和息消案。当时王二并不知道康、梁二人如此作为，后来慢慢的打听出来，方知李家出了四千银子，除自己所得之外，被康有为得了二千两，梁启超分了一千五百两。王二好不恼恨，暗道："我借个死女儿给他们赚钱，早知如此，我何必要前去控告，惹得我女儿经官相验，吃了一顿苦，我所得不过五百两。不知道的，反说我因个女儿死了，借尸图赖，得了一笔大注财爻，其实有名无实。"王二越想越不值得，又不敢向康有为处理论，只得各处宣扬起来，碰着李继成家里人，又将此话和盘托出。李继成听了此话，也没有法，只得存在心中，随后再说。

康有为自此以后，没有一日不寻找这等事去做。除梁启超是他的心腹，又暗结了许多同类作为眼线，凡遇外间大小事件，皆来告诉康有为，好让他斟酌行事，或是包揽，或是控告，因此颇为得法。那外面那些正人君子，却没有一个不怨声载道，积怨日深，乘

---

① "遁"字，哈佛本和傅图本回目均作"逃"。

间者即日众。这日又因包揽了一件事，作得过于狠毒，暗地逼死了一个人命，因此本地各乡绅士，齐至督宪衙门控告。事尚未发，外面有了风声，康有为自己也知这件事难于弥缝，若闹开来，断非易了事，而且于自家大有关碍，因此想道："我在家内终不妥当，别处又不甚合宜，我必乘此往外洋去走一趟。不但这件事因我不在家无处着落，只要松懈下来便可以了事；而且我到了外洋，也可将外洋所有风土情形饱览一遍，将来未尝无用。"主意想定，便悄悄的通知了梁启超，他便带了些盘程，轻车减众，附搭轮船，直望英吉利而去。等到督宪公事下来，札饬南海县查办，康有为已经远去，南海县只得据情禀复。那些绅士访闻得康有为因此逃遁，也就不再禀追，就此算了。

再说康有为到了英吉利国，寻下寓所，休息两日，便去寻了两个向在彼处为商的同乡，因此又结交了几个英国洋人，慢慢熟识起来，不到半年，英国的官也就认识不少了，由此便与英国官员往来甚密。他又将那奸诈的本领使出来，平时或与英官谈论些时势，或议论些我国的国政，又往各处名胜地方，及各厂办公之地，尽情游览后，便仿照外洋时势，参以己意，作了两本著述。在英国住了有年许，又往美国、新加坡及东洋日本等国各处游历，凡到一国，便将一国的国政悉数记下。

光阴迅速，不觉已经四年。又探知家乡的案早经没事，因此又决计回乡。这日回到广东，暗暗的到了家，首先将梁启超请来。梁启超闻得康有为已回，赶即到了康家，彼此一见，先谈了许多阔别的话，然后康有为问道："自我走之后，那件案究竟如何平服？"梁启超道："始则雷厉风行，由督宪札饬南海县查办。迨南海县奉到公事，知道你已闻风先走，无从查办，便据情禀复督宪，那些首告的见你已离了家乡，也就得过且过。接着督宪任满，也就进京陛见，又重放了制台，此事遂作罢论。但有一件，风闻那些首告的声称，你从前算是幸逃法网，若此次回来，果系安分守己，万事皆休。若再有如前项情事，仍欲将你告倒。乡评如此，实在你之为人，真不满人意。在愚意看来，家乡之地，万难久处。你好在已是分部主事，何不稍事耽搁，便去进京到部供职，免得在家乡再惹出是非下来。"康有为道："我亦知家乡非久居之地，但是到部供职，那么个冷落闲曹，怎样令人消遣。而且以我之学问，处那样一个卑官，又未免才不可展。我现在却有一件，俟到京城里，意欲学那苏秦、张仪一流，游览当道，只要说动一两个，便可以由此达彼，推广起来。等到有了大权，我就可以为所欲为，不必说家乡这些此鼠狗之辈，就使那在朝的名公巨卿，也不怕他不入我的掌握。"梁启超道："但愿如此，我也可以希附末光了。"

康有为道："非是敢夸大口，就将这四年中所有的阅历的学问，使出来去游说，还怕那些井底之蛙不入我的笼络么。"梁启超道："据你所说，这四年在外洋亲自阅历，已是饶有学问，用以游说，更是确有把握。据说如此，但不知所说确有学问、饶有把握者何在？还请略道其详，以何者为游说之具。"康有为道："方今中国，自东洋挫锐以后，举朝文武，皆以国势日蹙，无计振兴。我一到京师，首先谒见要津，谈次之下，先动以危词，视其意见如何，可否入我个中。然后再以利害说之，若果动听，我更以自强之道诱之。迨其以我为是，便可下手布置一切。总之，凭我这三寸不烂之舌，都要说得那顽石也会点头。等到附会者众，信我者深，那时就可乘其声势，借其捷径，由渐而入，上使君王动容，下使百官崇奉。即有一二迂拘之辈、憨直之徒，或沮其所为，或论其不便，既已信之者众，他亦其奈我何？再能暗结羽翼，密布心腹，使左右皆我之人，一言一动，莫不听我指使，至此则大事定矣。”

梁启超听罢，笑道："果如君言，固是大妙，特恐画虎不成反类犬耳，却不可视为太易。朝廷之上，岂无明哲之人，一败其谋，便至不可救药。"康有为道："若无把握，何敢出此大言。君何小量之甚耶！"梁启超又道："君言以自强之道诱之，究竟何者为自强之道？愿闻大略，借卜将来。"康有为道："不过其效西法、更旧制、裁冗员、立学堂、设议院、兴商务、练兵法、习工艺、创农学、设报馆，诸如此类。现在中国疲惫已极，在恪守成规者，断不愿好创新奇。可是那些新进之人，少年负气，自命不凡，只虑无创见之事，一见有此奇创，亦谁不跃跃欲试，见异思迁？而况自中日失和之后，凡有血气者，莫不愿一洗国耻，我却乘其机以竭力煽惑，试问那些自命不凡、少年负气的，孰不望风而来，趋之若鹜么？只要举国响应，又何患大事不成？你道我此事虽妙，不可视为太易；我却以为有此好机，行此大事，真是易如反掌。你亦是才大不羁的人，何以也说出这迂腐的话？天下无难事，惟在为之者何如耳。"说罢，便哈哈大笑。

梁启超听了这一番议论，也觉得甚是有理，且暗暗合了自己的心意，也便笑道："你事成之后，却将我置之于何地？"康有为道："那时自有重大之任与你，且欲使你作一个外援，内外交通，方好措手。"梁启超听了，不觉大喜。毕竟康有为将来作出些什么事来，且听下回分解。

卷二

第十一回
谒要津闭门不纳　结声气巧语相投

话说梁启超听了康有为一番议论，甚合心意，又见康有为许他得意之后，将他结为外援，心中大喜。因此又谈了许多话，彼此又订有密约，无非通同一气，内外声援，这且慢表。

康有为在家停了数日，也就预备进京。及至二月，到了京都，便在宣武门外绳匠胡同南海会馆住下，休息数日，先去往拜那些同乡京官，又去拜了同年一班朋友及同寅等人，又去本部堂官处投到。诸事已毕，便想去结识当道，因想道："礼部尚书许应骙是同乡，而且势声赫赫，我去见他，他知我是他同乡，必得看重乡谊，一定请见。等我见着他面，谈次之下，就好见机行事，只要先将他入了牢笼，便可因他运用出去。如他再能重顾同乡之谊，为我保举，我就大有可为了。"心中想罢，便去拜谒。那知许大宗伯素知康有为品行不端，在籍包揽词讼，居心奸诈，行止有亏，不愿相见，当即托词拒绝。康有为不知底细，直道许大宗伯真个有事，不及相见，便与门公说道："请你致候你家大人，我住在宣武门外绳匠胡同南海会馆，今日你家大人既是有事，我却不便惊动，明日当再过来请安。"说毕，转身回去。

过了一日，复又去往拜谒，先向门公殷勤说道："烦你进去通报一声，说我康某竭诚来拜，务要请见。"那门公也不知许大宗伯是鄙薄他的为人不愿相见，只得进去，照着康有为的话回明了一遍。

许大宗伯闻说，便招呼道："你可说我有事挡驾。"那门公见此情形，就知主人不愿见他的了，当即出来向康有为道："你可来得不凑巧，适值大人又有要事，挡驾不敢当，或者改日再来罢。"康有为道："烦你将我这来意，曾代我回明了不曾？"那门公听说，便有些不大愿意，复道："你老的话已回过了，大人有事不见，咱们也无可如何，还骗你不曾么？"康有为见着那门公的声色，也知他是不愿意，赶着道："我不是说你骗我，是要烦你将我的来意回明你家大人，使你家大人知道我的来意罢了。今日有事不便相见，是我来得不凑巧，好在日子长着呢，改日再来就是了。"说罢，仍自转身回去。接着一连去拜六次，许大宗伯皆是挡驾不见。康有为也知道他是故意拒绝，从此就不再去，却是颇为怀恨，说他不念同乡。

过了一日，又别寻了一处门路，是山东道监察御史宋伯鲁。这日康有为具了厚礼，竭诚去拜，当日未见。次日宋御史便去回拜，康有为接入内厅，彼此见过，礼分宾主坐下，家人献上茶。康有为道："昨日奉拜，适值公出，本拟明日再去过访，乃蒙驾临，失迓之至。"宋御史道："昨日刚来了一个旧朋友，也是前去回拜，不意枉顾，亦复失迎。"康有为道："岂敢，岂敢！"宋御史又问道："老兄何时由尊府动身，到此有几日了？"康有为道："是正月动身，到京才有十日。"宋御史道："老兄自上年分部后，请假回籍，何以至今才销假呢？这四年之中，想有尊事羁留住了。"康有为道："自告假回籍以后，因以俗事羁留，亦因往英美各国去了一趟，直至去年腊月始回广东。本来尚欲稍停时日，继以假期太远，不得不赶紧进京，所以直至二月才到。"宋御史道："老兄游历外洋，必增许多阅历，以视我等仅拘绳墨，相去何如，实是可羡。"康有为道："前往外洋，非敢恣其游历，亦因如今国家时事多艰，朝野半皆泄沓。甲午一役,以渺尔弹丸之国,费我国家几许饷项,卒至丧师辱国,据我要津。一蹶之后,度以为盈廷多士,必能体深宫宵旰,各奋忠义,以图复振,一雪从前之耻,上报国家,下安黎庶。乃因循如故,毫无奋发之心,念及于此,实深痛恨。而又不知外洋各国,何以如彼其强,我国又何以如此之弱,究之强弱不敌,究竟是何道理。所以有鉴及此,一念之动,便去外洋走了一趟,单视其何以自强之道。"

宋御史道:"老兄如此不畏艰险,远涉重洋,真所谓有心时势,有益国家。即此亲历一番,必有得其自强之术了。"康有为道:"此不过稍资阅历,得其大概而已,敢谓尽得其术么。"宋御史道:"如君所说,究竟可以自强,其故何在呢?"康有为道:"一言难尽。总之,以彼各国政事而论,皆大反乎我国之所为,即欲以彼国之所为,而欲行之我国,虽明知从而效之,可以立致强富,或泥于拘守,不敢勇于所为;或鉴有成章,不敢轻为改变。甚且议论多而成功少,亦徒坐而言,不能起而行耳,又何益哉!"宋御史道:"我国之弊,实系如此,无怪乎受侮于人。观君所言,实在切中时弊。"康有为又道:"此不过愤疾之言,却亦不足为法。但现在我国疲惫已极,动辄为人所侮,若不赶求自强之道,恐将来尚不止于如此。我却不怪旁的,独其执政大臣,皆受我国家祖宗恩德,一旦如此,不思所以振作,上报国恩,只顾自保身家,因循迁就,一任外侮日逼,强邻虎视鲸吞,实不知是何心肝,忍而处此,你道可叹不可叹么?"

这一派小忠小信的话,把个宋御史说得极其佩服,因暗道:"当今之世,真个无康有为这样忠义的人。听他这一番言词,句句为国家受侮强邻,欲图自强之道,实是可敬。"因与康有为谈论些经史子集,只见康有为滔滔不断,对答如流,竟无一件应答不出,宋御史更佩服其才之大。

　　康有为见宋御史如此情形，已知其为我所诱，入我个中。因又暗想："我何不再将我之著作，取出来与他一看，爽性给他个死心踏地，为我药笼中人，既可显我之才，又可使他佩服到地。"心中想罢，复对宋御史道："前在外洋，平时无事，将各国所有政事、风土、人情，以及如何自强之道，旁搜博采，择其善者而笔之日记。复又妄参末议，编辑四种，拟乞呈政，即请指教。"宋御史大喜道："煌煌大作，自必新奇，就请赐我一观，以开愚昧。"康有为随即取出，宋御史接过，先将大略看了一遍，内中大旨，半以效法西学为上，又言西法如何可以自强。宋御史极口赞道："磐磐大才，顿开茅塞，深恨相见之晚。若早识面，某虽不能为力，亦当为足下揄扬，或转请为之保荐。今也如此，真所谓有用之才，置之于无用之地，未免抱屈。某当遇机保荐，上为国家储一梁栋之材。"康有为谦逊道："某萤火之光，岂敢仰附星斗，如有趋使，当效驰驱。若以保荐人才，某实不敢当此美誉。"二人痛谈了半日，宋御史方才作别。

　　自此宋御史每见同寅、同乡及诸当道，皆极夸康有为之才学如何富有，人品如何忠义，甚至目为杰士。于是有愿见的，有慕名的，传说纷纷，不一而足。加之康有为又各处逢迎，逞其游说，所以那些新进之士，不知康有为内藏奸险，只见其外托忠义，以为实是当今的伟人，相率附从，为其蛊惑者不知凡几。康有为见宋御史已为所惑，由是彼来此往，更加亲密。只因宋御史听[①]其浮言，有分教几乎后来己身不保。毕竟后事如何，且听下回分解。

---

① "听"字，哈佛本作"述"，据傅图本改。

第十二回
识同乡沿门投著作　惑当道随地巧逢迎

　　却说宋御史自从康有为诱惑之后，往来颇为亲密，拟欲保荐，又恐独力难支，故逢人说项"康有为系当世之才子"，惹得那些新进之辈，闻风向慕的不一其人。康有为亦因宋御史虽入牢笼，但仅一人之力，仍难有恃无恐，必得附会者众，方可易于着手。因知户部侍郎张荫桓是同县同乡，又访知张侍郎素重乡谊，不似许大宗伯拒绝太甚，遂亲往东安门外锡蜡胡同张侍郎府第拜谒。

　　到了门首，投进乡晚生帖子，当由门公传报进去。张侍郎知是同乡，不便拒绝，即刻相请。康有为趋步入内，到了书房，彼此见过礼。张侍郎让康有为上首坐定，有人献上茶，康有为开口说道："晚生久仰山斗，早应趋前请安。只因到京未久，尚有许多俗事，部署未清，以致有疏①趋教，实在负罪得紧。"张侍郎道："岂敢，岂敢。便是某亦有失迎迓，现在老兄假寓何处，曾否投到？"康有为道："晚生假寓在会馆，前日已经投到，拟在早晚即去到部供职，故此专诚前来，恭请指教。"张侍郎道："到部供职，也没有甚么为难的事件，只循着应办之事去办便了。但老兄此间相识的想亦不少，许大宗伯也是我们同乡，老兄曾去谒见过了么？"康有为道："也曾过去六次，尚未谋面。京中相识亦复寥寥，只有宋伯鲁台谏往来过两次，颇承关切。晚生草茅新进，以后尚求栽培。"张侍郎道："彼此

---

① "疏"字，哈佛本作"跌"，据傅图本改。

同乡,遇有事件,自当随时关照。"又道:"老兄癸巳科已经分部,何以直至今日才到部供差呢?"康有为道:"晚生自分部以后,请了回籍的假,在家乡耽搁了年余,又往欧洲各国去了一趟,所以直至今日才到部供差。"

张侍郎本喜洋务,一闻康有为到过外洋,便道:"老兄亦喜洋务么?前去欧洲,是到那两国呢?"康有为道:"晚生于洋务一层,本来隔膜,但从前实有志于此,以未得暇,故亦未曾熟习。今见各省交涉事件,愈办愈觉棘手,晚生不揣自陋,以为华洋交涉各案,何以如此难办,究竟其曲系在各国,抑我国办理不善之故,是以晚生欲知其中曲直的实在道理。适有友人约往前去,所以晚生也去走了一遭。所至之处,只有英、美及新加坡、日本诸国,此外却未到过。"张侍郎道:"即此一番阅历,那各国所有政事风土,想定得观感。将来荣发之时,遇有交涉事件,当可措之裕如了。可羡!可羡!"康有为道:"晚生所至之处,亦不过徒恣游览,那里有甚么心得呢?却有一件,生性好弄笔墨,不揣谫陋,凡晚生经历之处,及各国政事、商务、工艺之类,果系实有可采的,皆笔之于日记。后来又妄未参议,编辑了几本书,改日还呈请钧诲。"张侍郎听说他还有著作,便喜道:"足见老兄有心时务,当今之世,这'洋务'二字,我辈是万不可少的。老兄既有大著,其为实获我心者,当不止仅得皮毛而已,某一定是要请教的。"康有为道:"明日晚生便呈送过来。"又稍坐了一会,谈了些浮文,康有为告辞而去。

次日,康有为就备了一分厚礼,并自著的那四种书,饬人送去。张侍郎因康有为是同乡,既送礼物,也不必辞璧,只得如数收下,赏了些使力。康有为见所送的礼物全盘收去,甚是欢喜。张侍郎收到康有为所著的书,当即展开细阅,从头至尾,看了一遍。见书内所著，俱是讲究西学，上自国政，下至工艺，无不条分缕析，立论详明。每段又加以己意，或因或革，著为解释。书之终篇，又作了一篇总论，大旨谓：

> 泰西各国，其始本极屏弱，自与我国通商以后，外则讲求商务，内则改变旧制，朝野上下，同心同德，力期振作，故不数十年，屏弱者一变而为富强。日本渺尔弹丸，逼处强邻之间，久已有岌岌不可终日之势。及至崇效西法，加意变更，尝胆卧薪三十年，亦变为强大，称雄在亚东，俨然与泰西诸国并峙其雄。中土素称富饶，乃至今日强者反变而为弱，甲午一役，丧师割地，见笑强邻，凡有血气者，莫不引以为耻，亟欲一思报复，重振国威，又苦于不知自强，徒托空谈而已。不知自强非难，苟得其法，可以立致。然自强之道无他，惟有效西法、改旧制，一洗从前积习，日本是其明证。以彼弹丸小国，一效西法，便能自强如此，惜乎我国不能行之耳。

诸如此等妄论，张侍郎阅看之后，竟为其所惑，以为康有为于西学具有根底，深喜其议论之剀切，若将他保荐上去，将来定可作一番大事。次日，即备了帖，请康有为筵宴，在座的也有几个当道相陪。张侍郎道："昨日观老兄著述，实系确论不刊，而且切中时弊。我国积弱至此，若再不求振作，尚不知伊于胡底。老兄固是深心人，亦复是大识量、大卓见人，某实恨相见之晚。"康有为故作谦逊道："晚生毫无知识，不过鉴于欧洲各国何以如彼其强，我国何以如此之弱，而妄论及之耳，还求指教为是。"张侍郎一面佩服，一面又向那在座诸人极口称赞。

你道在座诸人，是何名姓呢？如今不必细表，却皆为康有为诱惑之人,随后自有交代。当在席间又畅谈了一番,无非议论些国政如何积弱,民情如此凋敝,非亟于自强不可。欲要自强,又非变政不可。又将欧洲诸国制度如何美备、朝野如何合力、商务如何讲求、制造如何精美,比例一番。又道:"以中国比较起来,万万不及十分之一。"他这一派胡言乱语,只惑得那在座诸君,个个是拜服倒地。当日宾主尽欢而散,康有为又欲使张侍郎左右欢悦,暗地给他说话,于是外自阍人,内至厨役,多少不等,皆有贿赂。

张侍郎自与康有为见过两次,议论了一番,自己不必说已是叹其才学之大、见识之广,凡见着同寅故旧,亦极口称赞康有为才宏识卓,实为当世之豪杰。康有为又仗着自己舌辩,到处夤缘,就结交了许多当道,诸如宋伯鲁、杨深秀、黄公度、徐仁铸诸君,极与康有为要好。当时听康有为之言,及观其所著之书,只道康有为是个忠正之士,不知他外托忠正,内存奸险,志在变乱国政,荧惑君心,作出无法无天、大逆不道的事来,这且慢表。

再说康有为自结交了这些当道,来往更加亲密,见着面即议论是非,混淆黑白,那宋、杨诸君,亦觉得唯唯可听。其初不过康有为一人妄论,渐至大家附和起来,交相推许,把个康有为抬得名重一时,京师之中,那些好事者流,均以一得见颜色为幸。康有为料知事有头绪,即暗暗的写了两封密信寄回广东,知照胞弟康广仁、同党梁启超,招呼他们在家预备,一有机遇,即便来信嘱令到京。康有为又一面竭力夤缘在京各大僚,冀其保荐。那些各大僚不知其中奸细,当有保送引见的,有专折奏保的,并有保康有为堪为梁栋之材的,甚至一月之中,就有几道保荐的奏折。毕竟康有为自各大僚保奏之后,果能如愿以偿,且听下回分解。

第十三回
邀保荐上荷恩荣　逞才华妄参邪说

却说康有为自竭力夤缘各大僚以后，当有张侍郎樵野、宋御史伯鲁、杨御史深秀诸名公竭力保荐。过了一日，由内阁传出，着康有为预备召见。及至圣上召见后，见其年力精壮，问对敏捷，圣意甚喜，随降旨交军机处记名录用。

康有为自召见后，以为圣意优隆，更就不安本分，于是自拟了一本奏折，将草稿自念道：

天下非卷曲臃肿，不中绳墨规矩之可弃材，有一物必有一物出为主，断无无主而物能常存者。一金在野，群起而趋；一鹿在野，群起而逐。物无主，争无主也；及一得主，则什袭之，鞠养之，思深虑远，护之密，防之严。诚以争为此物之主者，日夜环视，势不能绝其窥伺之念，势必预杜其窥伺之谋。如愚人之保有妻室，明其义，笃其情，崇其礼，正其分，务使守我范围，洽我心志，翕然相从，戚焉相关，任我专主，不许人人以共主，斯其物为我有，我得主之。金、鹿且然，况以数万里锦绣之壤，菽粟布帛出其中，璆琳珠贝出其中，羽毛齿革、五金百产之属，与夫食毛践土之秀良，胥于乎在。此一物之可宝可贵，其视一金一鹿之宝贵，奚啻倍蓰于什佰千万，得而主之，又非等金鹿之可以韫椟而藏，在囷而伏，又万不能冒名为有，妄指为有，以居然俨然为之主。而其情形，又适与冒名为有，妄指为有，以居然俨然为之主也者。设非什袭鞠养之,知明处当,真有良方,深为思,远为虑,护卫密,防维严,使其依倚若妇子,帖服若家人,则从旁窥视之辈,设术以攘夺拐诱也当奚似,而乃漠然淡然,既不知随时加察,又不能发愤为雄。苟思发愤为雄,而张吾三军,被吾甲兵,以武临之,彼复惧而偕以谋。我若托言柔远,大度包荒,门户大开,任其游历,久之则察我形胜,测我盈虚。一言山川道路之远近险夷,田地之丰饶上下,详于地方之土著,一言出纳之缓急长短,详于府库之司书;一言物产之美恶精粗,详于市廛之商贾;一言国家内外政事之治废,详于在任之官府。我徒守簿书成例,为嘉谟嘉猷;谈诗赋文章,为身心性命。至于事有暗昧,仍须聘异邦之族,冀以楚材晋用,迁地为良。远邦客民,情有未洽,势有未平,而我之疆吏,不得不由人黜陟。既作法以自蔽,复太阿之倒持,如蚕自缚,如蜡自煎,上下相蒙,内外隔绝。其君子论安言计,动引圣人,群疑满腹,众难塞胸;小人放利而行,自相诟病,平居则其口皆缄,遇事则其手尽束,一有不测,再胥及溺,任人宰割携取,作壁上闲观,人虽众多,一无过问。天尊地卑,冠履之分甚明;心令体从,股肱之义甚昧。闭户自主,莫与比隆,遇物相形,显然见屈。人居明而我居暗,此为弃则彼为收,邻之厚,我之薄也。人之好胜,谁不如我?我思上人,而谓人不思我上,欺人乎?自欺乎?于此而犹欲冒名,妄指为有,居然俨然,以为此物之主也,将何所恃而不恐。恃强邻乎?邻无敌也,何以亲我?且予能亲于其唇齿,唇齿之邦,何罪小而弱,辄为所夺。况地大而弱,诚如一昭一聋,聋为附枝,为赘物,于人无用,不取何待?夫人必自侮而后人侮之,家必自毁而后人毁之,国必自伐而后人伐之,孽由自作,于天无与。昔战国有仁心仁闻之君,而徒善不足以为政。尧舜之法虽在,其如朝不信道,工不信度,君子犯义,小人犯刑,无礼无义,泄泄之大势已成,何独以天蹶为解,罪恶乎在。《孟子》以为罪在责难于君,陈善闭邪之臣耳。故凡大有为之君,必需大有为之臣。惟此鸿业,若涉春冰;譬之疮痍,须杖而行。国有人焉,如深山大泽之虎豹蛟龙,邻邦一望而生畏,此胜国怀宗,所以太息痛恨,深有慨于亡国之臣也。

康有为将此折本草稿拟定之后,又看了一遍,然后誊写恭整,便请各当道与臣代奏。那各当道将此折本从头至尾细细看过,见上面所言,半多谤君之语,且言诗赋文章皆不可用,尧舜之道不可执守,狂悖之论几乎满纸皆然。各当道看毕,恐呈递上去,有触上怒,是以未敢代奏。待至康有为知道此折未能进呈,他不说他折内有谤君之语、悖谬之言,反说各当道毫无胆识。既此而曰谤君悖谬,无怪枢机之臣,所言一事,所奏一词,非敷衍空文,即漫加粉饰,举朝泄沓。使君上深居高拱,不能知时势之艰,徒以粉饰太平,冀邀恩宠,以致国势日蹙,自强难期,将四百兆人民之天下,弥缝得不可收拾。我若终老于此,便难为力,苟能得操大柄,若不将这些随波逐浪之人洗刷一空,也不见我康有为的手段。独自怨望了一回,又发了一回狠。

再说康广仁、梁启超在广东接到康有为的书信,知道京中所办之事已有头绪,并据信中所言,一俟事机大转,即来信招呼到京。康广仁尚不过于指望,惟有梁启超忧喜交集。忧的是如此大事,万一给人识破,轻则徒流,重则有性命之患;喜的是已经有了头绪,只要作得机密,便不难于得手。正是终日盘算,忽又接到康有

为二次来信,梁启超便急急的将信拆开,见上面写着:"已于某日经
侍郎张樵野、御史宋伯鲁、杨深秀等保奏,复于某日已召见过一次,
上意颇厚,当着军机处记名录用,不日当可内用云云。"梁启超看
罢,好不欢喜。过了数日,又接康有为来信,内云:"昨拟条陈,请当
道代上,讵执政者以为此折半系谤君之语,又多悖谬之谈,未经代
奏,殊为可恨。所幸日来交相推许者甚众,竭我之力,以尽所为。
若果如愿以偿,定将那些阻我的洗刷殆尽,一洗今日之恨。"

梁启超看罢,心内颇深疑虑道:"康有为呈请代奏的折本,各当道
说他内多谤君之语,且多悖谬之谈,究竟不知那折本中所说的何话?
若果堂皇冠冕,各当道亦何必阻止,不给他进呈呢? 假使真有谤辞,
并多悖谬,以我看来,还是不进呈上去,与他有益。万一代奏上去,看
出这些破绽来,触动上意,说他有忤圣德,问下罪来,或再有人谗谮他
两句,不但前功尽弃,而且罪无可逃,那时岂非弄巧反拙么?"暗想
了一回,即答了一封信,劝康有为不可过激,激则必致生变,缓缓而
来,于事反觉有济。将信写好,便至康广仁处,将此话告知,并问康
广仁曾否接着来信,康广仁亦言如此。梁启超又将回信的意思告知
广仁,广仁亦甚以为然。二人又谈了几句闲话,梁启超即将信寄去。
不知康有为接着梁启超的回信以为何如,且听下回分解。

第十四回
逞异说公子被愚蒙　借声援文公明界限

话说梁启超自接康有为三次之信,见他所说曾拟折本,请当道
代奏,后为当道阻止,说他折中语多怨谤,并多悖谬,未经代奏。梁

启超颇深疑虑，当即回书，劝康有为不可过激，激则生变。这日，康有为接到来书，将信内大意看过，暗自笑道："启超何无见识如此，若此胆量，尚可与共大事乎？且我在此稳如泰山，何须过虑呢？"说罢，将来信放在一旁。

过了两日，正是无事，忽然想道："曾闻原任户部尚书阎公之子阎迺竹，为人①颇为旷达，且喜交接朋友，我何不前去拜谒，与他谈论谈论。当此之际，附会的愈多愈好，放着这种人，为什么不去往拜呢？"主意想定，便去往拜。阎迺竹亦闻人说康有为是个豪杰，也欲前去拜谒，难得他亲自前来，岂可拒而不见。当即相请康有为进内，彼此见了礼，坐下献过茶，两人便互相道了久仰。然后闲谈浮文，渐及天下之事。康有为极逞词锋，滔滔不断，阎公子见康有为津津而道，他亦娓娓而谈。

闲话了一会，忽见康有为奋然而起，曰："以我中国地大物博，纵横数十万里，人民四百兆之多，而谓举世无奇才，吾甚不信也。"阎公子见康有为有自负之意，又闻人言说他是奇才，但不知果真确实，倒要试他一试，便亦以言挑之，曰："诚如君言，吾亦有所疑虑。我朝自咸、同以来，大开海禁，欧洲各国商民，相率偕来。我国家恐有外侮之事，于是力求富强，整顿武备，设立船政，讲求火器，渐法泰西制度，而卒至往岁中东一役，战而不胜，赔款割地，辱国丧师，朝野臣民，莫不引以为耻，极思奋发，一雪向者之羞。无如数年以来，毫无振作，空言无补，徒唤奈何。当此时势多艰，振兴不易，君言地大物博，人才辈出，如君所言，试问治国理财，练兵整武，立致富强，使强邻不敢窥伺，诸如此类，当以何策为先？以君才大学博，

---

①　"人"字，哈佛本作"本"，据傅图本改。

定必有以教我。"康有为闻言,乃笑而答曰:"老先生乃今时名公,如君所言各节,有何难办。其他不必论,即请以日本言之。日本在三十年前,至屡至弱,诚有岌岌不可终日之势。迨知其本国制度不足以致强大,而又鉴于西法之足以有为,于是改弦更张,一变旧制,始尚参以祖法,继且悉数捐除,酌古准今,朝野同力,卧薪尝胆,不数年已渐有可观。又复开学校、创商务、求制造、精工艺,无论大小,莫不以泰西之法为法,愈专愈力,日事讲求,三十年前尚为弱屡之邦,三十年后俨然一强大之国,称雄东亚①,足以顾盼自雄。向使守旧制、泥成规,以西法为不然,固不待今日久矣。夫为他国窥伺,此日本自强之道之所由来也。我中国当今之时,处今之势,无志自强则已,苟有志自强也,则莫如仿日本之崇效西法,我亦从而效之,广开学校,讲求武备,振兴商务,专精制造,考究工艺,习学时务。能将破烂八股试帖小楷扫除尽净,如严太史请设经济特科②,选拔真才实学,有此一举,自必人才辈出。良以八股取士,虽祖制未便改变,要之拘文牵义,徒托空言,满纸浮文,毫无实学可见。而且受其拘束,即有怀才之士,亦不能畅所欲言,就便华贵雍容,亦只博取功名而已。更有一说,设一旦强邻逼处,试问八股文章,可以当敌人之器械乎?故欲自强,首先将八股废去,然后再辅以诸要务,如此则自强可以立致,而国家有泰山之安矣。惜乎某未得尺寸之柄,虽明知自强之要莫外乎此,特亦坐而言,不能起而行耳。早晚

---

① "东亚"二字,哈佛本作"里至",据傅图本改。

② "经济特科"四字,哈佛本作"经济之科",据傅图本改。参严修《奏请设经济专科折》(1898年1月27日)、总理衙门《遵议开设经济特科折》(1898年1月27日),中国史学会主编:《戊戌变法》(二),上海:上海人民出版社,2000年,第329—332、404—406页。

苟得尺寸之柄,当首先奏请废弃八股,改变维新之法。"说罢,长叹不已。

阎公子听了这一番议论,暗道:"人言康有为是豪杰之士,向以为人言尚不足信,今观立论,虽不得谓之豪杰,殆亦今日有为之人,以其名而听其言,也可谓名实相副了。"阎公子亦佩服不已,当日便留康有为便饭,至晚方才别去。阎公子由此亦复逢人说项,后又致书与至友徐太史致靖、文察院悌处,极言康有为才堪大用。

过了两日,阎公子回拜康有为,就将致书与文、徐二公的事转告,并属其改日去拜。康有为正欲笼络多士,难得阎公子有此美意,就可借他的声援。当时康有为便面谢道:"某自惭陋质,乃蒙齿及,实觉惭愧之至,明日即竭诚去拜便了。"阎公子作别后,次日康有为果去往拜,徐君致靖一见便觉如故,当即许为保奏,康有为再三道谢。

退出,复拜文察院,投进名帖。文察院以前有阎公子来书,盛言康有为才堪大用,因即请在书房相见。康有为进入书房,文察院是个老成稳练、威望素著的名公,一见康有为,先将他上下看了一遍,只见康有为年约三旬以外,眼光暴露,却是精神满足。二人叙礼已毕,分宾主坐下,首先叙了几句寒温,然后文察院道:"前得阎君来函,盛言足下才优学博,某惟恨相见太晚,今得有所请教。以今之时势而论,治国之道,当以何者为先?"康有为此来,正要自逞其才,纵谈邪说,为惑智惊愚之计,方虑初次见面不便孟浪,难得文察院先问,正合来意,便接口答道:"晚生毫无学识过人,荷蒙阎公谬奖,又蒙都宪垂询,敢就稍知者用陈尊听。"于是又将八股积弊太深,尺步绳趋,不足以见真实学问,先将八股弃废,然后改政维新,崇效西法,庶几日渐强富,不数十年便可与泰西各国并峙称雄。

若其泥守成规、恪遵旧制，不但自强无日，且恐将来尚不止于如此，高谈阔论，说了一番。文察院见其语言狂妄，意气嚣浮，便自暗道："此人眼空自大，偏信邪谈，叛道离经，莫此为甚。岂曰杰士，是直妄人。将来得有尺寸之柄，断非能安本分者。"当即欲以正言规劝，复因初次见面，岂可因所言非是，便自责备于人，又想他既是熟悉西学，未尝不可以节取，舍其所短，用其所长。心中想罢，便又谈些漠不相关的话，康有为告辞而去。

次日，康有为便将自著的那四种书送了过去，文察院展开一看，见上面皆是采择泰西诸法，以及日本变政新章，语多偏执，无甚可取，也就随便搁在一旁罢了。康有为也未曾汲汲回拜，到是那徐太史自得阎公之信，与康有为相见之后，便面许力为保荐，连日甚为羡羡。因即拟了折本，单言康有为才实宏大，西学精通，实为现在不可多得之士。徐太史保举上去，毕竟康有为能否大用，且听下回分解。

第十五回
邀异数主事喜迁升　立私会尚书严教训

却说徐太史保奏康有为才堪大用，次日复又召见康有为，由总理衙门带领至便殿。康有为俯伏丹墀，三呼已毕，自陈奏道：

> 窃维国势日蹙，非变法不足以自强；欲图自强，非虽新不足以振作。我朝设官定例，立法不可谓不善，且不可谓不备。然施之于历代，则为尽善尽美；行之于近时，似尚不得谓尽

善。诚以自海禁大开以后,近今三十年,风气固不如从前厚朴,人心亦不若从前纯正。通商各口岸人民,大半以泰西之法为便捷,习染日久,仿效者多。即朝廷之上,交涉事件,日办日剧,我虽遵守成法,其如彼不以我之成法遵之,所以一遇交涉案件,自总理衙门、军机处以次,莫不视为棘手。职是之故,以执政王公大臣皆年老持重,不谙西法,不知驾轻就熟,致办理多形勉强,且又泥守成法,动辄牵制。譬如内而军机大臣、六部九卿、翰詹科道,外而督抚藩臬,遇有交涉事件,或由外而内,或由内而外,会商一事,甚至数十日不能裁决,非为意见不符,即为有所顾忌。又如元首在上,以相臣为手足,御史为耳目,督抚为喉舌,元首甚明,而手足、耳目、喉舌多所牵掣,使元首不能独断。为今之计①,欲国家转弱为强,当先改变新法,视旧制可留者留之,其过于拘泥者,一概汰去。如军机、总理衙门所办事件,半为洋务居多,老成泥守成规,不能切中时势,宜选新进之辈、熟谙西法者襄理其事。其次则宜改变律例,立学堂、兴商务、讲农学、置机器、创铁路、设邮政、开矿务、定兵制、复水师、兴工程,诸如此类,皆近时至要至急之务。然我国向无熟谙此法之人,必先请西人总理,以华官襄助,待华官熟习,再将西人辞去。尤须于各省每两府之地设一总会,俾各项人员得以就近会议。而各省仍须专派督办总察以上各事,不受督抚节制,如钦差大臣体统,遇有事件,准其专奏,并派随员时往各地方与绅商会议,兼查察在事人员是否勤惰。至取士一节,更宜废弃八股,立经济特科,或由学堂保荐,果系才学兼

---

① “为今之计”四字,傅图本作“今日之计”。

备，不妨破格录用，以示鼓励。如此变通办理，庶几国事日渐
强富，强邻不敢稍存窥伺之心。

康有为奏罢，今上亦以国事太弱，亟欲自强，今闻康有为所奏
各节，虽其中不无过分之处，而听其言词恳切，确中时弊者亦复不
少，随降谕旨，着补总理衙门章京，并将康有为条陈各节，着王大
臣、总理衙门、军机处以及六部九卿妥为议奏。

康有为自为章京之后，尚未入署办事，又与尚书李端棻结识，
每凡往拜，谈次之下，皆议论那变法维新之事，并将条奏各节告诉
一遍。李尚书亦为其所惑，深喜其有见识，也就上疏奏请删改则例
等语，略谓：

> 军机、六部暨大小各衙门咸有例案，勒为成书，颜若画一，
> 不特易于遵行，兼可杜吏胥准驳之弊，立法不可谓不善。乃阅
> 时既久，各衙门例案太烦，堂司各官不能尽记，吏胥夤缘为奸，
> 舞文弄法，无所不至，时或舍例援案，尤多牵混附会，无论或准
> 或驳，皆恃例案为藏身之固，是非大加删定，使之归于简易不
> 可。应请饬下各衙门，妥为删定，以归画一，以杜夤缘。

疏上，留中未发，暂且不表。再说康有为见已补授章京，心中
甚喜，当即驰书与梁启超，告知一切。又复在会馆，将所有在京平
日往来的各官，及康有为门生故旧，齐集会馆，议立盟会。当时如
宋伯鲁、杨深秀，以及康之门生谭嗣同、林旭等，还有不知名姓的许
多人，在会馆聚议，其会曰保国，议论日久，众议翕然。又复订立章
程，俾那入会的皆有布冀。议定之后，又将入会的姓名开列清单，
逐一签字，由此招摇号召，在会者竟有二三百人之多。其时许大宗

伯探知详细,心中大怒,即着人将康有为传来,当面申饬道:

　　大凡可用之才,不可妄用。你在原籍包揽词讼,无所不为,
始则因人告发,革去生员,继而纳监下场,幸获中式,又复联捷
上去,用了部曹,当知痛改前非,勉为正士。乃因主事一缺,极
其冷淡,不愿供职,自行请假回籍,这也罢了。及回籍之后,仍
复不安本分,仗自己功名,任意包揽,以致逼死人命,触犯公怒,
在籍绅士连名告发。你又畏罪远遁,逃往外洋,数载羁留,探知
原籍所犯各案业已平服,你才回来。及至到京,首先学那夤缘
的恶习,初次前来拜我,我岂不知尔系同乡? 其所以拒绝不见
者,因尔在籍声名狼藉,恐一见之后,尔又将借我之名,在外招
摇撞骗。尔不知自省,体察我的用意,反自多所怨望,恨我不念
乡梓之情,这也罢了。尔又乱造浮言,要结当道,被尔所惑的,
已经不少。且闻尔自称杰士,口出大言,动辄援引西法,比例国
事,荧惑要津,为尔保荐。乃蒙圣恩高厚,始则记名,继则擢用,
近且补授章京。尔宜如何上报国恩,勉为忠荩之士,乃敢造言
生事,奏请变法,荧惑君心,何等悖谬! 如此狂妄,我岂无法处
治于尔? 良以圣眷方隆,又以尔虽然如此,究竟是我同乡,不便
过于苛责,乃竟愈出愈奇,近且勾结多人,私立盟会,名虽正大,
究系何心? 而且这结盟拜会之事,大干例禁。在那无知之辈,
偶于远方僻处结立盟会,尚且访拿严办;况尔既非无知之辈,
现为朝廷命官,又在京师辇毂之下,胆敢目无法纪,要结人心,
胆大妄为,莫此为甚。姑作尔自为深于西学,试问西学中亦有
立会之事么? 且尔所谓深于西学者,亦不过专事剿窃,编辑成
书,借之为惑人地步。究竟真有心得,我则信其必无。不必以

他事衡之，即以尔这种种狂妄而论，我中国固绝无此人，且亦不能容有此人。即使尔生长外洋，恐外洋各国亦断难容尔如此狂妄。我今日虽责备于尔，犹以尔为同乡之谊，不忍不指尔迷途。尔若能听我的好言，立将已结之会散去，从此扫除邪说，痛改前非，上报国恩，勉为正士，将来前程不可限量。若再执迷不悟，可不怪我不念桑梓之情了！

许大宗伯这一番教训，在旁观的以为康有为不是愧悔，便是恼羞变怒。那知他既不愧悔，又不羞怒，反强忍笑道："如公所言，固是一片婆心，念某忝叨乡谊，然某衡情酌理，觉所作之事，亦无甚狂妄之处。且士生今日，正是有为之时，若仅知泥守成规，物而不化，终不过为庸庸之辈耳。更有一说，俗云'一人作事一身当'，某即有滔天罪恶，某自一人受之，公既为局外之人，断不致株连及此。今虽承公教训，公自为计，固是一片良言；然自某观之，窃为公不取焉。狂妄之论，尚乞见宥，改日再听良言。"说罢，拂袖而去。许大宗伯见他如此怙恶不悛，惟有长叹而已。欲知后事如何，且听下回分解。

第十六回
康主事忍心筹度支①　许尚书痛哭陈利弊

却说康有为听了许大宗伯一番教训，既不愧悔，又不羞怒，反奸笑了两声，辩驳了两句，拂袖起身，不辞而别。许大宗伯②看这情

---

① "度支"二字，哈佛本和傅图本回目均作"支度"。
② "许大宗伯"四字，哈佛本作"许大宗"，据傅图本补。

景，知道此人不可以教化，所谓妄人也已矣，与禽兽又何异焉，惟有长叹数声而已。

康有为回至会馆，暗自说道："这人阻挠各事，已是可恶至极，今又如此，若不将他设法退去，于大事实有不便，且等遇机，再作计较便了。"过了两日，又上了一道条陈，言：

现在库款奇绌，部臣竭力设筹，惜未得各省情形，致所筹仍形竭蹶。他省各府、州、县无论矣，即以广东南海一县而论，每年钱漕、杂税、捐款各项，统计约有二十四万之多，而实解至京者，不足三万之数，其余皆为官吏中饱。此尚指南海一县，若合广东全省及各省综计，诚不可以数计。今如竭力整顿，必先塞其漏卮，欲塞漏卮，尤宜专派大臣彻底根究。除各省额解钱漕杂税及各捐款外，所余各款，酌提若干，津贴承办州县委员养廉薪水，其余悉数具报，涓滴充公。或不认各州县委员每年额包，以我中国之大，幅员之广，较印度各国，何至几倍。即照印度各国平常应捐之款而言，每年可得银四万万两。再能严剔厘金各弊，细心考核，并仿照外洋设立人项捐，如邮政之式，统计各项进款，每年又可多增三万万两。以一年所入，合之可得七万万两。有此巨款，不独补部款之不足，且可留为创办海军，设立各省水师学堂，开办铁路工程等事。以我自有之利，兴我应办之事，何乐不为？乃内而部臣不知有此利，外而督抚藩臬以至道府知有此利，而不便陈其利，致令该管州县委员人等，于瓜分以外，竟坐享其利。是直以极大极厚之款，不能有益于国家，徒为若辈安享，未免可惜。今库款奇绌，部臣筹措为艰，而应行应办之事，又

不可枚举，且不可不急急赶办。难得有此巨款，若从而筹措
之，当不止有裨于万一。

此折奏陈之后，不两日交下总理衙门六部九卿议奏，当有恭亲
王、荣中堂、李傅相、许尚书诸王公大臣，以及各堂司会议。当下许
尚书说道："康有为狂妄已极，昨因设立保国会，种种悖谬，已经再
三面责。他虽不知愧悔，某以为有此一番申饬，虽不必痛改前非，
或可稍知顾忌。今复如此妄奏，实属胆大妄为。某久拟据实参劾，
因现在圣眷方隆，若参劾过严，转恐圣心不豫，因此才大加申饬，冀
其知过必改。乃不但不知改过，又复陈奏此等苛政，荧惑君心，殊
为狂妄已极。而且此等条陈，虽责成该州县委员具报，究竟官出于
民，若再遇劣官，希图中饱，借此苛派勒索，民脂剥削殆尽，势必
万兆离心，招乱之由，实基于此。某以为此等条陈，万不可谬议。
诸公意下如何？"

诸王公大臣亦深以为然，惟有张樵野侍郎辩道："康有为所奏
各节，实因库款支绌，筹措为艰。难得有此巨款，既免各部筹措，且
于库款有益。若议复上去，照准施行，从此旧弊一扫而空，实于国
家大有裨益。吾不知许大人所谓剥削民脂者何在？"许尚书闻说，
道："某意已决，断难谬议。诸公若以此为便，不妨议复，某再具奏
呈请便了。"诸王公大臣道："此等剥削民脂的苛政，断不可行。即
请许大人具奏，呈请罢议。"张侍郎见众口一词，无法可想，也只得
不乐而散。

过了一日，许尚书即拟成奏稿，陈说利弊，呈请罢议。其词曰：

军机大臣总理各国事务礼部尚书臣许应骙跪奏，为遵旨
议覆，恭折具陈，仰祈圣鉴事。年月日钦奉谕旨，工部主事康

有为奏陈筹画度支一折，有无利害，是否可行，着总理衙门王公大臣明白议奏。钦此。钦遵。窃臣查当此库款支绌，部臣筹措为艰，筹画度支，系为至要之务。惟康有为条陈各节，虽济目前之急，实系利少害多。经臣会同王大臣等一再筹议，佥谓万不可行。仰荷圣明，敢为我皇上缕晰陈之。

自我圣主定鼎以来，省刑罚，薄税敛，深仁厚泽，虽尧舜无以过此。查三代有粟帛、布缕之征，盛行租、庸、调三等之赋，最称善政。迨秦创丁口之钱，汉行算缗之法，隋责有司以增户口，唐括士户以代逃亡，唐及五季、宋初有食盐钱，北宋有青苗钱，又手实法，金有推排民户物力之制，皆出于常例田赋力役之外。明万历行一条鞭法，丁粮尚分为二。明季又有辽饷、剿饷、练饷，天下皆目为苛政，万民疾苦，咨怨频仍。至我朝顺治元年，即除前明之饷。康熙五十二年，以滋生人丁，奉永不加赋之旨，复减江苏地丁银四十五万两，南昌一道地丁银十七万两，又普免天下漕粮八次。雍正四年，定丁银并入钱粮之制。嘉庆朝，又普免天下漕粮一次。乾隆二十四年，停编审之法，又普免天下漕粮四次。同治四年，减江南地丁银三十万两，漕粮五十余万石，浙江漕粮二十六万余石。不但历代苛征，一朝豁免，而且举凡品官、士吏、百工、闲民，苟非家有田产、运货行商者，终身不纳一钱于官。

仰承列祖列宗远垂制度，薄海臣民久已共沾圣德。迨我皇上亲承大统，又复政尚宽仁，凡食毛践土之民，莫不仰沾恩泽。乃康有为显违祖训，妄奏条陈，今虽国事艰难，尚不至于如此。若依康有为所陈各节，非特民脂剥削，且恐亿兆离心。臣为关系天下大局起见，敢用缕陈，合无仰恳天恩，俯准罢议，臣民幸甚,天下幸甚。所有微臣遵旨会议碍难施行各缘由,理合恭折覆陈,伏乞圣鉴训示。谨奏。

此疏既上,康有为所奏条陈,即行罢议。欲知后事如何,且听下回分解。

第十七回
恃君恩逞说维新法　结朋党会参守旧人

话说许大宗伯因奉议康有为条陈加税剥削民脂,碍难遵议,奏请罢行,康有为又未如愿,心中甚为不悦。这日又进呈了两部书,一为《日本变法》,一为《俄罗斯王彼得实事记》,过了两日,又蒙召见。圣上问道:"尔所陈之书,其中颇有可采。惟尔条陈各节,究竟利少弊多,碍难施行。尔尚有何善法,总期于国事民生,两有裨益。尔可从实奏来,以便采择。"康有为奏道:

在朝诸臣,多半因循误国。如中东一役,其所以溃败如此者,皆平日虚靡饷项,上下蒙弊,教练不精,以致临时无所措手,贻误国事。然往者不可谏,来者尚可追。今果有意自强,所谓亡羊补牢,尚未为晚。试观昔日普法之战,法之受亏,尤甚于我国,何法一蹶之后,即能自强?缘自国王至执政官员,思所有以报复,由是兴利除弊,政令一新,上行下效,朝野同志,行之既久,自能富强。日本从前积弱,较我国今日为尤甚,乃因变法,卒成强大之国。俄国彼得之事,亦皆振作有为。此三国者,皆其明证。我国积弊,不患无人力加振作,而患所用不得其人，且老成阻止太甚。譬如制衣必先配料，造室必先绘图，而后剪裁之，建造之，方合体法。如近来我国虽经略有更制，其实所改皆非，犹之制衣未配料而徒为剪裁，造室未绘图而先行建造，岂可得体得法？况以我国现在形势而论，如一巨宅，随处渗漏，梁木已经朽蛀，若再居此，甚属可危。如加修葺，不特须将屋顶揭去，直须拆尽改造，方能完固。若但加修葺，仅顾目前，过此以往，仍然渗漏，有何益乎？如今国政亦仿佛如是，老臣衰迈，纵知改变，精力已颓，而况阻挠者多，拘守者众。譬如大厦，一木岂所能支，仅言变法而不裁老迈，亦只能说而不能行耳，于国是究有何补益？若果有心变法，必须裁老迈，用新进熟谙西法之人，相与辅翼，庶几自强可以立待。遍观在朝诸臣，其能深知西法者，惟尚书李端棻、侍郎张荫桓二人，颇知一二。余者虽知忧危，而无解危之方，只知讲究八股，精工帖括，于一切维新之法，茫然不知。或闻有新奇之事，非斥为异端，即鄙为邪说，良以未曾习见，故多此迂腐之谈。且恐政令一新，致那些熟悉八股的，无以博功名富贵，只知党锢，不顾时艰，甚非所以为国之道。

圣上闻奏道："据尔所言，老臣无用，未克维新，但有功于国者多，无故降调，于政治亦有所不便。"康有为道："既不能全行屏退，必得多召英俊，相与辅佐，或亦有补于万一。"圣上听罢，微微点头，康有为退出。

隔了一日，钦奉上谕，裁废八股，改试策论，自此朝野皆知康有为条陈变法，就有那些好奇的，或奏请开报馆、立学堂、设农工商务局，纷纷议论，举国若狂。康有为见此情形，觉得易于措手，又想道："许尚书现在军机，我既为军机章京，与他有堂属之分，所办各事，究竟多所顾忌，且他任意阻挠，甚觉掣肘。又兼他那番责备，实为可恶，必须将他调出军机，我才可以放开手段去办。"主意想定，一面先布谣言，说他不谙洋务，串出御史宋伯鲁、杨深秀揭参，却自己拟好折底，送与宋、杨二人，会衔具奏。宋、杨二人被其愚惑，当即答应，写好奏折。大家覆看一遍，见上面写道：

掌山东道监察御史臣宋伯鲁、山东道监察御史臣杨深秀跪奏。为礼臣守旧迂谬，阻挠新政，请申乾威，立赐降斥，以儆效尤而重邦交，恭折仰祈圣鉴事。窃臣恭读四月二十三日上谕，仰见皇上赫然发奋，图新自强，而尤垂意于学校、外交两事，此诚储才之急务，保邦之远猷也。

臣惟礼部为学校总汇之区，总署为外交钤键之地，必得人以为理，始措治之得宜。窃见礼部尚书、总理各国事务大臣许应骙，品行平常，见识庸谬，妄自尊大，刚愎凌人。礼部为文学之官，关系极为重大，国家学校贡举之制，多由核议。皇上既深惟穷变通久之义，为鼓舞人才起见，特开经济特科、岁举两途，以广登进。而许应骙庸妄狂悖，腹诽朝旨，在礼部堂上倡言经济科之无益，务欲裁减其额，使得之极难，就之者寡，然后其心始快。此外见有诏书关乎维新下礼部议者，其多方阻挠，亦大率类是。接见门生后辈，辄痛诋西学；遇有通达时务之士，则疾之如仇。皇上日患经济之才少，而思所以养之；许应骙日患经济之才多，而思有以遏之，臣不解其何心也。

总理衙门为交涉要区，一话一言，动易招衅，非深通洋务、洞悉敌情，岂能胜任。许应骙于中国学问尚未十分讲求，何论西学，而犹鄙夷一切，妄自尊大，其于伤邦交而损国体，所关非细故也。

臣以为许应骙既深恶洋务，使之承乏总署，于交涉事件一毫无所赞益，而言语动作随在可以贻误，宜令即行退出总理衙门，实为尊重邦交之道。礼部总持天下学术，皇上方谆谆诚谕，令天下讲求时务，以救空疏迂谬之弊。而许应骙以空疏迂谬之人厕乎其间，日以窒塞风气、禁止人才为事，致圣意不能宣达，天下无所适从，宜解去部职，以为守旧误国者戒。

伏请皇上天威特振，可否将礼部尚书许应骙，以三四品京堂降调，退出总理衙门行走，庶几内可以去新政之壅蔽，外可以免邻封之笑柄，所关似非浅鲜。臣愚昧之见，是否有当，谨合词具奏。伏乞皇上圣鉴训示。谨奏。

此道揭参本章呈递进去，康有为以为这一次必将许尚书参革，既报自己私怨，又可不致投鼠忌器，心中甚是欢悦，只待许尚书参革下来，他便放手做事。毕竟许尚书是否参革，且听下回分解。

第十八回
许尚书回奏揭参^①　刘主事因函进谒

却说宋伯鲁、杨深秀会参许大宗伯阻挠新政，奏请斥罢总理衙门行走，解去礼部尚书原职，以三四品京堂降调。康有为满心欢

---

① "揭参"二字，哈佛本和傅图本回目均作"折参"。

喜，只待许尚书罢职，他即可畅所欲为。次日，康有为又去谒见翁中堂，将自己所著之书呈与翁中堂阅看，又讲论些变法新章。翁中堂见其年力精壮，议论新奇，口似悬河，滔滔不断，心中亦疑为怀才抱奇之士，甚为欢悦，也就力保了康有为一本。上意见众大臣累次保荐，又因宋、杨两御史奏参许大宗伯各节，因将原折交许大宗伯自行检举，明白回奏。过了两日，许大宗伯回奏上去：

军机大臣总理各国事务礼部尚书臣许应骙跪奏，为遵旨明白回奏事。本月初二日，内阁奉上谕，御史宋伯鲁、杨深秀奏礼臣守旧迂谬、阻挠新政一折，着许应骙按照原参各节，明白回奏，钦此。并军机处抄录原奏交出到臣。伏思憨直之招尤，仰荷圣明之洞察，许自陈达，良深感悚。谨将被参各节，为我皇上缕晰陈之。如原奏谓臣腹诽朝旨，在礼部倡言经济科无益，务欲裁减其额，使得之者极难①，就之者寡一节。查严修请设经济科原折，系下总署核议，臣与李鸿章等，以其因延揽人才、转移风气起见，当经议准覆陈。若臣意见参差，可不随同画诺，何至朝旨既下，忽生腹诽。夫诽生于腹，该御史奚从知之？任意诬捏，已可概见。

至岁举额，应由臣部妥议，会同具奏，恭候钦定。臣经事关创始，当求详慎。自古名臣著论，斤斤以珍惜名器为要图，况乡举一阶，胶庠所重，倘过为宽，恐滥竽充数，鄙夫之所喜，即志士之所羞，人才何由鼓励？是以与同部诸臣熟商定额，期协于中，固不敢存核实之见以从苛，更不敢博宽大之名以邀

① "难"字，哈佛本和傅图本均作"乐"，据文意及原折改。

誉。且现未定稿，该御史竟谓臣务欲裁减，不知何据而言。向来交议事件，未经覆奏以前，言官不得挽越条奏。今该御史隐挟成见，逞臆遽陈，殊非合例。

又原奏称，诏书关乎开新，下礼部议者，臣率多方阻挠一节。迩来迭奉明谕，如汰冗兵、改武科诸政事，均不隶臣部，岂能越俎代谋？此外惟杨深秀厘正文体一折，系奉旨交议。按之西学时务，无甚关涉，且未拟稿，何得云多方阻挠？

又原奏称臣接见门生后辈，辄痛诋西学，遇有通达时务之士，则疾之如仇一节。臣世居粤峤，洋务素所习闻，数十年讲求西法，物色通才，如熟习洋务之华廷春、精练枪队之方耀、善制火器之赖长①，经臣先后奏保。及中东事起，三员业早凋谢，未展其才，臣甚惜之。方今时事多艰，需才愈亟，凡有偏长薄技、堪资实用者，臣断不敢失之交臂。即平时接见门生后辈，无不虚衷谘访，冀有所益，并勖以务求实际、毋尚虚华为事，初何尝痛诋西学？该御史谓臣仇视通达之士，以指工部主事康有为，与臣同乡，稔知其少即无行，迨通籍旋里，屡次构讼，为众论所不容。姑行晋京，意图侥幸，终日联络台谏，夤缘要津，托词西学，以耸观听。即臣寓所，已干谒再三，臣鄙其为人，概与谢绝。嗣又在臣省会馆私行立会，聚众至二百余人。臣恐其滋事，复为禁止，此臣修怨于康有为之所由来也。

比者饬令入对，即以大用自负，向乡人扬言。及奉旨充总理衙门章京，不无觖望。因臣在总署，有堂属之分，亟思中伤，捏造浮词，讽言官弹劾，势所不免。前协办大学士李鸿藻，尝

---

① "赖长"二字，哈佛本和傅图本均作"赖长春"，据文意及原折改。

谓"今之以西学自炫者，绝无心得，不过借端牟利，借经弋名"，臣素服膺其论。今康有为逞厥横议，广通声气，袭西报之陈说，轻中朝之典章，其建言既不可行，其居心尤不可问。若非罢斥，驱逐回籍，将久居总署，必刺探机密，漏言生事。常住京师，必勾结朋党，快意排挤，摇惑人心，混淆国事，关系非浅，臣疾恶如该御史所言者。

　　原奏又称臣深恶洋务一节。臣自承乏总署已逾一载，平日仰蒙召见，辄以商务、矿务、置船械等事，皆属当务之急，屡陈天听，请次第施行。臣是否窒塞风气，应难逃圣鉴。自胶事定议后，总署交涉事件，益难措手，倘徒争口舌，断不能弭隐患。臣望浅才庸，自揣万难胜任，惟有仰恳天恩，开去总署差使，俾息谗谤而免陨越，实为厚幸。所有臣明白回奏各缘由，谨缮折具陈，伏乞圣鉴。谨奏。

此疏奏呈以后，一概并未深究，暂且不表。再说刑部主事刘光第，因在京供职，而出入甚觉不敷，因请假回籍，拟想稍措资斧，到京加个花样，改为外用。刘光第原籍四川，与前任湖北巡抚谭大中丞文卿向有世交，因回原籍，湖北是必由之路，便顺道去拜。见面之后，谭大中丞因问道："久闻世兄在京供职，此次到此，因何公干呢？"刘光第道："小侄刻以旅况萧条，久在京邸，实在入不敷出，而况非应酬不能得法。现在拟先行回籍，稍措资斧，再去京都，思改外用。"谭大中丞道："世兄之见差矣，亦知现在京中有康有为之人乎？康有为当世奇才，比来颇邀圣眷，京师当道，尚且羡慕其人，与之往来者亦复不少。小儿屡有函告，具述渠之为人，世兄具此才干，何不依附此人，请其援引，将来进步，未可限量，似较改为外用，其计稍得。"刘光第道："小侄亦知康有为其人,但无由荐引,何可依附。"谭大中丞道："小儿嗣同现为康之门生,世兄何不径属小儿为之荐引?"刘光第道："大世兄,小侄亦未经谋面,不敢造次。"谭大中丞道："为今之计,世兄如愿仍回京师,某可函属小儿代为说项。"刘光第道："能得老伯函荐,小侄自当返旆。"谭大中丞闻说甚喜,当即缮了书函,并送出回京盘费,刘光第亦即告辞而去。这此一去,有分教所谓今日捉将官里去,定然断送老头皮。毕竟刘光第此去如何,且听下回分解。

第十九回
锢私党任意保门生　定良规据情陈要事

却说刘光第带了谭大中丞的书函,复回京都,冀图进取。不日已至京邸,当将谭大中丞书函带在身旁,径去谭嗣同那里往拜。谭嗣同见有他父亲书信,又是世交,当即请见。刘光第见面之后,先将自己回籍的意思说了一遍,又将那谭大中丞属渠回京,结识康有为的话说明,这才向谭嗣同道："此事须仗老世兄援引,将来得有寸进,定当图报。"谭嗣同道："老世兄何须客气,而况家父再三属附,小弟自当竭力,将来能同在一处,还要遇事请教呢。"彼此谈了一会,觉得气味甚合。

刘光第当下回寓,次日即由谭嗣同带往谒见康有为,见面之后,一见如故。刘光第道："如老先生不弃固陋,愿请收入门墙,与谭世兄朝夕奉教。"康有为道："某才疏学浅,何敢克当,只好互相砥砺,合力同心便了。"刘光第知康有为已是心许,又略谈了一会,告辞而去。次日即具了门生帖，前去拜门，康有为亦颇愿意，就此认为门生，又属谭嗣同将刘光第带去杨锐、林旭二人寓所去拜，彼此认为同门。刘光第见康有为其意甚殷，心中颇乐，又甚感激谭大中丞荐引之力，自此就安心乐意，为康有为一党之人，暂且不表。

康有为见各事多半就绪，而且顺手异常，虽经许大宗伯揭参，上意并未深究，现在依附而来者，又纷纷而至，因此就写了两封书信寄回广东，属其胞弟康广仁来京，又知照梁启超预备定当，不日即有佳音。两信去讫，这日康有为又奏请在上海设立时务报馆、译书局，并保奏梁启超督办；又保奏谭嗣同、刘光第、杨锐、林旭四人，少年英锐，时务通达，实为有用之才。过了两日，内阁传出上谕，准设时务报馆，即着梁启超来京召见，所有保之谭嗣同等四人，亦交军机处记名，听候选用。康有为知已奉准，一面写信通知梁启超赶紧到京，一面奏请设立学堂等事，并进呈七种自著书籍。内有一种系《中西学门径①》，其四种、五种有《春秋界说》《孟子界说》，内所注有托词孔子改制，谓孔子作《春秋》，西狩获麟为受命之符，以春秋变周，为孔子当一代王者，明似推崇孔子，实则自申其改制之义，大抵援据公羊何休学"黜周王鲁，变周从殷"之说，首引董仲舒《春秋繁露》、《淮南子》各书以为佐证。向例进呈各种书籍，须由管学大臣先看明白，书内如无乖妄之处，方能上呈。康有为所呈七种，当有管学大臣孙中堂家鼐先行看过，见那书中多半离经畔道，不敢进呈，因上书疏奏曰：

---

① "中西学门径"，哈佛本和傅图本均作"中西学门经"。光绪二十四年三月，上海大同译书局石印梁启超辑《中西学门径书七种》，收录康有为《长兴学记》、徐仁铸《輶轩今语》、梁启超《时务学堂学约》《读春秋界说上》《读孟子界说》《幼学通议》《读西学书法·西学书目表》七种著作。据此改正，下同。

为译书编纂各书宜由管学大臣进呈御览，恭候钦定，再行颁发，并请将悖谬之书严行禁止，恭折仰祈圣鉴事。窃臣查自前奉旨开办大学堂，原奏第五条内云，宜在上海等处开一译书局，集中西通才，专司纂译，其言中学者，荟萃经史子集之精要，及与时务相关者编之，勒为定章，请旨颁行各省学堂，悉遵教授，庶可以堂日有增益，而无所统辖，必至各分畛域，其弊不可不防。伏乞皇上商派大员，管理京师大学堂事务，即以节制各省所设之学堂等语。是学堂教育人才，首以书籍为要，而书籍考订，尤不可不精，若使书中义理稍有偏歧，其关乎学术人心，实非浅鲜。

臣观康有为述有《中西学门径七种》，其第六种《幼学通议》一条，言小学教法，深合古人《学记》申立教之意，最为美善。其第四、第五两种《春秋界说》《孟子界说》^①，言公羊之学，及《孔子改制考》第八卷中《孔子制法称王》一篇，杂引谶纬之书，影响附会，必证实孔子改制称王而后已。言《春秋》既作，周统遂亡，此时王者即是孔子。无论孔子至圣，断无此僭乱之心，即使后人有此推尊，亦何必以此事反复征引，教化天下。方今圣人在上，发奋有为，康有为必欲以衰周之事行之今时，窃恐以此为教，人人存改制之心，人人谓素王可作。是学堂之设，本以教育人才，而专以蛊惑民志，是导天下于乱也。

履霜坚冰，臣窃惧之，一旦犯上作乱之人，起于学堂之中，臣何能当此重咎。皇上既命臣节制各省学堂，臣以为康有为书中，凡有关"孔子改制称王"等字样，宜明降谕旨，亟令删除，实于人心风俗，大有关系。夫经书之在国朝，久经列圣钦

———————————

① "《孟子界说》"四字，哈佛本和傅图本均无，据文意及原折补。

定，未可妄事改纂。若谓学者不能遍读，古人原有专经之法，择其精者读之，如朱子小学例，亦无不可。总宜由管学大臣阅过，进呈御鉴，钦定发下，然后颁行，子史亦然。如此，则趋向可一，民智可广，而民心庶不致妄动矣。臣愚昧之见，谨专折具陈，不胜战栗屏营之至。谨奏。

过了一日，军机大臣传谕出来，着孙家鼐传知康有为遵照。阅时未久，宋伯鲁又条奏请于上海赶立时务报馆，即以梁启超督同主笔人等办理。梁启超此时业已到京，当蒙召见，又将宋伯鲁奏请赶设时务报馆一折，仍交孙中堂议奏。孙中堂因时报恐多关碍，即奏请以时报改为官报，并批章程三条：

一、《时务报》虽有可取，而庞杂猥琐之谈、夸诞虚诬之语，实所不免。宜改为官报，饬令主笔者慎加选择，如有颠倒是非、混淆黑白、挟嫌妄议、渎乱聪听者，一经查出，主笔者不得辞其咎。

二、官书局向有汇报，系遵总理衙门奏定章程，不准议论时事，不准臧否人物，专译外国之事，俾阅者略知各国情形。今新开报馆，既得随时进呈，胪陈利弊，将来官书局亦请开除禁忌，仿陈诗之观风，准乡校之议政。惟各处报纸送到，仍须督饬书局办事人员，详慎选择，不得滥为印送。

三、将此项官报，应分寄各督抚，通行道、府、州、县阅看，每月出银一两。官商士庶，阅者亦然。

孙中堂将此章程议奏上去，当蒙准行，即派康有为督办。欲知后事如何，且听下回分解。

第二十回
蝇营狗苟借径①钻谋　狈轾狼轩任情渎奏

　　却说康有为既奉派为官报督办，梁启超奉派为译书局督办，二人谢恩以后，不独京师人人传说，即各省、各府、州、县，以及僻壤遐荒，亦个个争相传说，作为美谈。就中就有那些无识之人，欲借康、梁声势，希图富贵。有因康有为为官报督办，欲在官报局内谋一差事，却有平时与康有为向不认识，因又各处打听何人与其最好，何人极有交情，及至打听出来，却有与康有为相识的人，仍是一面不识，只得又去寻那与康有为相识的相识。千方百计，转中转、托中托，好容易寻到一封书信，赶紧前去投书，以冀捷足先得。更有康有为同年旧好、亲戚朋友，就近的自不必说，朝夕前去，托其位置。就是那不在就近的，虽数百里、数千里，一闻有此消息，以为康有为既是督办，且官报局的局面必大，用人必多，只要督办有心设法，总可位置一事，因不远千里而来，或虽资斧不充，亦必竭力借贷，不惮跋涉。于是来寻康有为的人，纷纷不一，几如山阴道上，应接不暇。那些钻谋梁启超的人，亦复如是。自古世态炎凉，总是如此。康有为、梁启超二人，自此以往，更觉声价抬高起来，把那康、梁二人，愈弄得毫无顾忌。在那些钻谋的人，只知一时的声势，觉得依附他二人，便有许多好处，功名富贵，皆从此得来，却未虑及到以后。从来满招损、谦受益，在那正派的，过于得意，方且有物极必反、复极而

---

① "径"字，哈佛本和傅图本均作"往"，据二本回目改。

剥之说。而况康、梁二人，外托正大之名，内存奸险之意，大奸大恶，皆由他二人作为出来，这种人如何得有好结果？善恶到头终有报，只可惜那一起钻谋的，将来为他二人所累，岂不大为可怜。

闲话休表。再说梁启超自奉派督办译书局，心中好不欢喜，于是就拟了些条陈，缮成折本，请当道代呈代奏：

> 具呈六品衔办理译书局事务举人梁启超呈，为拟在上海设立编译学堂，培养译才，并请准予学生出身，呈请代奏事。窃举人前奉旨特派办理译书局事务，又蒙加给开办经费等项，感激莫名。查译书一事，为育才之关键，我皇上三令五申，郑重于此，举人敢不勉竭驽钝，仰副圣意。伏查中国向来风气未开，欲中西兼通之人，实不多觏。前者闻有译出之书，大都一人口授、一人笔述，展转删润，讹误滋多。故举人此次办理译务，拟先聘日人，先译东文。因日本人兼通汉文、西文之人尚多，收效较速，而中土译才甚多，计不得不出此也。今既为经久之谋，自以养译才为急，拟一面翻译东文，一面在上海设立编译学堂。堂中设学生六十人，分为两项，其第一项系已通中国学问，而未尝通西文者，即以西文教之；第二项系已学西文，而未通中国学问者，即以中国学问教之。两途并进，两年之后，学生皆能谙译，不须口授笔述、展转讹误，而成书可以神速。查香港、澳门两处，通习西文之人甚众，惜中学太无根柢，不能效力中国，致为洋人所用，殊堪痛惜。今若招致此辈而教之，实可事半功倍①，他日成为大用必多，不徒翻译之才而已。

---

① "事半功倍"四字，哈佛本和傅图本均作"事倍功半"，据文意及原折改。

皇上昌明政教,实事求是,除各省官立学堂外,宜更许臣民自行筹办,务期宏奖风流,用意良厚。今举人拟设翻译学堂,上体皇上作人之意,下为译局经久之谋,伏乞请旨准其设立,不胜翘企。再,堂中所拟招第一项学生,多系举贡生监,已通学问、能文章者;第二项学生,多系从香港各处招来,能通西文者,皆属已经成材之人,必有以鼓之,始能乐于就学。拟请旨许其将来学成出身,与各省高等学堂一例,庶几得人较多。至学堂经费,拟即就译书局款项,每月划出若干应用,未能绰有余裕,故堂中教习,拟多以上海徐家学堂之西人为之。该教士等学问优长,教授有法,举人曾经函商,乐于相助,薪水可以从俭。查大学堂总教习丁韪良,亦系教士,则翻译学堂兼延教士为教习,似亦无妨。他日或教有成材,能得传旨嘉奖,彼族更乐于效力,而经费较省,更易于集事,合并陈明。所有举人拟设编译学堂缘由,伏乞代奏皇上圣鉴。谨呈。

又,大学堂代递,再查泰西各国通例,凡书籍报纸,一概免税,所以流通典籍,开广风气,意至美也。中国海关税则,本无书纸纳税之条,惟仍须作为纸税完纳,各处厘卡亦然。统计此项税厘,国家每年所入,其数极微,而因此之故,劳费流滞,大碍流通,故山、陕、云、贵、四川各省分士子,欲购一书,欲阅一报,殊不易易,因之见闻固陋者多,通知外事者少,此非我皇上作育人才之至意。请援各国通例,饬总理衙门通饬各海关、各厘局,凡一切书籍报章,概准免纳厘税。计国帑每年所有,不过数百,而沾溉士林,获益非浅。谨附片陈明,伏乞代奏,请告施行。谨呈。

　　诸当道见此条陈尚属正大，便代梁启超代奏上去。不知梁启超此等议论，似尚有礼，实则用意甚深。他原来要借此招徕，以固党羽，迨其翼既成，再露奸险之谋，与康有为同一用意。其如在朝诸大员，如翁大协揆、张侍郎以及宋御史等，皆被康有为所惑，入其牢笼，以致后来皆被所累。诚如《辨奸论》所云，宋之有赵鼎、张浚，诚一朝之贤相，乃以秦桧、黄子澄为忠臣，而深信不察。迨秦桧等奸谋毕露，赵鼎、张浚亦因之贻人口实。一朝贤相，千古含冤，所以真小人易知，伪君子难辨。如翁大协揆等，亦卓卓一朝名臣，乃以康有为之伪，而信之保之，终不疑其为匪人，岂不大可叹惜。毕竟后事如何，且看下回分解。

卷
二

第二十一回
康主事无意露私谋　文御史留心听怨语①

却说梁启超议立编译学堂，呈请封章代奏，名则正大，实则借此暗召羽党，为将来不法之事。当时诸当道见其所议条陈尚属正大，因代呈进。康有为知此条陈代呈进去，深为喜悦，便与梁启超道："此事若成，则外援可定。外援既定，大事成矣。"梁启超道："虽则如此，准与不准，尚不能预定。"康有为道："在我看来，有八分定准。你此时可先往上海料理官报事件，此间一有确信，我便打电报告你。"梁启超亦深以为然，过了两日，即先往上海而去。康有为见梁启超去后，日与康广仁互相私议，皆是煽惑君心之事，不必细表。

这日，忽有康有为的门生林缵统，由广东到京来拜，康有为当即相见。你道这林缵统却是何人，原来是崖州举人，因聚众州衙，斗闹公堂，州官按律究办，当聚众时，声势汹汹，州官不能拿获，迨后经查访，为首之人，确系林缵统唆使，州官即差人拿办。那知林缵统先有所闻，早经走脱，经州官差人将其家人子弟先行收禁，押交家主。林缵统暗中侦知全家收禁，故往京城求康有为代为解释。见了康有为，彼此行礼已毕，坐定，康有为道："贤契此来，有何事件，如此惶遽？"林缵统道："此话说来甚长，非老师不可以解此

①　"怨语"二字，哈佛本和傅图本回目，以及傅图本正文均作"怨言"。

难。"康有为道："贤契有话，只管说来，如可设法，某当竭力解释。"林缵统道："只因崖州苛征钱粮，向例银价每两二千二百文，此次州官每两加价四百，连同例价，计需二千六百文。合境人民，皆非所愿。虽觉怨声载道，却敢怒而不敢言。门生家中亦稍有薄产，以为此等苛征情事，若不设法挽回，小民固受累不浅，即门生亦有所不甘。因即想了一法，将四乡各董请来会议，并请各乡董传知农民，一律照每两二千二百文，择定日期，齐集州衙完纳，各乡董亦颇为然。会议去后，四乡农民，果然择日齐赴州衙完缴。当时州官仍令各户照今年定价补足，否则定即提究。大家听了此话，便都不忿起来，众口一词说道：'本州钱粮，银价每两向有定例，今忽加价，还是奉的圣旨，还是自己的私意，要在百姓身上剥削脂膏，以饱私橐？若是奉有圣旨，应该一府皆然，何以他县并未加价，独有我们每两要加四百文呢？显见得是本州借端索诈，剥削民脂。'因此大家哄闹起来，崖州此时见众情如一，怕闹出大事，便想惩一警百，喝令拿人。那知只此一举，更加激成众怒，便真闹出事来，将崖州暖阁拆去，州官逃走。后经幕友极力排解，允其仍照向价完纳，大家才算散去。后经州官探听出来，知是门生与乡董会议，致有此举。又复请了乡董，细意盘诘，得了实情，便说门生唆使乡愚，哄堂拆署，立饬差役来拿门生。彼时门生早经风闻，恐为提去不便，所以在先避匿。不料崖州见门生已走，遂将门生家眷提去收禁押交。门生故特前来，求老师设个甚么法儿，给门生解释。"康有为道："此事却不易办，我且写封信与你，可持我的信，到文御史那里去拜。见面时，请他代你设法，看他如何，再作计议。"

　　林缵统答应，次日，带了书信去拜。文御史只道是会试举人，当即请见。及至见面后，林缵统将康有为书信呈上。文御史看罢，见上面所说,系林缵统为崖州知州凌辱,其家眷无故被逮收监,托其奏办各节。文御史察其情节,任地方官暴虐,断非无故监禁人家,其中显有不实不尽之处。又因康有为两次设立保国会,实非正大一派,此时为其门生说项,想亦非善举,因缓言拒绝。林缵统见文御史不能答应,也就辞出,复见康有为,备述情形。康有为道:"明日某当亲去托他。"次日,康有为便去,见面之后,即代林缵统申诉一切,请文御史奏办。文御史仍以缓言谢绝,康有为只得辞出。

这日,文御史出城,至广东会馆答拜康有为,家人投进名帖。康有为的家人将名帖接去,知是文御史到此,以为自家主人与文御史向有来往,并不先去通报,随请文御史进入里面,引到内院屋中内书房坐下。只因这家人办事荒疏,自以为是,未曾先行禀明,遽然引入内书房里面。这内书房原是康有为私自办事之地,许多机密,非同党之人不能进内。那家人以为文御史亦系同党中人,遂将文御史引入里间。文御史坐下,但见案上有洋文信件不少,文御史平日也通知洋文,便走至案旁,随便看了两件,见上面写着些暗语,不甚了了,正欲再取一两件细看,但见康有为仓皇匆迫从外而来,望着文御史勉强作了揖,那两只眼光直射在案上,望了两眼,忙与文御史道:"荷蒙枉顾,有失迎迓。此地窄狭得狠,请在外厅坐罢。"说罢,便邀出来,到了外厅,这才坐下,又呼家人喝道:"文大人来,怎么不请到客厅上去,擅自作主,请在这里? 幸亏是文大人系自家人,不会见怪。若是旁人,将尊客领到这个私居所在,岂是敬客之道? 尔等这起混帐东西,只知图便当,不顾来的客是何等样人。"那家人也就在旁回道:"家人们也因老爷时常到文大人那里,以为文大人同老爷定非泛泛之交,所以斗胆才请文大人在里面坐的。若知道老爷见怪,家人也不敢请文大人去里面了。此次家人错误,还求文大人与老爷宽恕。"康有为道:"尔还强辩,难道不应先回我一声么?"那家人又道:"家人可是认错,但有一件,家人也要回明。老爷也曾经吩咐过的,凡有向来往来之客,不必一定先行通报,只请在书房里坐便了,因此家人不敢违命。今日文大人到此,所以也请在那里去坐,以后当格外留心便了。"文御史望康有为道:"你我何必如此客气,就使尊纪错认,某也不是什么尊客,虽是阁下私居之地,未必就因此亵渎。特恐有不便之处,在尊纪固宜留心,即某等亦当自爱了。"说着,留心察看康有为的颜色。但见他听了这句话,觉得颇为刺心,不由得颜色大变,勉强回说道:"老先生忝在知已,那燕居之地,原未尝不可请坐,但恐非老先生能于原谅,岂不令人见怪么?所以不得不警戒他们一番,招呼他们下次要留心着意才好。"

文御史一面与康有为说话,一面留心听那外间唧唧叹叹,像似有人说话。再一细听,但闻说道:"这内书房是个机密之地,许多紧要事件,何能使外人进来?你们但看见宋大人他们一起时常进内,他是我们圈里人,故不妨碍。这文大人,你老爷虽常去他那里,十次到有六次会不见,就便见着,稍一劝他入会,他便拒绝不从,可见得与我们不类。今日将他请在那里去坐,案上许多要件,万一给他瞧出来,泄漏出去,误了大事,那时如何说法?况且他又是满人,尔等如何这样粗心,毫不检点?"底下还有许多话,越发低了,听不出来。文御史听了一会,又与康有为谈了两句不关紧要的话,辞别而去。

你道那外间说话的是谁呢?原来是康广仁在那里抱怨家人,不提防却被文御史听了明白。欲知后事如何,且听下回详细的分解。

第二十二回
老成持重苦口锄奸　新进无知甘心济恶

　　话说文侍御回拜康有为，被其家人误引至私室。文侍御见案上有洋文信件，康有为恐怕文侍御窥见隐谋，形色颇为仓皇，随请文侍御至外厅请坐，复借词将误领文侍御的家人痛骂一顿。文侍御又听见康广仁在背后抱怨家人，说内书房是机密之地，不可泄漏等语，文侍御此时愈知康有为形迹可疑，当时辞别而去。康有为因此亦恐文侍御知其隐弊，于自己大有关碍，因暗道："宁可我负人，莫教人负我。"又道："天下事，先下手的为强，莫若就此参他一本，说他阻挠新政，妄自鄙薄。就便他覆奏辩驳，究竟我有了根底，也好架词揭参。"心中想定主意，便去宋伯鲁、杨深秀那里商议。

　　那知康有为虽存了此心，文御史早立定主意，自辞别康有为，回到自己家中，暗道："康有为如此作为，将来不但误国，恐怕还要乱国。若不早为除去，贻害定非浅鲜。"因连夜修成折本，呈奏进去。略谓：

　　　　工部主事康有为，奴才向不相识，忽于今年二月间，由原任大学士阎敬铭之子、道员阎迺竹致书，言有杰士康某欲访相见。奴才昔为户部，曾为阎敬铭赏识，其子阎迺竹，亦不过仅识一面。既接来信，当即覆函，以"士大夫存诚践实，非尚标榜声气，康某何必相见"以阻之。而康有为仍复来见，因与接谈,闻其议论颇多偏宕,然观其激昂慷慨,以为志士忧郁出此,虽即以正言规劝,亦心喜其负气敢任,或可救今时委靡,未始非有用之才。

康有为去后,复书致阎迺竹,告以康有为不无血性可爱,惟看天下事太易,正恐不足有为。迨康有为数数来见,并送所著书籍数种,阅其著作,多以变法为宗。而尤堪骇诡者,托词孔子改制,谓“孔子作《春秋》,西狩获麟,为受命之符”。以春秋变周,为孔子当一代王者,明似推崇孔教,实则自申其改制。奴才由是知康有为之学术,正如《汉书·严助传》所以谓《春秋》为苏秦纵横者耳。然以为方今时事孔棘,求才未可一格,及聆其谈治术,则专主西学,欲将中国数千年相承之法,一扫刮绝,事事时时以师法日本为长策,甚则欲去跪拜之礼,废满汉之文,平君臣之尊卑,改男女之外内,直似但须中国一变而为外洋,即可立致富强。而不知其势小则群起争斗,召乱无已;大则各便私利,卖国何难。奴才曾以此言戒劝,而康有为不知省改,且更私聚数百人,立保国一会,日执途人而号之曰“中国必亡必亡”。其会规,设议员,立总办,收捐款,直与会匪无异,以致士大夫惶骇,庶民摇撼,私居偶语,亦均曰“国亡国亡,可奈何”。设此时四民解散,大盗生心,借此聚集匪徒,招诱党羽,因而犯上作乱,未知康有为又何以善其后。是则康有为立会倡始,名为保国,势必乱国而后已。

奴才于其立会后,又与面言,恐其实生乱阶,令其将忠君爱国合为一事,幸勿徒欲保中国四万万人,而置我大清于度外,康有为亦似悔之。奴才由是亦不欲与之往来,然仍谓其心或无他,只不过不知轻重而已。迨后许应骙等阻其立会聚众,又复奏参各节，奴才遂于初八日至康有为寓所，意仍劝其安静，勿生事端。是时闻康有为患病，其家人因奴才问病，引至其卧室，案上有洋字信札多件，不暇收拾，康有为形色仓皇，忽坐忽立，复延至别室。又闻其弟康广仁怨其家人，不应将奴才引至内室，奴才乃即辞去，惟告以《中庸》有云"万物并育而不相害，道并行而不相悖"，万不可分门别户，致成党祸，置国事于不问。而康有为言："即今在朝诸公，又何尝以国事为问？"奴才仍勉以既为总署章京，则当谨慎趋公以图报效，康有为言："实不能为此奔走之差。"

初九日见邸抄，许应骙覆奏，言"康有为少即无行，通籍回里，屡次构讼；晋京后终日联络台谏，夤缘要津，再三干谒，又在会馆私行立会，聚众至二百余人。继充总理衙门章京，不无觖望，捏造浮言，讽言官弹劾"等语。奴才更深信康有为不过一轻浮狡猾之徒，独怪阎迺竹为其愚惑，且为其引荐。由是忆及康有为曾于闰三月间，拟有折底二件，属为具奏，一系欲参广东督抚，一系请厘正文体、更变制科。当时即经晓以科道为朝廷耳目之官，遇事原不能不向人访问，然必进言者自有欲言之事，若受人指使而条奏弹劾，是乃大干例禁，断不敢为。至今折底仍存奴才处，而其厘正文体，已有杨深秀言之矣。是许应骙谓其联络台谏、诚不为诬。又四月间，康有为忽遣其门生广东崖州举人林缵统，持信至奴才处求见，始闻系会试举人，亦即延见。乃林缵统并非来京会试，因其在崖州聚众州衙、哄堂塞署之案，其子弟迄仍监禁。康有为令其请托，代为奏办。奴才当告以如有冤抑，应到院呈诉，不当在私宅商办。乃林缵统竟于次日备办礼物馈送，甚至奴才幼子童奴，皆有赠贻。奴才大骇,立即驱逐之去,告以如敢再来,定即奏交刑部。林缵统去后,康有为复来,奴才以正言责之,康有为不特毫无愧怍,且言礼物系伊代备。至今康有为引荐林缵统申诉之信,亦仍存奴才家中。是则许应骙言其构讼,亦不为无据。

至康有为两三月中,凡至奴才处十余次,且有上灯后亦至,往往见其车中携有衾枕。奴才家人问其随仆,皆言其行踪诡秘,常于深夜至锡拉胡同张大人处住宿。盖户部侍郎张荫桓,与其同县同乡,交深情密。是则许应骙言夤缘要津,亦属不谬。至云用为总署章京,不无觖望,奴才实亲闻康有为有"不能当奔走差使"之言。由此观之,则许应骙所论各节,皆非常测之辞,概可信也。

总之,康有为之为人,讲学如明之李贽,干谒如明之陈启新,尤复胆大妄为,不安本分。曾在奴才处手书御史名单一纸,欲奴才倡首鼓众,立请变法。其单内所开,多台谏中知名之人,而宋伯鲁、杨深秀即在其内。后康有为立会保国,在单之人皆不敢与,惟宋伯鲁、杨深秀两次到会,列名传布。奴才于其开单之时,即告以言官结党,大干例禁,万不可为。杨深秀旋即便服至奴才处,仍申康有为之议。且奴才与杨深秀初次一晤,杨深秀竟告奴才以[①]万不敢出口之言,是则杨深秀为康有为浮词所动,概可知也。

总之,康有为之为人,奸险诡诈,若久留京邸,必生乱端,奴才所以不敢已于言也。是否可用,应如何办理之处,伏候圣裁,国家幸甚,臣民幸甚,不胜惶惧悚栗之至。

---

① "以"字,哈佛本和傅图本均作"一",据文意及原折改。

这道表章奏呈进去，文御史反开去了御史之职，仍回本衙门行走。康有为见三次被参，均未获罪，好不得意，由是更加狂妄，又保奏谭嗣同、刘光第、杨锐、林旭等四人为军机章京，专办维新各政事，以为自己羽翼，且就近得有心腹。又三次立保国会，诱进入会者约有五百余人，上至二三品大员，下四品京堂、翰詹科道，以及公车会试举人等众。内中也有敬康有为才识过人的，也有见其立会无有别情的，也有借势希图富贵的。可惜这一起新进少年，皆是聪明英锐，乃漫不加察，竟为浮词所诱，甘心济恶，卒至身败名裂，岂不大可哀哉！欲知后事如何，且听下回分解。

第二十三回
托正言奏请开农学　节糜费条陈汰冗员

却说康有为自三次被参之后，又未获罪，因此益加狂妄，更诱入在朝翰詹科道等官，并公车会试举人等众入会。新进无知，为其迷惑者，约有五百余人。其蓄意不良，已可概见，尤复托言正大，荧惑君心。这日又修成本章，请开农学。其意非不正，词非不良，无如其居心正不在此，不过借此以结党羽。迨其羽翼既成，然后遂任其所为，虽欲挽回而不及。其奏章曰：

奏为请开农学堂、地质局，以兴农殖民而富国本，恭折仰祈圣鉴事。窃取万宝之原，皆出于土；富国之策，盛出于农。上古重垦辟，有尽地力之教，外国讲求尤至，城邑聚落有农学会，察土质、辨物宜，入会则自百谷、花木、果蔬、牛羊、牧畜，皆比其优劣，而旌其异等、田样各等、机器车各式，农夫人人可以讲求。鸟粪可以培地，电气可以速成，沸汤可以暖地脉，玻罩可以御寒气。播种则一日可及数百亩，刈禾则一日可兼数百工。择种一粒可收一万八千粒，千粒可食人一岁，二亩可食人一家。泰西培壅，近用石灰、磷酸、骨粉，故能以瘠壤为腴壤，化小种为大种，变淡质为浓质，易少熟以多熟。比较则去苦而从良，鼓舞则用新而去旧。农业日盛，故有土此有财，安有万里之地而患贫者哉？

今日人皆知言矿，而地下之矿，得无本末削失乎？伏乞皇上饬下各省、府、州、县，皆立农学堂，酌拨各地公费，令绅民讲求，令开农报以广见闻，令开农会以视比较。每省开一地质局，译农学书，绘农学图，延化学师，考求各地土宜，以劝植土地所宜草木。将全地绘图贴说，进呈御览，并饬各州县土产人工之物，购送小样，到省会地质局种植陈设，以广试验而便考求，扩见闻而兴物产。

其通商口岸，如上海、广东为中外大市，则设地质总局，有可推行外国，皆令送小样至总局，以便外国人阅看购取，庶几商业盛而流通广，农业并兴，地利益出，而国可富。查古者有大农官，唐、宋有劝农使，外国皆有农商部，可否立农商局于京师，而立分局于各省，以统牵之，出自圣裁。臣愚一得之见，伏乞皇上圣鉴训示。

此道本章，由总理衙门[①]代递，圣上览奏甚喜，当即降谕：

于京师设立农工商总局，派直隶霸昌道端方，直隶候补道

徐建寅、吴懋鼎为督理，并加三品卿衔，一切事件，准其随时具奏。各省、府、州、县皆立农务学堂，广开农会，刊农报，购农器，由绅富有田业者，或试办以为之率。其工学、商学各事，亦一体举办，统归督理农工商总局随时考查。各直省即由督抚设立分局，遴派通达事务、正直廉明之绅士二三员，总使其事。

此旨一下，康有为更加喜悦，以为从此可以言听计从。及那些在朝诸臣，虽即欲参他的，也只得隐忍不言，各尽其道而已。还有些老臣，本来有心致仕，只因身受国恩，不敢告老，难得有此机会，多有告老退归。康有为又百般荧惑，裁废老臣，任用新进。从来大奸大恶之人，皆系外托忠君保国之名，联络怀才抱奇之士，以为己用，而内蓄阴险之谋，使人难以测度。如汉之王莽，当未篡汉的时节，其一种谦恭好士、收揽贤才，人皆不知其诈，而且乐于为用。及至乱名已彰，当时人臣为其所害者，不知凡几。即如扬雄，未尝非才称盖世，乃终身侍莽，不免投阁而死。故谚云："善识人者，不如善用人之人。"识其才而不能用，与不识同；识其才而善用之，必结其心。蜀汉诸葛武侯，其先隐居南阳，何尝有出仕之心，迨昭烈三顾茅庐，即以身相许，经纶大展，便成鼎足三分，直至昭烈托孤，鞠躬尽瘁，死而后已。诸葛、王莽相形之下，一则流芳千古，一则遗臭万年，迄今千百年来，犹且称骂不绝。如康有为在京显达一时，果能以自己之才，全在忠君爱国上做去，事事光明正大，虽不能如诸葛武侯名垂千古，也不愧为一代能臣。无如他自恃其才，小视天下，且处处以荧惑君心、变乱国政为事。现在虽仗着些小忠小信，以邀君之荣，而不知神武英明，自古莫加于天子。当时虽未及加察，一朝泄露，法网断不能逃，不但祸及自身，而且株连许多才智之士,殊觉代为可惜。

闲话休表。这日康有为又想出一件事来,暗道:"我从前奏请加税,后为许应骙阻止,以致不能如愿。现在上意颇有弃用老臣之意,我何不趁此机会,如此如此,也可将那些戆直之臣,扫除一半。"心中想定主意,过了两日,乘机奏道:

> 我朝不患寡而特患贫,患贫之由,非仅官吏吞蚀也。《大学》有云:"生财有大道,生之者众,食之者寡,为之者疾,用之者舒,则财恒足。"方今之际,生之、为之、用之者,既不众、不疾、不舒,而加以食之者,又不能寡,是患贫之日,必致有加无已。虽开学堂以培养人才,可期国无游民;兴农学以广地利,可冀不夺农时,二者并兴,庶补救于万一。惟入不敷出,势甚汲汲;若欲求量入为出,势又有所不能。为今之计,则朝无幸位一节,不得不于此设法,以求之者寡。诸如我朝设官,内而六部九卿、翰詹科道,外而督抚司道,以及佐贰杂职,其中有名无实,徒食俸禄者,不知凡几。若京内除六部万不可裁汰归并外,其余如詹事府、大理寺等衙门,终日徒设一官,毫无要事可办。即遇有一二应办之事,亦不必定归该衙门。于此或裁汰而归并之,每年亦可节省许多经费。若外省如湖北、广东等巡抚,河东河道总督,及天下不出盐省分之盐法道,与不运粮省分之粮道,及佐贰同通兼管河工、水利,无地方之责者,大可一并裁汰,所遗各项事件,一律归并地方官兼管。如此办法,既不虚糜国帑,又可使各员不能滥竽,而国用更可充裕。通盘筹算,每年可省养廉银若干,以此所余之银,改为至要之举,似觉两全其美。诚能如此,则食之者寡,尚何患贫之有哉?

奏上，虽未奉行，然康有为终要以一人私心，变尽千百年之制度而后已。殊不知当定制之始，如何斟酌尽善，而后有此规模。所拟裁各官，在外面看起来，似觉不甚关碍，要知有一实缺，即有一道衙门；有一衙门，内而幕友，外而书差、仆役，身家性命，皆赖此以周旋。苟一旦裁并，则向赖此以养赡者，势必绝其生计。生计既绝，在安分守己的，必致穷饿终身；在胆大妄为的，难保不流为匪类。其设心以为不若是不足以得生计，与其自甘槁饿①，不足以生，不若甚意为非，或可不死。岂非因裁并冗员，反致酿成祸乱么？迨祸乱既作，再思设法挽回，实已万万不及。康有为之设想，真不知是何存心。欲知后事如何，且听下回分解。

第二十四回
恃党恶羞恼激堂官　仇释道挟嫌裁寺院

话说康有为上疏议裁冗员并各官衙署，此疏呈奏进去，却未准行，康有为未免大失所望。当下有礼部主事王照，来与康有为言道："昨闻老先生奏裁冗员，并未奉准，现在某亦拟得折底一道，系专在维行新政上立言，拟明日呈请堂官代奏。"康有为道："所拟折底曾否带来，乞赐一观。"王照见说道"当得呈教"，随在身上掏出，递与康有为。接过一看，见上面写着大略，一系请宣示削亡之祸，以祛众惑；一系奉慈驾游历各国，以广众志；一系设教部而重宗教，以释众疑。洋洋洒洒，有二千余言。康有为看毕，赞道："老兄

---

① "槁饿"二字，哈佛本和傅图本均作"稿饿"，据文意改。

所议各节,语语透切,语语中肯。此折上去,那些阻挠之人,一定有些不好看相。某得老兄以继之后,可谓德不孤矣。"彼此大喜。

说罢,王照辞别,回至家中,即将底稿誊写端正。次日,便持了折本,向本部而来。到了堂上,向堂官行礼已毕,王照复向堂官说道:"属员今有奏章一道,敢请列位大人封章代奏。"说着,呈递上来。当下礼部尚书许应骙、怀塔布,侍郎堃增等六堂接过,大家一齐观看毕,互相惊讶,会议道:"这请宣示以祛众惑,设教部以释众疑,此两条或可牵就。惟奉慈驾游历各国,未免悖谬,此等议论,直与康有为同出一辙。"许大宗伯道:"难保非康有为指使,在诸位大人意见若何,可否代奏上去?"怀尚书等道:"许大人言之差矣,此等悖谬之论,何能代呈?万一触动圣怒,见怪起来,你我如何耽待得起,万万不能代奏。"许大宗伯道:"既如此,只索将原件还他便了。"

会议已毕,就将原折递交王照,说道:"尔这折内所有陈请各事,不但与例不符,且多悖谬之处,本部堂碍难代奏,尔自拿去便了。"王照听说此话,不由的怒气填胸,向六堂争论道:"前奉谕旨,准其士民上疏言事,大开言路,各部属员,应由各堂官代递,士民应由都察院代递,各处绅民准其封章,应由该地方官转呈该督抚代递,煌煌明谕,通国皆知。今属员系奉旨条陈事务,应由本部代奏代呈,故不敢稍形越分。诸位大人,既属员所奏之事以为不合例,且多悖谬,碍难代呈,属员也不敢勉强从事,只得由都察院呈请代奏,并声明此折原请本部堂官,有谓与例不符,碍难代奏,故由都察院代呈便了。"怀、许两尚书及诸位侍郎见其言语戆直,并带挟制之语,恐怕不代他呈递,将来都察院递呈进去,于自家恐有不便,虽属心怀不忿,只得勉强将原折留下,次日六堂会衔据情代奏。

过了两日，内阁传出明谕，仍通饬都察院及各衙门，凡有封章，仍行随到随奏，不得拘牵，并稍予礼部六堂薄惩；加王照三品顶戴、四品京堂。因此康有为、王照等这一班同党，更加喜悦，以为朝廷信用，从此再加设法，可以将老臣一并扫除，他等便可便宜行事了。

闲话休表。再说康有为因呈请加税及裁汰冗员，皆未奉准，心中不免失望。这日忽想起当日在籍时，颇受和尚、道士委屈，因要设法处治他们一番。又想那些和尚、道士，平时住着高房大屋，将各处骗来的钱，以为己有，遇着富绅大贾，又百般借作什么如来佛、救苦天尊，花言巧语，说得人家十分相信，因此有布施银钱的，有慨助油米的，还有做功德、设道场，或超度祖宗，或赈济孤魂，动辄若干，毫不吝啬。更有因闹家务，争执田产，始则涉讼公堂，请官判断，继则牵涉日久，各执一词，于是两造皆不欲得此产业，因呈请地方官充为寺院义举，所谓雕蚌相争，渔翁得利。那些恶道邪僧，无意中得此厚产，便是居移气、养移体，舒服起来。这还罢了，还有一种丛林内的方丈，仗着官绅势利，忘却自己本来面目，居然夜郎自大，高不可攀，甚至出入乘舆，前呼后拥，外托清净之名，内多暧昧之事，颇觉指不胜数。真所谓以有用之财，饱供这一起恶道邪僧的使用，岂不可惜。若将这一种银钱聚积入公，为数实在不少。那些寺院的房屋，亦颇坚固高深，若改为各处学堂，实在合用。我何不乘个机会，奏上一本，请将各处寺院裁改学堂，若蒙允准，也算公报私仇了。心中想罢，便拟成折本，呈奏进去。略谓：

> 现在京师、各省、府、州、县设立大小学堂，所以培养人才，为将来得人起见。惟每年所需经费，实属不支，虽饬令各督抚

转饬各府、州、县，会同绅士措款筹办，然各省饷需颇亟，再筹各学堂经费，亦属为难。京师所设学堂，局面较各省、府、州、县尤大，兹当库款奇绌，尤属筹措不易。前议呈请加税则、汰冗员，一则恐碍民生，一则恐违定制，均有窒碍，未奉准行，固不敢一再续恳。然各处学堂既立，无经费以善其后，势必仍废于半途，似此创办殊难，一旦半途而废，未免可惜。兹得一变通之法，于民生既不关碍，于定制又不乖违，而于设立之各处学堂不无补助。窃查内自京师，外至外省、府、县地方，庵观寺院，不下一二千处，其中虽不尽殷实，而要之有钱者实属不少。即如广东一省，所有寺院，即有满百，其大者，房屋之高大，动以十数进、百数间，田产之富有，亦可数十顷、数百顷。平时住持僧道，尸居安享，虽王侯无此乐境，尤复百般诱惑富绅大贾，咸与往来，甚至布施乐助，供其欲壑。此指广东一省而言，其他省大率类此。若谓佛道二教流传已久，颇有灵验，且能护国保民，如汉武、梁武是其明鉴，天下岂有佛道可以护国保民者？且不独不能护国保民，并有以害国害民。如国家有敕建寺院，除已赐房屋、田产不计外，每年仍有岁修银两，由该地方官发给，是煌煌国帑，俾其自饱私囊。否则或因房屋稍有坍坏，便禀请兴修，而地方官以敕建寺院，不便查问，于是估价值、构工料，小则数十金，大则数百金不等，以国家有用之资财，置之于无用之地，岂非害国？其次则谎骗妇女布施功德，妇女为其所惑，深信不疑，乐于施助。或因家主本非所愿，坚不解囊，而该妇女惑于邪言，牢不可破，因而私瞒家主，暗质金钗，集聚资财，以供僧道，亦复指不胜记。似此恶习，岂非害民而何？现在各处学堂既次第开办，而所需经费又复难筹，请将京师及各省、府、州、县所有寺院，一律充公，其房屋高大者，即改为学堂，其田产充足者，即充为各学堂经费，通盘筹算，所得甚属不少。是以无用之赀，作为有用之举，而于民生国计，亦毫不关碍。是否有当，谨上疏闻。

过了两日，果然奉准，饬令京师内外各省督抚，转饬该地方官认真查核，择其不在祀典、房屋高大、田产充足、尤为殷实之寺院，酌予充公。其房屋即改为学堂，其田产即充作各堂经费，并责成该管地方官，切实查明房产若干，据实禀报，汇案具奏。毕竟后事如何充公，有无挽回之处，且听下回分解。

第二十五回
僧①道两门各遭大劫　佛教二祖设法会商

却说康有为奏请将各处僧道寺院，勒令充公，以房屋改为学堂，以田产充为学堂经费，奉准施行，通饬各省、府、州、县，择其不在祀典、尤为饶富者，酌予充公。此旨一下，先由京师各寺院住持僧道，莫不惊恐异常，不知所措。后来闻得不在祀典的一律充公，那些在祀典的各寺院僧道，便安然将心放下，那不在祀典的，仍复惊恐异常。后又闻得向非殷实之寺院，概予豁免，择其尤为饶富的充公，于是那些没钱没产业，及稍有赀产的，亦复安然无虑。惟最是既不在祀典之内，又系饶富素称的那一种寺院，平时坐拥厚资，

---

① "僧"字，傅图本作"释"。

其乐无极,现在既不能如在祀典的各庙公然无碍,又不能如向无资产、平日目为穷寺的反得安闲,真是终日愁肠,不知如何设法,彷徨颠倒,迥非昔日之趾高气扬。此但指京师以内而言,渐渐传至各省,由省会而各府、各县,通国皆知,那一种惊惶情形,不堪入目。再加所传异辞、所闻异辞,连那尼庵都一起惊惶起来。

你道如此惊惶,难道那些僧道女尼,不曾见得谕旨上载明,向不在祀典、尤为殷实之寺院,概予充公,其向在祀典及向无资产的,一概不与么?看官,你只知其一,不知其二。外省比不得京师传闻较确,京师地方,朝有谕旨,暮即皆知,而且毫无舛误。外省距京师辽远,督抚知道最先,以次司道,以次府、州、县。虽印委各官,见闻自确,一经传出,即不免稍有舛讹,以次传说开了,将那向在祀典及穷苦寺院一概不与的话,全行汰抹,只说得庵观寺院奉旨充公。在那些消息灵通的,尚各处打听打听,那些不知时事的,只听得传说之辞,便自据以为实。更有一种地方上的无业游民,及素来遇事生风的一起,毫无影响尚且捏造谣言,到处煽惑,意在于中取利,而况实有其事,落得他们加倍说利害些,好在此中设法弄钱。所以再经他们这一起人加倍传闻,以致连尼姑庵都惊惶起来。因此有请在籍绅士暗中设法保护的,有请绅士托名认为家庵的。其实在素称饶富、资产颇厚的,情愿出资先送绅士若干,请其护庇,再将田产各契纸换立本地绅士名下,就算这宗田产不为本寺所有,外面遮掩耳目,又与托名之人互立笔据,以为将来事定之后,再行各归各业。就中便有劣绅趁此敲诈,而各寺僧道虽明知如此,不得不勉强所为。所以然者,他却存了个意见,与其将来查出,悉数充公,丝毫不能为我所有,不若多送个若干,请其保护,将来事定,即使瓜分一半,也可以尽得,所谓打了倒算盘,也还觉得上算。

此为僧道而言，最可笑的，那些尼庵一闻这个消息，比僧道更加骇怕。虽然是个尼僧，终属女流之辈，平时任他巧诈，谎骗妇女钱财，到此也觉得无所措手。加以青皮地棍、劣监刁生，百般恐吓，把些尼姑直吓得哭哭啼啼，寻死觅活。其稍有路道的，终日钻门路、求护庇，却又不敢当面与主人讲话，因男人家多半讨厌女尼，只得向着那些妇女老太太、太太、姨太太、少奶奶、小姐之类，鬼鬼祟祟，唧唧哝哝，仍旧拿着从前谎骗银钱的那番话，什么菩萨保佑、佛老爷慈悲，阿弥陀佛，不住口的乱求乱请，直说得眼泪鼻涕，求那些妇女们，转在老爷、少爷跟前说项，看他穷苦，求其保护。到了这家，又去那家，终日里脚不离地，乱跑乱钻，幸而答应，心下稍觉安放，甚至出了门，又检那在这门里得用的老妈妈、老嬷嬷，拜托一番，请他们等老爷回来，再提一提；里头老太太、太太们，少奶奶、小姐们，在老爷面前方便方便，还怕得罪那些老妈仆妇，复又合十行个礼儿，再念上几句阿弥陀佛，才转身而去。

还有一种，既无门可钻，又无人可托，只得想些极不中用的主意出来，或本来是座圆门，连夜的喊了工匠，将门墙拆去，改成方门住家的式样；或将殿中所供的神佛，暗藏在箱椸之内，以为遮盖耳目；更有全行搬去，将庵门封锁起来，暂至亲眷家躲避。再有一等小尼姑，其初削发本非情愿，或因幼小贫苦，己生父母不能养活，送至庵内去作尼姑的；或因幼时多病，复为老尼姑在他父母跟前百般说法；或说他是命中带着华盖，应为尼僧，若不削发为尼，定然命不能保。他父母爱惜殊甚，舍不得亲生女儿长不大，因此送入尼庵为尼。彼时不识不知，到了尼庵，觉得也还舒服。及至开了知识，心里何尝不怨，无奈既入清净之门，又不便做出犯规之事，只落得暗地抱恨父母。难得有此一个机会，老尼姑自顾尚且不暇，怎么还能顾及徒子徒孙？因此小尼姑还俗嫁人的亦复不少，虽然吓煞了许多老尼，也算是救了许多怨女，到也是一件好事。

就此一番惊恐，合各省、府、州、县僧道女尼，那一股怨气直冲霄汉，却冲动了两位极有脚力、极有神通又极有慈悲的大护法。你道这两位大护法是谁呢？就是僧道的始祖，一位是如来佛，一位是元始天尊。你看这两位脚力、神通、慈悲，可大不大么？原来如来佛祖这日正在蒲团打坐，双睛闭合，默坐凝思，忽觉心血来潮，睁眼一看，见有一股怨气，由下界直冲上三十三天。如来佛不知何故，复又掐指一算，心中早已明白，便道："善哉！善哉！为一凡夫，作下这无穷罪业，使下界许多子弟，受这无量苦楚，实在可叹。"正自凝思暗想，忽见童子禀道："启上我佛，今有元始天尊来谒。"如来佛闻听，当即起身，出了大雄宝殿，走至阶下，已见元始天尊进来，如来佛赶即迎上前去，同着元始天尊，来到大雄宝殿，分宾主坐下，童子站立两旁。

元始天尊说道："今有凡夫康有为，妄自尊大，百般作恶，君臣为其诱惑，已是罪不容诛。今更倡议毁庙宇、改学堂，从此道教子弟，永无栖身之所。非特我道教如此，佛门子弟，亦复无托钵之地，即我等香火，亦当从此断绝。故特前来与我佛商议，应该怎么设法，将康有为这作孽的凡夫，即刻灭去才好。"如来佛道："善哉！善哉！我等子弟，虽遇有此等劫难，但菩萨不预人间事，只好听其自然罢了。"天尊道："我佛向以慈悲为本，在那不关己的事，尚且普度一切，今见子弟被难，反说不预人间事，毋乃昔日的慈悲，今且抛弃么？再不然，欲使我释道两教，眼见绝灭么？"如来道："天尊言之差矣。我所谓以慈悲为本者，只顾得善男信女。若说子弟，他们既崇奉我教，自己也会解救，何必再使我多事呢？天尊欲存慈悲心，不妨自请尊便。"天尊不悦，正欲辩驳，忽见跟天尊的道童上前禀道："我佛天尊不必辩白，康有为非但欲灭我释道两教，他也曾倡议废弃八股文章，是欲将圣教灭去。在童子看来，释道两教，崇奉的虽属不少，终不若奉圣教的人多。自古迄今，那些忠臣孝子、名士通儒，何莫非崇奉圣教？童子的愚见，欲灭康有为，只此释道二教，终属不可。何不与孔圣人共为商议，应如何除灭，再定行止？且康有为亦系圣教出身，若孔圣人答应，除灭此人，较为容易。"天尊甚喜，佛祖亦颇以为然。于是如来佛、元始天尊即刻起身，直望圣庙而来。毕竟与孔子会议如何，且听下回分解。

第二十六回
大圣人微言谢二教　作乱子妄语间两宫

　　却说如来佛祖、元始天尊往谒至圣先师，会议捉拿康有为。佛祖、天尊二位，带领道童护从，直望圣庙而来，不一刻，已至圣庙门首，当由阙党童子将命进去。斯时先师正在燕居之时，申申如也，夭夭如也。阙党童子禀道："今有如来佛祖、元始天尊来拜，并有要话面商，现在门外等候。"先师尚未及回答，只见子路夫子不悦，见于颜色，曰："此难与言者，尤甚于互乡童子，此来何故？"先师曰："人洁己以进，与其洁也，不保其往也；与其进也，不与其退也。今既来此，且请先见。"阙党童子禀命而出，领着佛祖、天尊至大成殿。先师从容降阶相迎，如来打个问讯，天尊打个稽首，先师皆鞠躬相还。

　　行礼已毕，先师让坐。子路夫子头戴雄冠，腰挂剑佩，行行如也，侍立先师之侧，一言不语。天尊、佛祖缓缓而言，曰："下界凡夫康有为，作恶狂妄，先师得毋知之乎？毁释道、灭佛门、废制艺，行见我等三教绝灭，因特来奉商，敢请先师如何处置？若任其胡为胡作，我等教中子弟，无栖止之地矣。又因康有为系从圣教中出来，所以面请良策。"先师闻言，莞尔而笑曰："如世尊、天尊所言，某岂不知康有为之狂妄。特其狂妄之处，并非仅在废制艺，世尊、天尊尚未看得透彻耳。若曰废制艺，是又何伤哉？夫制艺一道，所以发明大道之旨，今行之既久，文风渐变，支离怪诞，叛道离经，至于不可收拾。这一议废弃，将来再覆，必能立登上乘。即使永远废弃，创为策论，亦未尝不可发明大道，且未必终废，行见又要覆作了。"天尊闻言，甚为不悦，曰："康有为狂妄已极，无不发指，先师实能容之，得毋忘周而不比之言乎？"子贡夫子即代为致词，曰："吾夫子待人以恕，及门之犯而不校，所以能传吾夫子之道。及门者尚且如此，何独不能容一康有为？世尊、天尊亦何所见之太小耶！"天尊又复强辩，曰："诚如所言，岂出自圣教者，虽悖谬已甚，终不改有教无类之意乎？"佛祖在旁，低眉合十，不置可否。子路夫子复率尔曰："我夫子德配天地，道冠古今，八股兴，固不足以明吾夫子之道；八股废，又何尝能亡夫子之道？汝辈神道设教，终属异端所为，孜孜以图，汲汲不可终日者，特为香火计耳。我夫子血食万世，即使八股永废，上自天子，下至庶人，春秋享祭，断不致与八股并废。所谓天不变，道亦不变，夫何忧焉？岂若汝辈一闻毁弃，便曰'无栖足之地'？且康有为虽极狂妄，并未闻毁议圣庙。以此推之，康有为仍不免以汝辈异端为不足道耳。汝辈各自为谋，斯亦已矣，何必来此多言饶舌？"

　　佛祖、天尊虽属无奈，且甚不乐，将有羞恼变怒之意。先师微窥其色,赶着诘责子路夫子,曰:"野哉,由也! 君子于其所不知,盖阙如也。儒、释、道三教,本来同源,不过儒曰中庸,释曰寂灭,道曰清净,稍有区别。今世尊、天尊来此,不特各为其教,且亦有意以顾吾教,汝之不察,而乃妄加鄙薄,何不逊之甚耶! 毋多言。"子路夫子默然屏息,侍立不语。只见先师复从容逊谢,对佛祖、天尊曰:"吾徒卤莽,尚色见容。惟康有为狂妄无知,议废制艺,尚属小事,恐将有利口覆邦家之祸,现在虽罪大恶极,尚未贯盈,迨其罪恶贯盈,自不难一朝灭绝,然为时亦不过久。世尊、天尊①且请少待,一俟康有为罪恶贯盈之日,某等当协力拿获,总不使其漏网,以申吾道之权。世尊、天尊尚亦以为然否?"如来佛祖、元始天尊闻说,遂避席而谢曰:"先师明察,万不可及。今蒙见教,顿开茅塞,某等当静以待命,以期彼此守望相助便了。"说罢,复又合十稽首,告辞而去,先师亦即鞠躬送出大门而别。

话分两头。再说康有为自怂恿礼部主事王照上了条陈,王照请礼部各堂官代奏,礼部各堂官因条陈各节有关定制,碍难代呈,王照又抗议挺撞,借端挟制,礼部六堂只得会衔代奏。及奏呈进去,王照又加卿衔,礼部六堂各予落职。康有为见如此情形,甚为欢喜,以为从此旧臣可以次第裁撤,使他可以便宜行事,因此在京肆行无忌。时有外边送信之人,至康有为寓所,形踪诡秘,不法俱多;又有各国洋人与之时常来往,他又自恃总署有差,并有谭嗣同等在军机暗为心腹,因此又在圣驾前欺蒙狂悖,密奏呈请改换服式,换易西服;又请圣驾巡狩,与各国会盟。用昭信义,推原其心,所奏各事,固属心存蛊惑,亦甚望允准奉行,他便可暗谋不法。幸

---

① "天尊"二字,哈佛本和傅图本均作"天祖",据文意改。

圣上英明神武，又因圣母在上，未便准行，康有为又大失所望。

过了两日，康有为又恃其蛊惑之术，呈奏以上各事，力请奉行。当蒙圣上谕道："朕虽知西法甚好，奈有太后在上，如此大事，自当禀明而行。若遽行允准，恐多未便。况我朝以仁孝治天下，若不请命于太后，是朕以不孝倡天下臣民先，朕何敢焉？尔其毋躁，且缓图之。"康有为复又有请皇太后非今上之慈母等语，意欲离间两宫。种种大逆无道之言，编书的却万万不敢效康有为肆无忌惮，随口妄言，看官自能原谅。

康有为知圣上断难准行，因此又与同党诸人密布谣言，佥谓今上口出怨语，欲请圣母退居深宫。又密贿颐和园内监，在圣母前暗谮今上，总使其两宫离间，他好于中行事，得遂其不臣之心。因此京师自有此等谣言，在朝诸臣及京师人民，无不人人惊惶。康有为又密与其同党终日在会馆会议奸计，被其迷惑的，何止数百人之多。

这日，忽有候补侍郎、统领新建军袁侍郎世凯进京陛见，康有为便去往拜。袁侍郎当即相见，彼此行礼坐下，康有为便媚词说道："今国家诸臣，能为经文纬武者，朝中固觉寥寥，即外省亦不多见。以我公威名卓著，虽三尺童子，莫不久仰大名，某实所钦佩。久欲进见，惜无其便，不免抱歉。今得见颜色，某实大幸。但某有一言，不揣冒昧，敢为我公言之。今者国家孱弱，势已岌岌，名公巨卿，半皆自保身家，而置国事于不顾。某有鉴于此也，曾数陈自强之法，以冀挽回于万一。无如守旧者多，维新者寡。某又恐一木难支大厦，特设立保国一会，为守望相助之意。幸附会者甚众，似稍差强人意。然而会中诸君，类皆文士，于经文则有余，于纬武尚不足。以名公威望素著，诚能以国事为重，而欲以自强之道挽回之，则幸入会中，某等当悉听指使。于是经文纬武，二者兼全，国虽极弱，不难渐臻富强。某虽不才，幸名公垂听焉。"康有为实指望这一席话，将袁侍郎说入保国会中，文事武备，两不稍缺，然后再用其牢笼之计，使袁侍郎一心所向，百折不回，他便可从心所欲。其设心未尝不深，其立谋未尝不善，惜乎居心不正，以致所谋多乖。若件件从他所欲，吾又要怪上天不能彰善阐恶了。毕竟袁侍郎是否听从，且听下回分解。

第二十七回
逆党奸谋假传圣旨　名臣卓识察破隐情

却说康有为暗下说辞，欲使袁侍郎入会。那知袁大人以功勋之后裔，为忠义之名臣，你道他如何能听？且见其言语浮滑，奸诈实多，当下复正言劝道："国家强弱，固在君臣合德、上下同心，苟人臣体国忠公，上辅圣君理治，国虽极弱，亦何不可转弱为强。若谓去旧维新，安见旧法不足以自强，新法即足以致富？当海禁未开之始，又何知有西法？又何知崇尚西法？而且自定鼎以迄于今，垂二百余载，深仁厚泽，祖制成规，天下四百兆人民，莫不奉行唯谨。一旦忽更旧制，在足下以为可以自强。愚谓非特不能自强，且恐人民惊恐，海内骚然。本非极弱之国，至此而更觉可危，窃为足下不取。若立会保国，更属无谓之举。人臣事君，只要存着一点忠心，不欺君、不昧己，任劳任怨，和衷共济，自能奠国家磐石，又何待立会保国。而且结盟立会，大干例禁，足下多才多艺，亦何不自审而遽为之乎？然此但就足下一面而言，尤可虑者，据足下言，入会之人，已不下数百，其中不尽磊落光明之辈。假使有一二不法，暗结党羽，布散谣言，谓此会虽名为保国，实有大欲者在，匪徒附会，酿为作乱之举，迨经事发，追查为首之人，足下虽一片至诚，居心保国，实在毫无他意，而众口铄金，百喙难辩。彼时足下虽尽西江水，恐亦不能濯此冤抑，吾不知足下又将何以善其后。为今之计，我辈只要始终守得住一个'忠'字去做，便可尽人臣的道理。至于国之强弱，知其可以致富的，举其一二事行之，还要上不亏君，下不亏民，上下称便，方可奏请举办。若徒以仿效西法，中国人民只知遵守定制，始终奉行，忽使之舍中就西，从新弃旧，是犹向盲人问道，非特不能驾轻就熟，反致杂乱无章。吾不知所谓自强者又何在，足下幸明察焉。"

袁侍郎这一席正大光明、忠贞自矢的话，句句是忠荩，却句句是暗刺康有为不法，而又句句劝他弃邪归正、痛改前非。无奈康有为自恃党羽已成，全将好话不听，更立下了谋为不轨的心术，所以将袁侍郎这番话，尽作了耳边风。也合当他罪恶贯盈，鬼使神差，闹出一件大逆无道的事来，闲话休表，后文自有交代。

康有为与袁大人谈了一会，见袁大人不能入其圈套，又被袁大人劝责了一番，只得告辞而去，心中暗道："圣上既不能准我主意，袁某又不能入我牢笼，现在党羽已成，心腹已布，若再迟延日久，机谋一露，大事休矣。"想一会，忽大喜道："我何不如此如此，只要将两宫离间开了，我就好于中取事。难得袁某今尚在此，便可借他一用，将计就计，包管大事可成。"心中想罢，又密与同党最为心腹的说明此计，遂使各人去行。

这日，忽有内庭传出谕旨一道，由军机处新章京传知袁大人，着令将所部新建军调拨三千，飞速来京，听候调用。袁大人奉到此谕,心中颇为疑惑,暗道:"现在京师毫无事故,忽然调兵进京,而且迫不及待,却是何故?"因此疑不能释,赶即派令心腹各处探听,又亲自去往各处明查暗访,方知康有为暗结党羽,谋为不轨,假传圣旨调兵进京,意欲围困颐和园,陷皇上于不孝不义。袁大人探听的确,只骇得汗流浃背,赶着奔赴颐和园而来。及至宫门,又为守门内监阻挡,不能进去。袁丈人仍请内监代为传禀,那知那内监终不代他禀报,反正色说道:"袁大人,你好不知进退!此时又未奉懿旨宣召,何得擅入宫门?况且慈驾正当休息,就便有紧要事件面奏,也不应如此急迫。难道袁大人不知宫内的仪制么?非是俺们不上去禀报,若奉懿旨见罪下来,俺们可是担当不起,袁大人还请三思。"

袁大人见说,也不便过于勉强,又恐激则生变,只得隐忍下去,默默无言,退出颐和园而去。正自心中毫无主意,忽见迎面来了一乘大轿,仔细望轿里看去,不是旁人,却是澜公爷,正至宫门而来,袁大人心中好不欢喜。原来袁大人与澜公爷平时最为要好,一见澜公爷,袁大人便得了主见,当即走近澜公爷轿侧,欲请澜公爷下轿。澜公爷也看见袁大人走近前来,若有说话之意,因即命人将轿子停下,澜公爷走出轿来。袁大人上前行礼已毕,便道:"请公爷至僻静处暂停,某有紧要事件面禀。"澜公爷闻说,随即拉着袁大人手,同到一个僻静所在。澜公爷便问道:"袁大人有何见教?"袁大人道:"适因早间由内阁交出谕旨一道,由军机新章京传知,饬令某飞速调拨本部精兵三千,即日进京,听候调用。某因京师现在毫无事故,飞调此项精兵何用,某颇为疑惑。缘前两日康有为至某处拜会,劝某入会等事,某当以正言拒绝而去。今忽奉谕调兵,某恐其中难保无康有为蛊惑君心之处,故不敢遽行奉谕出京,因往各处探听，又复细心明查暗访，果不出某之所料。打听得此道谕旨，实非圣上所降，系康有为串同逆党，假传出来，欲调某所部三千兵进京，潜谋不轨。"袁大人尚未说完，澜公爷赶着问道："究竟所作何事？"袁大人复走近一步，向澜公爷耳畔低低说道："闻系要将某所部精兵调拨三千进城后，再假传谕旨，饬令围困颐和园，欲陷圣上于不孝不义。某实情急，径向宫门拟面奏太后各节，争为守门内监所阻，不能入内，方才退出。正自毫无主意，适见公爷到来，故面呈一切，还请公爷从速作主，恐致泄漏。"澜公爷听罢，大惊道："不料新进小臣，竟作出如此叛逆之事！某当面奏太后，袁大人即请出京，驰回本职便了。"袁大人答应，当即回归天津，去见直隶总督荣中堂不表。

再说澜公爷与袁大人别后，即往颐和园据实面奏。此时太后早有风闻，只因怀尚书夫人尝入内请安，近因尚书阻拦封章入奏，被议落职，其夫人久未入内，近奉懿旨召见，垂询不来之故。尚书夫人便将尚书落职之由，并康有为结盟立会、荧惑君心，奏请罢斥旧臣，引用新进，力奏变政，改旧维新等事；又有端王及贝勒等密奏，据称康有为煽惑君心，力求变法，置祖宗之成宪于不顾，若不早为裁处，使乱臣得志，实非社稷之福，并恳慈驾以宗社为重，再行垂帘训政等语。太后虽有所闻，尚自疑信参半，今见澜公爷又复入内，将袁侍郎面告各节，据实陈奏。太后闻奏，慈颜大怒，一面密拿御前太监讯问实情，一面宣召圣驾入宫，询问降谕调兵之故。皇上本来不知，一闻此言，不觉恍然大悟，方知康有为实系不法，从前皆为所惑。因此龙颜亦不禁大怒，遂面请懿旨，密传步军统领提督军门崇礼晚膳。崇受之大金吾钦奉召见，赶即奉命入宫。欲知崇大金吾入宫端的如何，且听下回分解。

第二十八回
崇提督奉旨拿奸党　康逆臣知风计脱逃

却说崇大金吾奉懿旨召入大内,崇大金吾奉召之下,不敢怠慢,随即向颐和园而去。不一会到了宫门,先有太监传报进去,即刻宣召。崇大金吾趋跄入内,叩见已毕,跪领慈训,钦奉慈谕:"飞速带领亲兵,驰至顺治门外绳匠胡同南海会馆,密拿逆臣康有为。"崇大金吾面奉懿旨,赶着辞出宫门,飞速乘马,驰回府第。因事关机密,恐有泄漏,遂未说出缘由,但飞传左右两翼官兵暨弓箭手人等,又取令箭,飞传南营参将金镇君、四川营西珠汛都司王都戎、北城司陈大人,即刻率领亲兵人等,齐至本衙门听候差遣,不得稍有迟误。此时已是夜半,各营官兵奉到令箭调兵,齐集提督衙门,不知何事。各营官兵那敢延误,亦即传齐兵役,不到半个时辰,各营官已将亲兵人等传齐,直往提督衙门而去。

崇大金吾知各营官兵已经齐集,即刻密传口号,令本部左右两翼官带队先行,崇大金吾押队在后,真个是军容整肃,寂静无哗。但见那些兵丁,个个是弓上弦,刀出鞘,步武齐整,疾走如飞。崇大金吾骑在马上,真是威风凛凛,杀气腾腾,好不威严可畏。此时各营兵丁,跟着左右两翼直向前走,也知道是件机密事件,却不知是捉拿康有为。崇大金吾也怕预先说出,使康有为得了风声,致被他脱逃走去,故未便饬令驰往何处,只知照左右两翼,着令领队先行,直望南海会馆进发。在崇大金吾以为慎益加慎,如此办法,康有为必不致逃脱;即看书的人,亦以为崇大金吾如此机密,如此谨慎,康有为亦断难逃走。那知康有为偏不能如崇大金吾所算,更不能如看书的愿,将康有为即时捉住,大快人心。然则康有为终被他脱逃不曾么?看官不必着急,听编书的慢慢说来。

康有为自八月初三这日,就闻有风声,知事不过妙,接着他同党就送了密信,言说大事不好,知照他速着准备。当日又有曾经康有为贿通内监二人,亦来暗送密信,知照康有为先行出京,又有同党多人纷纷往说,总教他不可耽延,三十六着,走为上着。康有为见信息纷至,亦知事体不妙,尚在犹疑,无一定主见。又见谭嗣同仓皇而至,言道:"风声甚紧,若再不速为预备,恐大祸至矣。"康有为道:"我岂不知准备,惟现在方寸已乱,如何是好呢?"谭嗣同道:"老师素与英国教士往来甚善,何不就此前去,请他保护,或得良策,也未可知。"康有为颇以为然,当即坐车驰往前门,拜请英教士李提摩太,求代转恳驻京英公使保护自己及众门生等。李提摩太见其言语恳切,亦即答应,随同康有为至驻英公使署拜见。适值英公使不在使署,于前两日往保定府北河有事。康有为见英公使不在署中,颇为着急。李提摩太见康有为仓皇已甚,遂同康有为转往美国使署求见。事有凑巧,美公使亦不在署,又往西山访友去了。康有为更加着急,李提摩太说道:"事已如此,不必各处乱寻门路。可暂住在我寓所内,且听消息何如。若果不妙,吾自有保护之法。"康有为仍是犹疑不决,李提摩太又道:"再不然,你且先行回寓,彼此再通消息何如?"康有为只得答应回寓。此时同党多人尚未退去,皆在那里听候消息。及见康有为已回寓所,遂纷纷向问去请保护何如。康有为欲安众人的心,遂假词说道:"已蒙允许,吾已有安之策矣。诸君请各回寓,明日自有佳音。"同党诸人闻说,遂纷纷而去。康有为见众人去后,便将以上实情,告知乃弟康广仁,当即密议暂留广仁在京坐探消息。

至初四日，风声愈紧，正自打听确实信息，忽由军机新章京谭、杨、刘、林送到密信，言："事已危急，若再迟误，祸立至矣。或走或藏，万勿稍懈。"康有为得此确信，赶着收拾细软，打成包裹，带了一名亲随，挨至天黑，潜出永定门而去。临行时，又留下信两封，交付康广仁道："转送英、美两公使署，自有保护于汝之法。吾此一去，当再见机行事，断不能从此干休。"康有为自初五晚潜出永定门外，便借客栈暂住一宿。初六早四点钟，便至火车站买了头等客位车票，随即带同亲随上车。等到六点钟开车，十一点钟驶抵天津。下车后，当至紫竹林某报馆内暂住，与其友人细述京中各节，并转请代探京中消息，按下慢表。

再说崇大金吾督率各营官兵，前往南海会馆捉拿康有为逆贼，一路上如风驰电掣而去。将有四更左近，已至南海会馆，左右两翼营官将马勒住，一声呼唤，喝令所带各营亲兵，将南海会馆团团围住。各兵丁不敢怠慢，当即一字排开，个个刀枪并举，剑戟齐挥，将南海会馆团团困得铁桶相似。当由崇大金吾带领各营官兵丁首先入门，准备捉拿逆贼，以为万无一失，那知进入会馆各处搜寻，只不见了康有为一人，又复四处寻找，只将康广仁并译书写字四人寻获。崇大金吾好不着急，因康有为是个钦拿的要犯，既被逃走，如何复命。当即将康广仁逮案严讯。旋据康广仁回称，康有为早经因公外出，不知去向，余无他辞。崇大金吾以其供词狡猾，不便深问，遂喝令亲兵将康广仁先行绑缚，押回衙门，候旨定夺。当有兵丁将康广仁绑缚起来，严加看守。崇大金吾又带领众人亲往各处搜查信件，走至康有为内室，见往来书信甚多，又搜出保国会花名清册，并军机新章京传递密信，及透传消息的原书，暨梁启超与康有为的密札，其中多有谋为不轨情事。崇大金吾一一看毕，将那无关紧要书信悉皆焚去，但留紧要各件留呈圣览。当下崇大金吾见康有为已经走脱，便命将康广仁以及译书写字之四人，并看管会馆之仆役，一齐带往本衙门讯问。吩咐已毕，打道回衙。

　　各营官兵丁押解康广仁等，一齐到了提督衙门。崇大金吾复又升堂，将译书写字四人，及看管会馆之夫役，先行一一讯问。据供委实不知康有为逃往何处，以及谋为不轨各情节。崇大金吾察得各人实系不干此事，遂一并讯明释放，免致连累无辜。复又传知绿、步两营，八旗、两翼、五营、二十三汛等地，以及顺天府、都察院、五城御史，各司坊、练勇局，大兴、宛平两县各文武衙门，一体严密查拿。各文武衙门奉到崇大金吾传知，又见康有为是奉旨钦拿要犯，自必查拿严密，不必细说。此时京中通知康有为谋为不轨，已奉旨严拿，真是巷议街谈，纷纷传说。崇大金吾将外面各事办毕，当即趋入颐和园复命，并将搜出各件书信，暨保国会花名清册，进呈圣览。当奉皇太后懿旨，康广仁着交刑部，会同军机大臣严刑审讯；其同党透漏消息，伪传谕旨之军机新章京等，亦着一体拿问。崇大金吾奉旨之后，又面请懿旨，将初七日火车停止，恐其要犯脱逃，奉旨着照所请。毕竟康有为能否拿获，且听下回分解。

第二十九回
崇提督执法如山　　张侍郎待罪下狱

　　却说崇大金吾请将初七日火车停止，惟恐康有为脱逃，奉懿旨准如所请，即饬崇大金吾传知。崇大金吾辞出宫门，即刻飞饬铁路公司，初七日停车一日，复派亲信官兵差役，在于城乡内外严密查拿。又派员率领亲兵，分别将侍讲学士徐致靖，御史杨深秀，军机新章京谭嗣同、刘光第、杨锐、林旭等，先后拿获，奏交刑部。宋伯鲁、王照已经在逃，复又请旨定夺，当奉懿旨，宋伯鲁、王照均着即行革职。一面传知军机大臣李相国、王中堂，电谕南北洋大臣，"所有在逃为首之犯官康有为，督办上海官报事务梁启超，暨附会康、梁之宋伯鲁、王照等，务令拿获，毋任远飏"等语。南北洋大臣奉到电谕，当即通饬一体擒拿，自不必说。又电谕两广总督谭制军，饬令将康有为、梁启超家小一体拿问，又面谕崇大金吾，将首先保荐康有为之户部侍郎张荫桓，着即革职拿问。崇大金吾钦奉懿旨，拿问张侍郎樵野，回至本衙门，即派随员至锡蜡胡同张侍郎寓所去请，并面谕去差道："务宜机密，不可说出奉旨拿问的话来，但云本军门有要事面商，请即同去。"差官答应，当即前去。

到了张樵野侍郎寓所，差官面禀道："军门请大人有要事相商，特着差官前来，即请大人与差官同去。"张侍郎见说，便问道："你家军门有甚么紧要事件，如此急迫？"那差官道："军门但叫差官前来相请，并未说明何事。"原来张侍郎此时尚不知康有为谋为不轨，机关泄漏，奉旨拿问，以及株连同党，并为具保荐之人各情节。张樵野见崇大金吾差人来请，云有要事相商，当即答应，随吩咐套车，同差官同去。不一刻，已到提督衙门，当由巡捕官请入里面。崇大金吾出见，让坐毕，张侍郎问道："军门有何见教？"崇大金吾道："某并无紧要事件，只因康有为伪传谕旨，饬令袁侍郎慰廷即日调兵三千来京，意欲围困颐和园，谋为不轨。后经袁侍郎窥破隐情，面禀澜公爷，奏明太后。现奉懿旨，除将逆首康有为、康广仁、梁启超及伪传谕旨军机新章京等务获拿问外，所有附会入党，及保荐康有为之人，均要拿获讯问。因大人系康有为同乡同县，又与之往来甚密，且系首先保荐康有为之人，故此奉旨交某拿问。某因与大人同朝甚久，不便遽反面皮，而又不能以私废公，所以特着差官前来，奉请到此问个明白，是否与康逆同谋，有无知情各节，好明白回奏。"

张侍郎闻言，这一吃惊非小，只吓得面如土色，口不能言，半晌说道："军门明见，某前者保荐康有为，是见其才学宏通，时务谙练，欲为朝廷储一奇才。及至康有为奉充总署章京，某与彼有堂属之分，遇有公事，不得不往来会议，且皆因公起见，并无私谋等情。若谓某与同党，则今日该逆事发，某当早有所闻，或走或逃，均无不可，何必束手受缚，若罔闻知呢？某其所以保荐康有为者，不过因爱才起见，那知他如此不法，不但某一人带累，想那为其诱惑、因而牵涉的，当复不少。"因叹道："康有为呀！尔何苦正人不作，欲作叛逆之臣，造下这无法无天的大罪？你一人身受国法，是你自作自受，于人无尤，却连累了许多好人，是与你有何仇隙？我现在奉旨拿问，生死固不可必，但恨我有眼无珠，为尔保荐。即使圣恩浩大，廉得实情，知我并无尔之同党，免其死罪，这滥保非人的罪案，断不可逃。吾不知尔是何心肝，欲作出这大逆不道的事来，戕害已身，连累旁人，却是何故呢？"自言自语说，叹惜了一会。

崇大金吾见此情形，亦知张侍郎实非同党，诚如他自己所言，滥保非人，崇大金吾亦颇代为扼腕。张侍郎又向崇大金吾道："某现在既奉旨拿问，公罪自不可逃。惟军门于覆奏时，将某这一片血诚，并非甘与同党，实因爱才起见，现在亦知所举不实，滥保非人，请军门辨奏明白，某虽死也瞑目矣。"崇大金吾答应代奏，又道："先行请在某处暂住半日，待某覆奏后，再行候旨发落便了。"张侍郎自无他说，崇大金吾又暗暗饬人妥为防护，恐张侍郎畏罪自寻短见。吩咐已毕，便去内廷代奏明白，请旨定夺。当奉谕张荫桓即行革职，着交刑部会同三法司严加讯问。崇大金吾回至本衙门，对张侍郎说明原委，随即派人押解刑部而去。

到了刑部，先由值日堂官验明，交司狱官收禁。那司狱官及牢头禁卒，见侍郎是个钦犯，又向来富有，心中思想些监费，却又不便明说，便故意拣了一所极窄的房屋，将张侍郎带入里面。张侍郎进了禁狱，但见黑漆无光，灰尘满壁，潮湿遍地，气味熏人，不禁潸然泪下道："谁谓犴狴之间是乐地，囹圄之内是福堂。我只因保荐非人，将我这堂堂二品大员，连累到此地步，岂不可叹！"忽又想道："我尝闻狱卒心最狠毒，凡到此地的人，皆须先行贿属，方可另眼看待，不受苦楚，若无贿买通，即将人种种作践。今日待我这样光景，大概是想我些监费，却不好向我说明，故拣这一所龌龊不堪的地面，使我住下，叫我心照许他们些钱财。其实这又何必呢？要钱不妨说明，何必如此作恶。也罢，我的生死尚不可知，苟延一日，也要让我舒服一日。终不然，虽含冤入此囹圄，就甘心住这龌龊之地么？"心中想罢，即托人与狱卒说明，腾挪两间洁净的房屋，当给数百两纹银，聊为茶酒之费。有人去向狱卒说，狱卒听说，道："我辈终年当差，毫无进项，好容易这一次该我等值日，尚且花费了若干，方得到手。今日收了这一个赫赫有名的官犯，谁不知道咱们得了这一大注的财爻？若说使这几百两银子，就想贿买洁净所在，谁罕希这些须私费，就让他安乐自在。咱们若允了他，不但对不起自己，也给咱们同事的笑话，说咱们没见过识面。这样一个大富大贵的钦犯，见了这几百两银子，就贱买起来，岂不可笑？不必说是堂堂一个二品钦犯，又是向来极富的，就是那七八品官儿，犯了法，到了此地，至少也要花费个三五百两。他那么样的人，就只值得数百两么？请你可知照他，如果欲图安乐，至少也须五万；他若不行，舍不了，咱可不要他花费一个钱儿，就让他在那儿住下，可怨不得咱们照管不到就是了。"

来人听说，见这所要的监费太巨，不便代为作主，只得将原委在张侍郎前细细告知。张侍郎闻说，心中大怒，暗道："藐尔狱卒，如此可恶，真所谓虎落深坑被犬欺。"然到此时，也是无法，只得加增。后经来人讲到二万两，方允另腾洁净房屋，并准家人亲随进内探望伺候一切。张侍郎自入狱之后，虽不十分苦楚，只自恨无眼识人，滥为保荐，以致自身代累，并专等刑部提讯，以期辩白，呈请代奏，减罪发落而已。欲知后事如何，且听下回分解。

第三十回
以讹传讹追拿逆贼　知信报信逃脱通臣

却说张侍郎自下狱之后，当日又奉懿旨，电调北洋大臣荣中堂来京，递送直隶总督，即以袁侍郎慰廷暂行护理。先是，初七日，荣中堂接到军机密电，谕令拿获逆党康有为，又饬火车停止一日。荣中堂一面密派妥员，明拿暗访，一面与袁慰帅面商，及传知聂功庭军门、招商局黄花农观察、天津县吕大令，暨水陆各营，一体派令兵丁干役，协同会拿。各衙门奉到通饬，那敢怠慢，当即传齐兵丁差役，如风驰电掣般相似，一齐四出兜拿。

至初十日，荣中堂正奉到电谕入都，一时忙碌异常，忽有人来报说："本日上午八点钟，康有为在新河小船上蒙被而卧，时有日本人数人为之保护，请速派兵前去捉拿。"荣中堂闻报，即飞报知袁慰帅、聂军门、黄观察、吕大令，各带兵丁干役，前往新河、塘沽等处捉拿。比及袁慰帅等带领兵役驰至新河，各乘快船追赶前去，直追至塘沽，果然见上流头有只小船，在前面扯满风帆，直驶前去。袁慰帅等一见那小船乘作风如飞而去，亦喝令各船上水手齐将风帆扯起，迅速赶来。将至塘沽口外，离那小船不远，各兵丁齐声喝道："前面小船听者，我等奉荣中堂之命，闻说康有为在尔等船上安住，特地前来捉他，尔这只船可速速停泊，以便我等搜拿。"那船中隐约间听不清楚，仍往口外驶去。这边见那船不睬，仍自驾驶如飞，更加信以为实，因即驾上双桨，加力飞划，追赶前去。看看逼近，相离约有一箭多路，袁慰帅坐船上，有一当差官，踊身一纵①，登时跳过那船，赶将那船上风帆落下。随后袁慰帅等人纷纷齐至，逐一搜检，见船上皆系日本商人，内中只有年约二十以外之中国人一名，系因抱病蒙被而卧。于是众人方知探者误报，只得仍上大船，驶回而去，一面饬令塘沽火车站及各口岸留心访察，无论军民人等，如遇康有为，或访知下落，即刻捆送到县，定有重赏；若藏匿不报，一经察出，定即同科。

袁慰帅等回至天津，禀知荣中堂以讹传讹之事。又有人来报，探悉康有为初六晚间，先欲坐新济轮船，后有人暗通消息，改坐重庆轮船，驶赴上海。荣中堂赶即一面电至上海关道，谕令于天津轮船进口时，加意搜拿，毋任漏网等②；一面飞饬北洋海军飞鹰猎舰，星夜追赶，务要捉回。荣中堂亦即交卸，赶紧进京，暂且不表。

---

① "纵"字，傅图本作"跳"。
② 此句末哈佛本和傅图本均衍一"谕"字，据文意删。

　　再说康有为初六上午到天津紫竹林某报馆住下，分别密电知照上海梁启超、广东南海县原籍，令其眷口速赴香港躲避，不可延误。各电去后，又接京中同党密电，催其速行，迟则不免于祸。康有为当与友人商议如何逃走，因此就有人劝他改换服式，易作西装的，又有劝他剃去发辫，割去胡须的，议论纷纷，莫衷一是。此时也顾不得何为上策，总之早走一刻，都觉妥当。挨至晚间，即由天津乘坐火车至塘沽，上了客栈。那日正是招商局新济轮船出口，康有为即买了头等船票，匆匆上船。坐未移时，忽来广东人四名，寻着康有为，低低说道："顷得京中确信，已电谕南北洋大臣一体查拿。现在北洋已派招商局总办黄观察及各文武官员，带兵来此。我看此船万坐不得，恐遭拿获，可赶紧将行李搬下，另坐他船前去，较为妥当。还须改换西服，方免于难。"康有为闻说，当即行李搬下，仍至客栈，又暗地换了服式，当由康之友人打听，太古行重庆轮船亦于是晚出口，康有为即坐重庆而去。

　　再说上海关道蔡和甫观察，接到北洋大臣捉拿康有为、梁启超的电谕，一面飞饬上海县黄爱棠大令，暨英、法、美三租界会审委员，并函请奇兵营邹军门、沪军营龙军门，又照会英、法、美三国领事，各派差役、巡捕、兵丁人等，先至官报馆捉拿梁启超。及至报馆搜拿，梁启超早已得康有为密电逃走，蔡观察等只得带领差役兵丁，及中西探捕、江海关税务司巡丁人等，驰赴吴淞口，守候顺和、怡生、富平三轮船进口搜查。初八早，三船前后进口，蔡观察率领人众，分别上船搜查，毫无影响。顺和、怡生两船主[①]心甚不悦，以

---

① "顺和、怡生两船主"，哈佛本和傅图本均作"富平、顺和、怡生两船主"，据文意改。

为中国官兵至我英国船上搜人，实于英国体统大有关碍。及至船抵码头，顺和、怡生两船主首先往告英领事官，以后不可听从中国官场如此办理，英领事官当即允诺。蔡观察以次本日亦由吴淞驶回上海，各回衙署。蔡观察当即将梁启超已经逃脱，未克拿获，并将驶赴顺和、怡生、富平三轮船搜检康有为，亦未见康逆乘坐该轮到沪等语，电禀北洋大臣，一面饬人打听次日系何轮船进口。旋即据报，有招商局新济、太古重庆两轮船同日进口。蔡观察当晚即照会各国领事签字，请其派同中西捕探协拿。当有英领事官不允签字，蔡观察又复亲至英领事署面商，谓此系奉旨捕拿钦犯，不能使其漏网，相应照章签字，派人协拿。英领事答称："英国向无此例，虽你贵国钦犯奉旨捕拿，但我国无上船搜拿之例，且于英国统大有关碍，不能照行。"蔡观察无奈，只得仍回衙署。

至初八日一早，蔡观察仍然饬领上海县，并函请沪军奇兵各营，派令通班差役兵丁人等，齐赴吴淞等候。约至上午十点钟光景，但见吴淞口外一缕浓烟，直冲霄汉，大家齐说新济已到。蔡观察等分别乘坐小火轮迎将上去。不一刻，新济已经进口，蔡观察即率领人众上新济轮船，搜查殆遍，仍无影响。蔡观察复至新济买办处，询问有无其人，是否乘坐此船来沪。该买办答道："初六日康有为本来乘坐此船，已经将票买去，并将行李搬下，还有同来四人，上船坐未许久，忽有广东人四位到船，遍寻康有为，及至见面。只见那四位广东人与康有为耳语良久，康有为复将已买的船票拿至我们账房，说是因有要事，尚须耽搁一日，不能就走，要我们账房退还船价。我们账房见他是个有面子人，不便与他计较，只得将船价退还，把票子收回。他退了原价，即与四个广东人，并随从四名，一齐雇人将行李搬去。那时我们都不知道有奉旨拿他的消息，若果早得信息，也可将他圈留下来。"蔡观察闻言，好不着急，又问道："重庆轮船何时由天津开呢?"那买办道："重庆轮船亦是初六晚开，在我们船后。光景康有为因此船系中国船，恐有不便，遂假词改坐重庆，亦未可知。好在重庆约在午后可到，再去他船上搜查，或者拿获得住。"蔡观察闻说，只得带领人众下船而去。新济亦复起锚，驶往上海而来。蔡观察等直等到午后一点余钟，见重庆轮船已经进口，复偕人众乘坐小火轮，驶往重庆轮船搜查。争奈重庆轮船并不停轮，直望上海而去，小火轮亦不便拢泊。蔡观察又因无领事照会，不能令其抛锚，只得传令小火轮开足快车，抄前赶往上海太古码头，等候重庆轮船停泊之后，上船搜获。毕竟康有为如何拿获，且听下回分解。

卷四

第三十一回
布罗网逆贼幸逃亡　送音信^①党人谈近事

却说上海道蔡观察偕同上海县黄大令、奇兵营邹统领、沪军营龙统领，并英、法、美会审委员，各带差役兵丁，至吴淞口新济轮船搜拿康有为，未获。据该船买办云，康逆改坐太古重庆轮船，蔡观察等复在吴淞守候，后来重庆轮船进口时，未曾停轮。蔡观察等虽坐小火轮，不便上船，又因领事无有照会，不能令其停轮，只得饬令小火轮开足快车，抄先驶往上海，专等重庆轮船傍岸时节，再行拿获。

不一会，蔡观察等已至上海，重庆轮船尚未傍岸，蔡观察即在新关暂为休息。少刻，报称重庆轮船已抵码头，蔡观察闻听，那敢怠慢，随即赶至码头。却好重庆轮船才到，蔡观察即偕同黄大令等，督率差役兵丁上船搜查，均被船上洋人拦阻，不令搜检。又因搭客纷纷下船，殊形拥挤，不能逐一检视。及至该船缆定，始得上船，前后遍搜，查无影响。蔡观察复询该船买办有无康有为其人，该买办回道："在先却不知康有为是何等样人，当此船未进吴淞口时，有英国旗号小轮一艘，逆流而上，船上站有西洋人数名，一见此船，即行通语旗招呼此船暂停片刻。本船停轮后，即有西洋人过船，各执利刃一柄，内有一洋人，手执照片一张，先问船主有此人否。船主见是驻沪英兵舰，在吴淞口外三夹水停泊，轮船上之人，

---

① "音信"二字，哈佛本和傅图本均作"信音"，据二本回目改。

遂转询账房此人住在何处。账房即告知船主，此人在第三号房内。由是船主带领西洋人至第三号房舱，见内有四人，复将照片取出，核对无讹，遂将与照片上面目一样的那人，并随从等带至大餐房内，密语一分钟之久，复行出来，将行李等物一同搬下小火轮而去。迨那人同西洋人去后，此船开驶进口，方闻船主说知，此系奉旨严拿的钦犯康有为，现在船中尚有考篮一只。"

蔡观察等闻言，万分焦急，只得将康有为留下的考篮带回衙署，搜检篮内并无紧要物件，只得抛在一旁。当时即拟照会英总领事，向驻沪英兵舰索取罪魁，后经大家商议，还是先行据情电禀北洋大臣办理。看官，你道天下事从那里说起？以一康有为作了许多罪大恶极的事件，多少人受他的迷惑，代累了许多好人，及至泄漏机关，隐谋败露，各处派人拿获，也算是设了天罗地网一般，任他本领极大，插翅也难飞去。那里晓得网中之鸟，釜底之鱼，在半途中，竟忽有西洋人将他带走，即京城内外，却忙煞了许多官员，始终一个在逃的逆臣，急切皆拿获不着。

你道这是为何缘故呢？看官有所不知，当康有为自京逃走的时节，是有他同党暗送密信，及至上了新济轮船，又有他的同党告知他此船万坐不得，恐被拿获，所以才改坐重庆。比及北洋大臣得知康有为乘坐重庆到沪，即刻电谕上海关道，饬令一体严拿。上海道奉谕之后，非不紧上加紧，也恐康逆幸逃法网。怎奈上海这个地方，非比内地可以自行专主，而且各轮船停泊的地面，皆在各国租界之内，中国欲拿一人，必须先行照会领事，由领事签字之后，派同西捕协拿，方为合例。其初到顺和、怡生、富平三轮船上搜寻，是已经领事官在照会上签了字，故得上船搜捕。惜乎康有为未乘此三条轮船，若乘此船到申，也早已拿获在案。不料顺和、怡生两船主又不愿中国官兵上船搜捕,说有碍英国体统,径至英总领事处告知,请其以后不允签字。英领事又因有关国体,当即准行,不再签字。领事既不签字,虽中国官兵不得上船搜拿,此其受害于人的恨事。然犹不仅误在此事,所最误事的,是在起初照会领事,请其①签字的时节,须照万国公法定例,要在照会上说明所拿何人,所因何事,所犯何法。本来极为机密,即此一说,通国皆知,巷议街谈,传说不一,内中就有他的同党,钻谋门路,托人保护等情。就是那西洋人,难保非康有为逆党中人,请他出来,求他保护。不然,西洋人又何必干预我中国政事,欲保康有为幸逃法网,这是何故呢?

闲话休表。且说康有为脱逃之后,英国报馆次日即卖出新闻,略言康有为自从重庆轮船被西洋人带走之后,即由西洋人送至英国邮政公司船上,并与该公司船主言明其故。康有为就在公司船上住下,西洋人将康有为安顿定当,复乘小火轮复回兵舰消差。那日邮政公司船并未开驶,尚在口外停泊半日之久。至晚,又有康有为同党数人,乘坐小火轮至该公司船上,来见康有为叙话,康有为当即请见。那同党数人,一见康有为,即代贺喜道:"何幸得免于难,自此以往,皆庆坦途矣。"康有为道:"荷蒙关切,某所以得庆重生,皆诸君子之所赐。但日来上海若何情形,梁启超曾否得免于难,请即略道其详。"那同党的说道:"梁启超于初六日得由天津来电,当晚即收拾远离上海。彼时上海各官尚未得有京电,外人亦不得而知有此变局。迨初七日上海道得有北京来电,当即照会领事签字,派令中西探捕协同搜查,一面由上海道饬知上海县,并移知沪军、奇兵二营往捕。初八日怡生、顺和、富平三船进口,上海道等

---

① "其"字,哈佛本作"康",据傅图本改。

上船搜检。此时上海业已统知,我等颇代着急,恐老兄乘坐此三船来沪,后来闻说并无其人,我等方才放心。复又打听当上海道等上船搜查的时节,却恼了顺和、怡生两个船主,说是外国商船,不能听中国官场如此闹法,有碍英国体统。即由该两船主往见英国领事,请其以后不能在照会上签字,允其协拿。英国领事当即答应,幸而有此一举,及至初九日重庆进口,上海道又照会英领事,请其签字。英领事不准,上海道无法,只得罢议。同日有新济船进口,上海道等亦往吴淞口等候。新济于上午进口,上海道等当在吴淞上新济船搜检,并无影响。查询该船买办,据云本坐新济,后有同乡数人上船,属令将行李搬下,改坐重庆。上海道闻说,仍在吴淞等候重庆轮船进口。上海道等乘坐小火轮,欲上重庆船搜检,彼时重庆船不肯停轮,上海道等没法①,只得将小火轮开足快车,抄先驶往上海,以待重庆傍岸时节,再去搜查。等到重庆傍岸,上海道等上船寻找,仍无影响。彼时我等亦在重庆船上探听,后见上海道询问买办,方知已在口外,被英兵舰上之西洋人带去。我等一闻此言,好不欢喜,所以特地前来给你②问候。但不知那西洋人与你有何交情,能出这样大力?”康有为道:“某亦与那西洋人素不相识,从中援我的定有其人,此时虽不得知,过后自然知道。承诸君的关切,某自身虽已脱离虎口,但不知我家小尚能免于难否?”那同党诸人齐说道:“我等早经电托友人,请其代护宝眷,想已搬往香港去了。梁启超临行的时节,尚有书信一封,属我等转达。”说着从怀中取出,递给过来。毕竟梁启超所留信内,是说些甚么话来,且听下回分解。

---

① “没法”二字,哈佛本和傅图本均作“设法”,据文意改。
② “你”字,哈佛本和傅图本均作“我”,据文意改。

第三十二回
留别信匆遽示行迹^①　护逋臣殷勤重寄托

却说康有为将梁启超留下的书信，从他同党的手中接过来，拆开一看，略谓"不意大事败坏，一至于此。昨得密电，刻不敢缓，现已搭船前赴香港。家眷远不能顾，只好听天由命。特留数行，转远左右，以后之西之东，尚难预定"等语。康有为看后，当即投之于火，将信焚去。那同党又与康有为谈了一会，然后才告辞而别。邮政公司船直至初十日一早始行开驶，当公司轮船开行之时，驻沪英领事还怕途中多有窒碍，又坚托英国爱司克兵船妥为保护，先行送出大洋。爱司克进口以后，复又派飞尼格司兵船沿途护送，直至香港，惟恐中国巡海兵船在半途盘诘。

英国新闻纸又云："据旅沪、旅津各英国人，皆言康有为因力劝变政，主议维新，致遭谴责。此之谓国事犯，各国均有保护的权柄，不但中国如此，就便在欧罗巴同洲各国，也得通行相待。而况中国与各国向未立有彼此交犯的条约，我西洋人既将康有为保护前去，虽中国向政府讨索，亦但能告知康有为现在何处，不能交出本人。所以我西洋人某君特保护，自初十日于吴淞口外，请由英兵舰某君驶往重庆轮船，将康有为保守，代为搭附英国公司波刺辣轮船先往香港，复由英领事派令英兵舰飞尼格司沿途护送。及至半途，又有香港领事派令殷拿云超战舰来接，于十四日下午五点钟驶抵香港

---

① "行迹"二字，哈佛本作"行踪"，据傅图本和二本回目改。

洋面。先有香港梅缉捕及署华民政务司，率领差役多人，乘坐小火轮驶至鲤鱼门外迎接，至七点钟，遥见波刺辣轮船驶进口门，先打通语旗，招呼波刺辣公司轮船停轮寄碇。梅缉捕、华民政务司等即过波刺辣船上，至康有为房舱内相见。彼此见礼已毕，坐谈片刻，梅缉捕首先说道：'叠接驻沪领事来电，饬令我等妥为保护。我等迎接来迟，尚望见宥。'康有为道：'蒙贵国领事实在多情，又蒙诸君雅谊，某实心感。但某这虎口余生，若非贵国驻沪领事预先保护，某已不知如何光景了。'华民政务司道：'但不知足下所为何事，致遭贵国各官如此不容，却是何故？'康有为道：'一言难尽，所谓欲加之罪，何患无辞，当容细告便了。'梅缉捕、华民政务司即邀康有为随从等过小火轮，同至马礼捕码头，一齐登岸，早有舆轿三乘，在岸上伺候。梅缉捕、华民政务司复同康有为肩舆至总缉捕房下轿，齐至里面，又有西人多名与其相见。

康有为一一答礼已毕，大家坐下，内中就有两个西人，询问中国的变局，究因何事不能容留足下，各官追捕如此严密，请道其详。康有为道：'虽系咎由自取，实系上为国家，无如谗谮者多，致遭谴责。若非贵国领事暨诸君子多情保护，某竟无地可容，死而后已了。'各西人又道：'究竟因何事见妒权贵呢？'康有为道：'某因我国自与东洋战后，损兵割地，赔款求和，稍有血气之人，无不引以为耻，咸痛骂文武各官，坐享厚禄，自保身家，不能为国家稍尽心力，致使堂堂大国，辱国丧师，举国人民，大半如此愤激。在那些稍有权力的各大臣、各当道，虽明知人民共愤，终不肯痛除积弊，以冀自强，仍是置若罔闻，因循迂谬。某一时愤激，自谓国家至此，已是孱弱不堪，若再不图自强，尚不知伊于胡底。因此某一意奏请变政，吁恳我大皇帝有鉴于日本效法贵国的往事，可以力图自强。我大皇帝天武神姿，有心振作，奏上当蒙俯允。彼时就有那墨守成规之辈，以为有乖定制，大为不然，屡次奏辩不能更改。幸蒙我大皇帝一概置之不理，深以某奏请变政为然。由此饬令某条陈新法，某也便条奏上去。诸如立学堂、废制艺、兴农学、设商务、开矿质、精制造、开报馆、汰冗员、用新进、讲求西学、考究时务、加益税则等事，俱蒙我大皇帝采择。因此朝中各大员见以上各事如果通行，便于自家多有违碍，又见引用新进，必能通达时务，那一起拘守成墨、暮气已深、不知时务为何事的，必致废而不用。虽明知有利于国事，特不利于身家，所以多方阻挠，纷纷奏议。有的言显背祖宗遗制的，有的说大有关碍民生的，甚有揭参某荧惑君心、大逆无道的，自春徂秋，不知费了许多笔墨、许多唇舌，务要将某设法处置，好让那些尸位素餐的以图自便而后可，国之强弱，彼等不问也。无如我大皇帝力图自强，洞悉诸臣诡计，一概不准。又参革了两名大臣，因此那些同朝的更加忌妒，恨不能食某之肉、寝某之皮，总想置某于死地而后快，遇事便进谗言、加潜谤，甚至谮某谋为不轨，以冀君上加罪。至初四日早间，京中就有风声，某尚不以为意，迨愈传愈紧，某不得不暗地而逃。为国亡身，本系人臣应有之事，但含冤莫白，又何必舍命捐躯。今承诸君不弃，问某所为何事，某虽至此，实在梦中，究竟不知所为何事，以致获谴，然以鄙意揣度，恐不免仍为谗人高张之故耳。贤士无名，可堪痛哭！'"

　　据新闻报纸如此云云，可见康有为的居心，到此地步，仍然奸诈，但说他自己一片好处，将那结党阴谋、煽惑人心、潜谋不轨、离间两宫、伪传圣旨、调兵来京欲围颐和园，几陷圣上于不孝等语，一概抹煞不言。所以各西报皆言康有为因变政获谴，是国事犯，各国例得保护。不知康有为所作之事，皆是大逆无道，即将康有为为各国的人臣，作出这些事来，想各国亦断不能容他这乱臣贼子。可惜各国只听他一面之辞，不知他实在底细，所以得由这乱臣幸逃法网。虽然现在逃往外国，中国官兵不能将他捉拿，要知冥冥之中，尚恼了许多神佛，不能使他优游自在，将来定要设法将他拿获，以伸前罪。

看官，你道这许多人物，与他有何仇隙，要在暗中拿他呢？在前十数回书中已经表过，那如来佛祖、元始天尊，因他奏请毁弃庙宇，致令释、道二教弟子无栖身之地，如来佛祖、元始天尊会商，当时就要将他拿问。后又想道，他也曾奏废八股，儒教中亦颇受他累，因此如来佛祖、元始天尊同往拜谒至圣先师，请先师协拿。后来先师因康有为罪恶尚未贯盈，劝佛祖、天尊少待时日，等至康有为罪恶贯盈之日，再当会议协拿。所以现在康有为虽得脱逃，终久要被神佛暗中捉住，以申国法。但是后来三教会拿之时，却有一番大战，方可将他拿获。因后来有外国中几个无名教主，逆天行事，抗着康有为，不令儒、释、道三教捉拿，所以有一番大战。此是后话，不必细表。

且说康有为此时便住在香港总缉捕房内，家眷也在香港住下，到也安然无事。毕竟后事如何，且听下回分解。

第三十三回
逆党潜逃查抄私室　罪魁远去株累家人

话说北洋大臣自接到上海道蔡观察电报，康有为乘坐重庆轮船到沪，被驻沪停泊吴淞口外三夹水地面之兵舰上西洋人数名，坐小火轮逆流而上,将康有为劫去;又据飞鹰猎舰驶回北岸,禀称追拿无着,荣中堂勃然大怒,随请电奏入京,请旨查抄康、梁家室,并奏请诘责英国驻京钦使,向其索人。电达内廷,当蒙奏准,一面饬令总理衙门向驻京英使诘责,一面加电饬令两广总督谭制军查抄康有为、梁启超家小。旋据驻京英使以"康有为是国事犯,各国例得保护"等语答复,总署亦无可如何,惟有据情覆奏而已。

再说两广总督谭制军于初七日接到查抄康、梁家属电谕,当时谭制军那敢怠慢,随即飞饬南海、番禺两县,传知督辕中军,并派妥员,立刻带领兵丁差役,分头前往康、梁两家查抄家小。及至康有为家,见大门重锁,寂寞无人,询问四邻,皆言:"初七日一早,我等才开大门,见康家已经关门下锁,我等不知是何缘故。初六日尚见他家有人出入,与平时一般,大约是初六夜间,瞒着我等逃走的。"南海县也不及细问,便饬令差役将大门重锁打落,推开大门,一齐进内。但见四壁皆空,一人无有,惟剩有许多笨重物件,及鸡犬数只而已。南海县亲率差役,前后搜检一遍,并无箱笼等物。忽走至一处,见有个小小六角门,遥望里面,颇为幽洁,南海县便至里间,原来是一间书室。进入书室,四面一望,见案头堆着许多书信,另外摆着一个文具,乃文具上面有暗锁锁好。南海县先将书信逐一阅看,见无甚么要紧之件;又将文具打开,里面有许多抽屉,抽屉以内亦藏着信函多件,并有书册一本。南海县又将书信逐一细阅,却皆是逆党往来信函。内有一信,是康逆亲手所书,有谓"本朝不足辅,谭嗣同可为伯里玺之选",许多悖谬之词。南海县阅后摆在一旁,又将那书册检阅,见上面亦系大逆无道的话语,又不用光绪年月日,但大书孔子几千几百几十年记事,以代年号。南海县看罢,将所有紧要书信册本等件收藏起来,又督率书差,将屋内所存笨重各物，逐一点明登记清册，以便存查。诸事已毕，又取出封条，将房屋封锁起来，然后上院销差，暂且不表。

再说番禺县率领差役兵丁，前往梁启超家内，才到梁家门首，那些兵丁差役，即将前后门把守起来，四面又有督辕亲兵团团围住，真是围得水泄不通，当由番禺县首先带领差役进门搜查。梁家得电比康有为家稍迟半日，所以那些大小人等，正在那收拾细软，预备脱逃，不料番禺县出其不意，已经带领多人前来拿捉。梁逆家属措手不及，只吓得面如土色，大家哭做一团。番禺县不由分说，喝令差役无论大小男女人等，一齐拿下。差役一声答应，真个如狼如虎，大家动起手来，计拿获梁启超的生母、叔侄、兄弟、母姨等共六名口，一齐用铁链锁好，派差一旁看管。番禺县又亲往各处搜检私函等类，并查点箱笼什物，逐一饬令书手登记清楚，然后发出封条，将前后门钉封已毕。这才带领亲兵差役，押解梁家大小六口，前呼后拥，先行回归衙门，将已拿各犯暂且寄监，复又前往督辕销差，面禀一切。却好南海县已经到院，于是两县一齐禀见。谭制军当即传见，两首县进内，将奉饬查抄康、梁两家情形，逐一禀明白。两首县又将搜出各件信函，并查封各物清单呈递上去，谭制军也细细看了一遍，仍付还两首县，道："此等物件，分别存库，所有拿获梁逆之家属六名口，可一并先行寄监，明日严加讯问。"两首县退出，一日无话。

次日，谭制军又派了发审委员，会同南、番两县讯问梁逆家属，当由番禺监内提出梁启超生母等六人，跪在堂下。南海县首先饬令先带梁启超生母，问道："你是梁启超何人？"答云："妇人是梁启超的生母。"南海县道："你可知梁启超所作不法的事么？"答云："不知。"又问："尔子在原籍的时节，向何人来往最为亲密？"又问："尔子现在何处？"答云："现在上海督办官报。"又问："尔子所作之事，尔真不知道么？"答云："犯妇一家，今奉大老爷拿获到案，犯妇起先尚不知道，方思好端端的书香门第，为甚么拿抄起来？后来听说是逆子启超与康有为闹出大事，才有此连累。但不知逆子究竟所犯何事，还求大老爷明白晓谕，俾犯妇得知明白，虽死也可瞑目，不然终是个糊涂鬼。"南海县道："尔既真个不知，待本县告诉于尔。尔子与康有为在京中结党立会，谋为不轨，现在事发，所以才奉旨拿抄。"梁母回道："据大老爷这样说，逆子与康有为谋为不轨，是康有为的家属，定是一并拿抄了？"这句话把个南海县倒反问住，会审委员因即说道："尔无须问康家，自然一并拿抄。本委员再问你，尔说不知尔子所犯何事，难道你子并无信息回来，属令尔等逃走么？"答云："大老爷的明见，逆子如果有信回家，属令逃走，犯妇等谁不畏罪，尚自稽延，坐以待毙么？"问官又道："尔子的妻子，现在何处？"答云："犯妇的媳妇与孙儿，已由逆子带往上海，不在原籍居住。"问官喝令跪在一旁，又命带梁启超的家属。问官问道："尔是梁启超何人？"答云："是梁启超胞叔。"问官问道："尔之胞侄所犯之事，尔可知道么？"答云："本不知道所犯何事，今始明白。总是逆侄不法，与康有为合谋，致累家属，尚乞明察。"问官道："尔说本来不知，因何又说尔侄不法，与康有为合谋？显系狡展，快快从实招来。"答云："犯民本来实系不知，其所以说逆侄不法，与康有为合谋者，系因大老爷刚才告诉犯民的阿嫂，犯民不敢强辩，系照着大老爷言词所说。遥想大老爷见闻自确，断不能诬害无辜的。"问官又道："尔侄平时既与康有为往来甚密，尔必知道他们的隐谋。"答云："如果早有所闻，也不致有今日。原因他们在籍的时节，彼此往来甚是亲密，不过谈论些时务，还说将来如何得法，

定要代国家做一番大事。及至康有为入了总署，做了章京，保举逆
侄在上海督办官报，那时犯民等一家俱皆欢喜，以为他两人克践前
言，上可为国家出力，下可显亲扬名。那里知道不是为国，竟是乱
国；不是显扬宗祖，竟是贻害家属。可惜此时不曾亲见康有为与
犯民的逆侄，若他两个现在此处，犯民等定将他两人的肉咬下来喂
狗。这是已往实情，余者全不知道。"问官又将那四人问了一遍，
见无实在口供，仍饬令收监再讯。退堂后，当即齐往督辕，禀明各
节。次日复加严讯，仍如以上口供，只得禀明制台，由谭制台①据情
覆奏，请旨发落。毕竟梁启超家属性命如何，且听下回分解。

第三十四回
三法司秉公会讯②　六官犯按款招供

　　话说谭制军将梁启超家属拿获，饬令南、番两县，并委会讯委
员严讯。两堂毫无实在口供，只得先行电奏大概，复又将康有为家
属已先在逃，只抄出往来私函，并拿获梁启超生母、叔侄、兄弟、母
姨等六名口，讯系实不知情；梁启超之妻之子，均住上海，不在原
籍，因未拿获，其两家房屋什物，均已发封等情，缮成折本，驰奏进
京，并将抄出私函清册，一并附呈圣览。不一日，奏折已达内庭，圣
上览罢大怒。此时荣中堂早已到京，随奉谕旨："所有拿交刑部之
各官犯，派出刚中堂、荣中堂、李中堂、王中堂，会同都察院、刑部各

---

① "谭制台"三字，哈佛本作"谭制"，据傅图本补。
② "会讯"二字，哈佛本和傅图本回目均作"会审"。

堂官、司员人等，按同抄出逆党往来私函，逐一严加讯问。"四中堂奉谕之后，随将抄出之各私函书信，悉数附卷，并传知都察院、刑部大堂，预备提讯官犯。此时京中人人皆知，就有许多人在暗地打听信息何时会审。这日，刚、王、荣、李四位中堂，及^①都察院、刑院各堂官、司院人等，齐集刑部大堂，会讯各官犯。只见那刑部堂上摆列着六张公案，堂下两旁齐列着书差、衙役、刽子手、刀斧手，并亲兵护勇一二百名，一个个手执刀枪剑戟，雄纠纠，气昂昂，站立甬通两侧。只听一声点响，暖阁门开，各衙役齐唱威武，四位中堂、都察院、刑部大堂暨司员等众，一齐出来，挨次坐定。各差役重复吆堂毕，真是肃然起敬，鸦雀无声。法堂上那一种肃静森严的光景，任那铜浇铁铸之辈，到此也觉心惊。

　　远听堂上喝叫带人，只见由堂上走下两个差役，手执一面白粉牌，匆匆下堂而去。不一会，已带到一名官犯，身穿青衣，带着镣铐，向堂上跪下。先报了名，然后各大臣问道："尔是康有为胞弟么？"康广仁道："是。"各大臣又问："尔知胞兄现在逃往何处？"康广仁道："犯官不知。"各大臣又问："康有为所犯各事，究于何时起意，同党共有多人？"康广仁道："胞兄所为各事，皆是为国自强，不知所犯何法。若问同党，朝中文武多有往来，不知胜数。"各大臣恐株连多人，诸多不便，饬令带下。又令带杨深秀，差役答应，一会子将杨深秀带到，跪在下面。各大臣问道："尔为御史，遇有各官不法之事，例得奏请参处。尔为甚么党护康有为，合谋勾串，颠倒国是，首倡立会书名，种种不法，身为朝廷命官，竟胆敢党护匪类，尔可从实招来。"杨深秀道："各位中堂大人明鉴，犯官与康有为立会

_____

① "及"字，哈佛本和傅图本均作"即"，据文意改。

书名，这是有的；若说合谋勾串，系误认康有为是好人，因此附会其说，并无阴谋情事、知法犯法等情。现在康有为既身犯国法，自有真凭实据，犯官亦不敢代辩。惟犯官为其煽惑，误结匪人，今既株连，亦自悔见事不明，有辜朝廷恩德，身膺国法，虽悔何追，惟求各位中堂大人按律惩办便了。"各大臣见杨深秀供词并无狡展，也命带下，又令带谭嗣同、刘光第、杨锐、林旭四人。差役答应，少刻，四人带到，齐跪堂下。

各大臣往下一看，见他四人皆是少年英俊，若一心向上，将来功名却不可限量，可惜误为康逆所用，甘为逆党同谋，未免可叹。各大臣暗自叹罢，便问谭嗣同等四人道："尔等以少年科第，承乏章京，理应上报国恩，忠君爱国，为什么甘与逆臣为伍，胆敢拜盟立会，勾串阴谋，显犯王章，伪传谕旨？尔可从实招出，免受大刑。"谭嗣同等回道："犯官从前误入保国会，是实有其事。既为章京之后，所有办理各件新政，皆康有为一再嘱托，犯官亦以为是朝廷公事，遂居之不疑，却不知其中另有阴谋，至成大逆无道。犯官等早知如此，亦断不肯受其嘱托，显犯王章。而且身受国恩，方且图报不暇，何敢知法犯法，蔑视典刑。就是当日附会的时节，也因他立名正大，具有忠荩之心，并不知其暗有阴谋，致犯官等通同株累。若谓康有为与外人私相通信，犯官等更不知情，可请各位中堂大人切实严讯康有为胞弟康广仁，自能水落石出。至于伪传谕旨，饬令调兵，此是何等大事，犯官等虽极至愚，又何敢作此显犯天条、自罹法网之事，尚求各位中堂明察。"

各大臣见其供词狡猾，若不予以真凭实据，必不肯据实承招，因将抄出各件往来书札，立保国会花名清册，并暗约"保中国不保大清"的凭据，暨康有为亲笔手书，谓"谭嗣同可为伯里玺之选"

的书信等，悉付四人观看。谭嗣同等看毕，各大臣又问道："尔等称说并不知情，这许多往来书函，内中皆有尔等名字。而况康有为已称谭嗣同为伯里玺，并有'保中国不保大清'等语，其为暗蓄阴谋，狡焉思逞，潜为不轨，真实无疑。尔等尚有何狡赖？快快从实供出。若再狡赖，定即严刑重惩。"谭嗣同等复又回道："各位中堂大人在上，犯官等既已拿问，亦断不望法网重开，身受典刑，势在必然之事。同一伏法，如果实知情节，又何必坚执不招？而况狡赖亦死，实供亦死，与其希图狡猾，甘受苦刑，何如明白实供，尚不受目前之苦。但是虚者本虚，实者自实，虽明知百身莫赎，亦何能自昧初心。若谓往来书函，皆有犯官等名字，此皆因公起见，并非阴谋等情；若谓'保中国不保大清'，此又康有为悖谬之词，犯官等向未过目，又何得据以为实。各位中堂大人高悬明镜，当可度理准情。"各大臣又道："据尔等如此说法，以上各节委实皆不知情，但称谭嗣同为'伯里玺'①，这却真实可据，尚有何词可辩呢？"谭嗣同道："各位中堂大人明鉴，此种狂妄悖谬之事，系康有为亲笔手书，且非在京抄出，系在康有为原籍家内抄检出来，安知非康有为借犯官之名，以蛊惑他原籍的党类。查'伯里玺'名目，系民主之称，犯官身为朝廷命官，何敢作此灭族之事？其为康有为借端煽惑，不言可知。此是犯官实在口供，并非希图狡展，各位中堂大人若不深信，定要加以严刑，犯官等亦不能阻各位中堂大人的命意，就便五木齐具，将犯官处置得肉飞骨折，犯官等亦仍无别项供词，悉听各位中堂大人高裁便了。"

各大臣见说，即喝令录了供词，将康广仁、杨深秀、谭嗣同、刘

---

① "伯里玺"三字，哈佛本作"百里玺"，据傅图本改。

光第、杨锐、林旭等六名官犯，仍行收禁。又命将张荫桓、徐致靖带上，各大臣悉心细问，同供："与康有为交结往来，实误认才识过人，一时懵懂[①]，为其所惑，实无别项情事，惟求各位中堂大人代为申辩，求恩法外施仁。"各大臣讯毕，亦录下口供，饬令还禁，然后退堂。当日即拟成折本，将承审各犯官所招供词，逐一叙明折内，由军机奏呈上去，请旨发落。

这日京中传说不一，有谓六官犯尚可减罪的，有谓须凌迟处死的，有谓杨深秀、杨锐、刘光第、林旭尚可减免，康广仁、谭嗣同一定要凌迟的。巷议街谈，皆类齐东野语，不足深信，总要等奉到谕旨，才有实在信息。杨深秀等虽在刑部牢中，尚思设法挽回，以冀不死。毕竟各官犯生死如何，且听下回分解。

第三十五回
逆党株连市曹伏法　圣恩浩大薄海沾仁

却说各位大臣承审各官犯已毕，随将供词叙入折内，会衔呈奏，请旨施行。于八月十三日午后，奉朱批：

> 这所有谋乱国政之康有为之弟康广仁，暨参预新政之军机章京谭嗣同、刘光第、杨锐、林旭，已革御史杨深秀等六名，着即绑赴市曹，就地正法。已革侍读学士徐致靖，着改为斩监候。已革侍郎张荫桓，着仍交刑部监禁，另有旨。钦此。

---

① "懵懂"二字，哈佛本和傅图本均作"懵恫"，据文意改。

各大臣奉旨之后,当即传知绿步两营、八旗、两翼、五营等营官、哨弁兵、勇人等,于十四日辰刻齐集刑部,听候调用。各营奉到传知,当即预备。至十四日一早,各营皆齐赴刑部衙门,听候调用。刑部大堂暨司员等众,亦于是日八点钟齐集衙门,准备监斩,暂且慢表。

再说杨深秀在刑部监内,自知不免一死,于十三日晚间吟诗数首。其一云:

> 久拼生死一毛轻,臣罪偏由积毁成。
> 自笑龙逢非俊物,何尝虎会敢徒行。
> 圣人安有胸中气,下士空思身后名。
> 缧绁到头真不怨,未知谁复请长缨。

其二云:

> 长鲸跋浪足凭凌,靖海奇谋愧未能。
> 有意筹边多下策,当思殷武有中兴。
> 孤臣顿作隍中鹿,酷吏终羞殿下鹰。
> 平日敢言成底事,覆盆秋水已如冰。

其三云:

> 自许清操不受污,孤忠毕竟待天扶。
> 丝纶阁下千言尽,车盖亭边一守无。
> 经授都中愧盲杜,诗成狱底学髯苏。
> 朝来鹊喜频频送,尚忆墙东早晚乌。

十四日一早,康广仁等六人官犯正在那里默坐,忽见禁卒手执虎头牌到了狱内,随后跟着了十数名健役,皆是雄纠纠,气昂昂,一齐进来。那禁卒当先走到康广仁等六人面前,说道:"恭喜诸位老爷们,今日大喜的到了。"那六人一闻此言,知道是要伏法,不由得心内一惊,彼此相视,一言不发。惟林旭忽吟诗两首道:

> 青蒲饮泣知无补,慷慨难酬国士恩。
> 欲为公歌千里草,本初健者莫轻言。
>
> 望门投趾怜张俭,直谏陈书愧杜根。
> 手掷欧刀仰天笑,留将公罪后人论。

　　林旭将诗吟罢,那禁卒与健役促令着六人出了监门,直望刑部大堂而来。但见堂上两旁皆列着营兵,个个是手执刀斧,好不森严可畏。当下健役将六名官犯押到堂下,当由监斩官点名已毕,捆绑手上前,将六人剥去衣服,当堂背绑停当,各在背后插了标记。监斩官喝令起身,堂下那些营兵役差,均各前后押护而行。出了刑部头门,各官犯乘没篷骡车,前面一队队刀斧手、长枪手、马队、步队、洋枪队,犯车两边,每乘车有八名刀斧手围护,刽子手在后跟随,末后监斩官头戴大红斗笠,身披大红披风,押解在后。真是弓上弦,刀出鞘,人人骠悍,队队整齐,出了宣武门,直望菜市口而去。沿途经过,那些看热闹的,一层层拥挤不开。只见得刘光第坐在车中,二目双垂,一言不语,自己悔恨已迟;林旭仰面朝天,冷笑不止;杨深秀口叫皇天,自己幻梦未醒;谭嗣同、康广仁、杨锐皆似有懊悔之状。两旁观者,莫不互相议论,皆因康有为一人作乱,连累这许多官家子孙,他却法外逍遥,这些人身首异处,岂不可叹。你言我语,讲说纷纷。

不一会,六名官犯已押至菜市口市曹,当将各犯推出车外,跪在一处,每名仍有八名刀斧手拥护左右,四面皆系大旗队、洋枪队、马队、步队环绕四围,直围得如铜墙铁壁一般。监斩官坐在公案上面,只待午时三刻,即便行刑。一会子只听值时官报道:"已交午时三刻,请即行刑。"监斩官闻报,当即勾绝了六人名字,忽听喝道:"行刑牌下!"那刽子那敢怠慢,高举钢刀,又听一排枪炮声,这六名官犯的头,早已个个落下。可怜富贵功名,一旦化为乌有。这内中有家属在京的,还有不在京的,随后得知消息,那父母妻子,只哭得肝肠寸断,血泪飘零,设祭招魂,无所不有。这六名官犯,自此以后,各人的三魂七魄,群向枉死城中自在去了。

闲话休表。监斩官大验已毕,排导回衙,当即覆命。法场上各犯尸身,自有家属亲朋前来收拾,无庸交代。且说自斩讫六名官犯,覆奏以后,当蒙皇太后、皇上法外施仁,晓谕天下。奉朱批:

> 近因时事多艰,朝廷孜孜图治,力求变法自强,凡所施行,无非为宗社生民之计。朕忧勤宵旰,每切战兢,乃不意主事康有为,首倡邪说,惑世诬民,而宵小之徒,群相附和,乘变法之际,隐行其乱法之谋,包藏祸心,潜谋不轨。前日纠约乱党,谋围颐和园,劫制皇太后及朕躬之事,幸经觉察,立破奸谋。又闻该乱党私立保国会,言"保中国不保大清",其悖谬情形,实堪发指。朕恭奉慈闱,力崇孝治,中外臣民之所共知。康有为学术乖僻,其平日著作,无非离经畔道,非圣无法之言。前因其素讲时务,令在总理各国事务①衙门章京上行走,旋令赴上

---

① "事务"二字,哈佛本和傅图本均作"时务",据文意及原折改。

海办理官报局,乃竟逗遛辇下,构煽阴谋,若非仰赖祖宗默佑,洞烛几先,其事何堪设想。

康有为实为叛逆之首,现已在逃,着各直省督抚,一体严密查拿,极刑惩治。举人梁启超与康有为狼狈为奸,所著文字语多狂悖,一体严拿惩治。康有为之弟康广仁,及御史杨深秀,军机章京谭嗣同、刘光第、杨锐、林旭等,实与康有为结党,隐图煽惑。杨锐等每于召见时,欺蒙狂悖,密保匪人,实属同恶相济,罪大恶极。前经将各该犯革职,拿交讯问,已于昨日谕令将该犯等即行正法。此事为非常之变,附私奸党,均已明正典刑,康有为首倡逆谋,罪恶贯盈,谅亦难逃显戮。现在罪案已定,允宜宣示天下,俾众咸知。

我朝以礼教立国,如康有为之大逆不道,人神所共愤,即为覆载所不容,鹰鹯之逐,人有同心。至被其诱、甘心附从者,党类尚繁,朝廷亦皆察悉。朕心存宽大,业经明降谕旨,概不深究株连。嗣后大小臣工,务宜以康有为为炯戒,力扶名教,共济时艰。所有一切自强新政,有关国计民生者,亟应实力举行;即尚未兴办者,亦当次第推广,于以挽回,渐臻上理,朕实有厚望焉。将此通谕知之。钦此。

同日奉上谕:

已革户部左侍郎张荫桓,居心巧诈,行踪诡秘,趋炎附势,反复无常,着发往新疆,交该巡抚严加管束。已革翰林院侍读学士徐致靖,着永远监禁。湖南学政徐仁铸,着革职永不叙用。钦此。

这两道旨意一下,真是圣恩浩大,薄海臣民,莫不欢声雷动,共沐仁恩。从此朝廷诸臣,无不公忠体国,相与佐治有道的天下。毕竟康有为虽逃法网,究竟如何拿获情形,且听下回分解。

第三十六回
过往神知风报信　元始祖聚议追拿

话说朝廷自将附和奸党正法之后,余党概不株连,薄海臣民莫不欢声雷动,共沐皇仁。那些在朝诸臣,亦无不体国公忠,共治万万年有道天下。但是康有为这个罪魁,虽幸逃法网,却是神人共疾,覆载难容。现在虽仗着洋人保护,暂躲香港,冥冥中却恼了三位神圣。你道是那三位神圣呢? 一位是西天佛国始祖如来佛,一位是三清道教元始天尊,一位便是万世师表大成至圣。为何这三位神圣也不容康有为呢? 前十数回书中已经表过,因康有为毁灭庙宇,弃废八股,当由如来佛、元始天尊往拜至圣先师,会商拿捉。彼时至圣先师因康有为罪恶尚未贯盈,劝如来、元始少缓时日,等康有为恶贯满盈的时节,再行协拿。至圣先师当时却存了一个杀鸡焉用牛刀的心,以为这样人罪恶满了,自有朝廷国法处置他,何必三教共捉,亦断不料康有为幸逃法网,反得法外逍遥。

这日,元始天尊正在三清宝殿与门下众弟子宣讲清净大道,忽有守门道童上殿报道:“今有过往神求见,有要话面禀。”天尊闻言,即传知过往神上殿,道童答应下去,不一刻,道童领着过往神进来。过往神到了殿上,先给天尊打了稽首,然后站在一旁,慢慢禀道:“小神前奉法旨,采探康有为,现已探得康逆罪恶已满,本月初三,因假传圣旨,调兵围困颐和园,罪大恶极,奉旨拿问。无如他同党甚众,于初四日由内廷暗透消息,嘱令康逆脱逃。康逆得信后,即于初六逃走,初七到了天津,随即搭附外国洋商在中国所设的太古洋行内重庆轮船,前往上海。彼时上海各官,早已得着北京电报,带了兵丁,吴淞口外等重庆轮船进口,上船搜查,以便拿获。不意康有为奸谋甚毒,诡计多端,重庆轮船尚未进口,就被西洋人劫去。等到重庆轮船进口,各官上船搜获,久已逃脱,现在逃往香港,仗着洋人声势,甚为安稳。小神特来禀报,中国官兵虽各处严密查拿,奈有洋人保护,不能到手。若欲拿他,除非天尊行用法术,暗暗将他拿捉,而且不宜怠慢,如稍迟延,他又不在香港,要到外国去了,请天尊定夺。"过往神说罢退去。

元始天尊一闻此言,不觉大怒,遂道:"好大胆的逆贼,胆敢假传圣旨,欲调兵围困颐和园,潜谋不轨。既已奉旨拿问,尤敢借洋人势力,计在脱逃,使中国官兵无法可想。须放着我三教不管,尔既曾与我三教为难,此时若不将尔捉住,将来遗祸必深。莫说尔借着洋人保护,逃往香港,就便尔仗那外国教主保护,逃往欧罗巴各洲,我三教中也要将尔捉住,以免后患。"独自说罢,随命道童摆驾,前往拜访如来佛祖。道童答应,当即传唤伺候。元始天尊乘坐云轺,前面有风幡、霞旌、日盖,护拥着天尊,直望佛国而去。

真是仙家妙法,道行高深,一驾云头,已至多罗寺外。天尊先命道童进寺传报,当由多罗寺值门小沙弥将命进去,禀知佛祖天尊驾到,佛祖传言,亦即相请。小沙弥传命出来,天尊随着小沙弥一路进去,不一刻已到大雄宝殿,早见如来佛降阶相迎,天尊跄步上前,打了个稽首。如来合十相还,也道了个问讯,便让天尊至大雄宝殿。天尊走至殿上,如来佛祖让天尊上首坐定。佛祖开口说

道："不见仙颜已将三月，此来有何见教？" 天尊答道："时光迅速，
忽忽不知。今日到来，非为别事，仍因凡夫康有为一事，自曩时与
世尊同往至圣先师那里，拿议拿他。后来因至圣先师说他罪恶尚
未满盈，劝我等少待，待他恶贯满盈的时节，再行协力同拿。我等
听至圣先师微言，只得将此事暂缓摆下，后恐至圣先师耳目或有未
及，特请过往神灵留心侦探。顷者据过往神来报云，称康有为罪恶
已满，于本月初三日，因假传圣旨，欲调兵围困颐和园，潜谋不轨，
后为朝中众大臣觉察，奏知拿问。不料他党羽甚多，预先透出消
息，令他逃走。他听此言，自知不免，遂于初五日逃出北京，走到天
津，搭附轮船去往上海。后来官兵拿他不到，知他已逃往上海，随
即由内廷发了电报，饬令上海官兵一并严拿。那里晓得他诡计多
端，船尚未到上海，在吴淞口外，已被西洋人将他劫去。现在他仗
着洋人保护，住在广东香港，到颇安闲。他本来是个罪魁，反被他
逃出法网，可怜那些被他煽惑的，倒反明正典刑。这也罢了，最可
恶的是假传圣旨，要兵困颐和园，幸而早经觉察，不然真要闹出极
大的事来，比毁弃我等的庙宇，废那儒教的制艺，更为利害了。世
尊请想想看，这种乱臣贼子，何能容他法外逍遥？若不设法将他拿
住，他虽逃在异域，断不肯甘心安分，必仍要兴波作浪，扰乱诸端。
现在下界官兵，虽见他有洋人保护，无法可想，难道我等教中，亦怕
有洋人保护他么？就便有外国教主，将他甘心保护，我等也得设法
将他擒拿，稍雪心中之恨，一来为我等弟子图个报复，二则也可为
国家除一大害。而况我等自入中国，前朝不必细说，就是本朝历代
以来，从未薄待我等。今日国中出了这等乱臣，官兵不能捉住，被
他逃走异邦，我等暗中若不助一臂之力，未免也辜负本朝相待的厚
意。世尊意下如何呢？"

如来佛祖道："天尊所说，虽甚有礼，但是康有为已逃往异域，我等远涉重洋，前去拿捉，恐有许多不便。万一竟有个外国教主，恃强违抗，那时又便如何？还请天尊三思。"元始天尊道："世尊此话，未免过虑。现在外国教主，如英吉利的耶稣，法兰西的天主，美利坚的基督，虽与我中国儒、佛、道三教所传之道各异，但是他三教中，也最尊君敬上。如康有为这样乱臣贼子，恐出在他等国中，也断不能任他逍遥。而况除那耶稣、天主、基督三教，更有何教呢？就便是他三教有意违抗，以我等三教，敌他三教，也可各显神通。世尊这样畏怯，也算是畏强欺弱，不但不顾本朝相待甚厚，且不顾众弟子被人欺侮，使众弟子饮恨莫伸，窃为世尊不取。"如来佛祖被元始天尊这一片言词，驳得他再无他说，只得答道："诚如尊议，康有为是拿得的。"元始天尊道："如不能拿，何必前来奉约一往，前往捉拿。"如来佛祖道："既是天尊确有把握，手到擒拿，某当从命便了。但有一件，前者初议会拿的时节，曾与至圣先师商议，今若将至圣先师撇去，将来被他知道，纵使至圣先师未必见怪，恐他门中那仲氏弟子，也未必就肯罢休。"世尊道："我等去会议的时节，他那仲氏弟子侍立先师之侧①，那一种行行的气概，若不是先师在座，我等定要受他一番欺侮。今议拿康有为，据某的鄙意，还得通知先师一声。倘能再与先师合力去拿，似乎于事觉有济。不知天尊意下如何？"元始天尊言道："佛祖之言，甚是有理，某当从命便了。"毕竟至圣先师可否允从，且听下回分解。

---

① "他那仲氏弟子侍立先师之侧"一句，哈佛本和傅图本均作"他那仲氏弟子侍立，子侍立先师之侧"，据文意改。

第三十七回
证前言两次谒先师　劳舌战三教议逆贼

　　话说如来佛劝元始天尊往至圣先师那里重申前议，元始天尊答应，即同如来佛驾起云轺，各带护从前往，不一会，已至曲阜圣庙。当下如来佛、元始天尊按落云头，进入贤关圣域，由道童、小沙弥各递名帖。阙党童子见是熟人，上前问明来意，如来佛、元始天尊齐道："烦你通报一声，就说我等有要话面议。"阙党童子将命进去，至圣先师闻说，当即请见。阙党童子复禀命而出，领着如来佛祖、元始天尊一齐进内，至大成殿外。至圣先师整其衣冠，出降一等，逞颜色，怡怡如也，揖所与立。如来佛祖、元始天尊赶着合十稽首，还礼已毕，当由先师仍让至大成殿上，分宾主坐下，门弟子侍立两侧。

　　至圣先师当下说道："别来三月，今日二位有何见谕？"如来佛祖、元始天尊齐声答道："先师明见，亦知康有为之罪大恶极乎？"先师答道："康有为之罪大恶极，何待至于今日，某已知之悉矣。"元始天尊道："先师所言，系前者之事。目下假传圣旨，调兵围困颐和园，意欲劫制圣母，先师得毋闻之乎？"先师答曰："不在其位，不谋其政，吾未之闻也。"元始天尊道："先师既未有所闻，某当详细奉告。"于是康有为如何假传圣旨，如何发觉，如何捉拿，如何逃往香港，一一告知。先师曰："乱臣贼子，人人得而诛之，可惜他为西人劫去，得以幸逃法网，只是太便宜他了。"元始天尊道："某等亦正因此前来奉请，如康有为那等罪大恶极，反被他逃走远去，代累了许多被惑之人，若不将他拿获，明正典刑，恐他在外洋，仍要想出许多恶念，煽惑国王，大则激他兴兵，小则挑他寻衅，与我中国为难，所谓今若不取，后世必为国家忧。某等因思先师前言，有谓等康逆恶罪贯盈之日，协力擒获。今既恶贯满盈，而又被他逃去，某等拟即会同先师，前往协拿，先师应派何人，请即酌夺为要。"

先师曰："某亦思将康逆拿回，以为天下国家除害，但某门中弟子，为系文学之士，何可去拿？且远涉重洋，甚为不便。还得请世尊、天尊合力去捉，偏劳之至，某当心感便了。"如来佛、元始天尊齐道："先师之言差矣。先师以贵门中弟子皆系文学之士，且须远涉重洋，诸多不便，难道我等教中诸弟子，又有什么武士，可以去拿，且能远涉重洋，不怕他不便么？此明系先师推诿之词，见义不为之意。此系公事，先师幸毋辞焉。"先师又带笑说道："贵教中虽无武，但前去捉拿，有数件甚为便当。"如来佛、元始天尊道："据先师之言，某等甚不可解，请先师将那几件便当的，为我辈说个明白。"先师道："容某说来。贵教向有腾云驾雾的妙术，不必说康有为逃在香港，即使他往逃欧罗巴等处，贵教中只须派几位高徒，驾起云头，顷刻就到。及到那里，但须打听康有为下落，在于何处，访问的确，就可从空中用法，将他捏入云端，重回中土。再不然，饬令揭地神拿下，不劳一人之力，便可手到擒拿。而况世界须弥，沧海一粟，此佛教中便之一也。道教亦有仙家妙法，如八仙过海，履险如夷，又比我们儒道①神通广大。若谓去拿康逆，更无须派令多人，只要饬令法官前去一走，便可将他拿住，此道教中便之二也。至若

---

① "儒道"二字，哈佛本和傅图本均作"儒通"，据文意改。

虑生意外，你二教中还可请那天神天将，协力合拿。如《封神》一书，那种大事，皆是你二教所为，而况一康有为，更觉易于处置，此便之三也。有此三便，容何虑乎？"说罢，哈哈大笑。

　　如来佛、元始天尊听罢，笑道："先师之言，未免近于调笑矣。《封神》之书，俱系后人幻诞荒唐①之说，先师何能取以为证？若谓贵门中并无武士，如仲氏弟子，雄冠剑佩，素称有勇知方，即先师也曾许以治赋可使；冉氏弟子亦能用矛于齐，获甲八十。此皆名重一时，流传后世，至今史册犹大书特书，何得谓为并无武士？若谓远涉重洋，殊形不便，先师当日也曾因道不行，尝欲乘桴浮海，又以仲氏弟子许以从游，即仲氏弟子似亦颇善于前往。以今事而论，同一浮海，何乐于昔而惮于今也？且可不劳先师驾言出游，只须于仲氏、冉氏两弟子，派令一位，会同某等弟子，当必有济。而况仲氏弟子未免稍有遗憾，今派令承充此役，极海上之大观，当亦欣然乐往。若冉氏弟子为鲁帅左师攻齐，是为国以义，今使捉拿康逆，亦是以义为国。同一义且同一为国，冉氏弟子当亦义不容辞，惟先师熟审焉。"先师曰："二位之义，虽甚有理，但求也退，由也兼人，恐皆不能胜任。且某俎豆之事，则尝闻之矣；军旅之事，吾未之闻，早与卫灵公言之矣。今捉拿康有为，虽不致加以军旅，然不得不预为之防。万一以军旅相加，某既无军旅之才，求、由二人，恐亦未必克胜厥任。与其贻误于后，不如慎重于先。二位以为然否？"

　　如来佛、元始天尊道："先师如此说法，仍是推诿，不肯克践前言，这也罢了。但某等仍有一言，不得不奉告明白。先师自周至

---

① "荒唐"二字，哈佛本和傅图本均作"妄唐"，据文意改。

今，德冠古今，道隆千古，虽后世皆以素王称先师，而先师却未尝一日敢僭。乃康有为自著笔记，谓先师当日作《春秋》，西狩获麟为受命之符，以春秋变周，即一代王者，明虽推崇，实诬先师于不忠不义。先师而甘受此诬，某等则请毋容议；先师而不受此诬，还请先师自酌。惟先师素严君臣之义，不敢稍形僭越，今康有为如彼其论，是直欲借先师之名，启后世谋乱之阶。某意先师亦必深恶而痛绝之，不肯甘受此诬也。"

彼时子路夫子在侧，始闻如来佛、元始天尊言康有为罪恶已满，请夫子协拿，心中暗喜道："我夫子这一答应，必然使我前去。"既闻夫子推托，心中已有些不悦，只是不敢遽请，恐又蹈率尔之愆。及见如来佛、元始天尊竭力保举，又说个子路夫子，于是子路夫子心中又甚大喜，遂与子有夫子密议道："若夫子许我等前去，须要和衷共济，我既不能卤莽，子亦不可退缩。"正在互相议论，忽又闻夫子说出"求也退，由也兼人，恐皆不能胜任"，子路夫子更加着急，便要在夫子前力请报效，后为子有夫子缓缓劝住，子路夫子才未率尔而请。迨至闻到如来佛、元始天尊说出康有为谓"孔子作《春秋》，西狩获麟为受命之符"等语，子路夫子实在容纳不住，遂愠见曰："夫子不云乎？乱臣贼子，人人得而诛之。今康有为既陷当王于不义，又诬我夫子不臣，世尊、天尊欲申前言，夫子何为若是哉？由不敏，敢请一旅之师，直越重洋，去讨逆贼。"先师闻言，亦莞尔而笑曰："康之乱逆，固为天地所不容，某亦欲讨之久矣，前言特戏之耳。汝且退，容某与世尊、天尊熟商可也。"子路夫子唯唯退下，心中大喜。如来佛、元始天尊亦相与道谢。毕竟先师与如来佛、元始天尊商议，说出甚么话来，且听下回分解。

第三十八回
大成庙先师倡论　苏噜国教主抗议

话说至圣先师因子路夫子力请讨逆，先师答应，当属子路夫子且退，与如来佛、元始天尊熟商。如来、元始当下喜悦，便问道："既蒙先师俯允，协力擒拿，蠢尔逆臣，当不致再逃法网了。"先师曰："二位且慢，满言天下事总宜临事而惧，好谋而成。当今之世，用夷变夏，滔滔者天下皆是也。康逆之罪，如彼其大，人神所共恶，天地所不容，刑法所难免，乃竟于中途为西洋人劫去。西洋人岂不知康逆之罪大恶极，为刑法所不容免，乃欲抗我王法，是知其不可为而为之者欤？西洋人既将康逆劫去，遂使康逆以法外逍遥，终其身倚西洋人为庇护，而中国官兵竟束手无策，虽知康逆下落，但望而不及，因此世尊、天尊疾恶如仇，力主捕获，以继国法所未及，是官兵力有不足者，某等则暗助之。诚如二位所言，有此一番举动，康有为当不致再逃法网，曾亦思我等能暗助官兵，为国家讨此逆贼，安知西国教主不能暗庇逆臣乎？况今之耶稣、天主、基督诸西教，流传中土也久矣，而信此教者亦多矣。所以然者，盖彼教无论诸色人等，皆可入教，不若我教选择太严。而且当入教之初，又先动之以势利，如保护身家，给其养赡；既入彼教，则名之曰教民。遇有教民显犯王章，为我官法所不免，我中国地方官不知其已入彼教，必得按律治惩。而彼教一闻是言，谓系该教中之民，无论①犯法轻重，

---

① "无论"二字，哈佛本和傅图本均作"如论"，据文意改。

必向地方官索回而后已，因此信入彼教者日多一日，盖有所恃而无恐也。甚至本非在教，忽然偶犯国法，自知不免，遂甘心投入彼教，以为护身灵符，一人倡之，百人效之，遂致比比皆是。今康逆既为西人保护，虽非在教，现在西国界内，我等暗去捉拿，纵使上自国王，下迄官民，无一知者，而彼教中之教主，未必不知。教主既知，而谓康逆虽为我西国国王都人士所保护，现在中国既有三教来此会拿，我只听之而已，绝不干预此事者，未之有也。彼教主既经干预，则我等必难奏效，不能奏效，势必有所不甘，有所不甘，必至于势不两立。若不筹画尽善，有始无终，甚非大有为之道也。而况人无远虑，必有近忧，万不可不作未雨绸缪之计。二位以为善否？"

　　如来佛、元始天尊齐道："先师之言，所虑固是，但不知如何才可计出万全呢？"先师道："我等现在先将应派何人酌定，然后密使前往，不必走漏风息，出其不意，一鼓而擒之可也。其或不能如愿，或康逆近且不在香港，或西国教主已逆料我等将去，他已预为准备，我等当合词知会西国教主，明揭康逆之罪，不但中国不能容，即西国亦碍难护庇。如果该教主不为干预，我等当再派何人分头拿获；倘若该教主另有他意，或以为康逆既入我国，即为我国之教民，虽康逆曾犯国法，我国例得保护，是则彼教欲以强大之势，故为挟制，那时我等亦不能示弱于他，务令设法将康逆捉获，庶使彼教不敢轻视。"如来佛、元始天尊齐道："先师之言甚善，但不知先师所派何人呢？"先师曰："我门中惟有子路、子有二人，勉强可充此任，再使子贡从旁参赞，因他亿则屡中，庶几可无疏虞，舍此再无旁人可使。但不知世尊、天尊所派何人呢？"如来佛、元始天尊道："某等意欲请先师前往至三清殿一走，某等门下诸弟子等悉召前来，听候先师因材器使。不知先师意下如何？"先师曰："此系公事，当得公办。若令某前往三清殿一走，某当奉命。至于贵教诸弟子，某固素昧生平，且不敢僭越。"如来佛、元始天尊道："先师说那里话来。儒、释、道三教，以儒教为最尊。苟无儒教，即释、道亦何由发明旨趣。比如我释、道经忏，其中蕴奥之趣，我门下诸弟子，有不能识其义理的，儒教中弟子总可识其大意，以故儒教素为释、道二教所钦佩。而况崇尚儒教的，天下皆是，释、道二教，不过十分之二耳。先师为儒教之宗，何得谓之僭越？公事公办，即某等亦当唯唯奉命，而况门下诸弟子乎？请毋让勿辞。"先师曰："既承尊意，且至三清殿再议可也。"

当下先师带领子路、子有、子贡，同着如来佛、元始天尊，带来护从，一齐出了大成殿，各乘云车，迤逦望三清殿而去。你道这三清殿是个甚么地方呢？原来就是元始天尊所居之所。儒、释、道三教皆有宝殿，孔子是大成殿，如来是大雄宝殿，元始天尊便是三清殿了。元始天尊领着如来、孔子，直望他的宝殿而去，不一会已至，但见琼楼玉宇，高出云霄，画栋雕墙，上凌碧落。一排排苍松古柏，交映东西；一对对异鸟仙禽，回翔上下。琪花瑶草，姿色鲜明；玉笛琼箫，声音缭绕。真是只因天上，那得人间，先师看罢，称羡不已。元始天尊便让先师、如来佛二位，同入三清宝殿，分宾主坐下。先师称道："某闻先师境界，迥异寰中，以今观之，可谓吾闻其语，吾见其人矣，羡慕之至。"元始天尊让道："僻处空无，自甘寂寞，那得如先师所处之地，圣域贤关，千秋俎豆呢。"先师又谦逊一会，元始天尊又喝令现在门下的众弟子，于先师前一一参见毕，各自退下。当有道童献上仙茗，先师[①]啜了一口，真是琼浆

---

① "先师"二字，哈佛本和傅图本均作"仙师"，据文意改。

玉液,香沁心脾。

　　大家啜茗已毕,元始天尊遂饬令道童击动法器。一时诸天尊、世尊、道君、菩萨、尊者皆来齐集,与先师、如来佛、元始天尊三位一一相见已毕,挨次坐下。元始天尊首先宣示道:"凡夫逆臣康有为,大逆不道,毁庙宇、废制艺,为某等三教中的罪魁。今更僭谋不轨,为朝廷发觉,严密追拿,乃该逆借势洋人,逃离法网。此种大逆,虽为国法未及,当亦吾教所不容。因此三教会议,协力追拿,并请至圣先师为三教之主,如有差遣,悉听先师调用无违。"诸天尊、世尊、道君、菩萨、尊者皆唯唯听命。先师逊让道:"某本不在其位,因如来、元始二教主再三嘱咐,某固辞不免,只得从众。诸天尊、世尊、道君、尊者,当各有善策,请抒所见,某当愿闻。"大众齐声逊谢道:"某等毫无知识,愿领教言,如有差遣,悉听驱使便了。"当时忽有扫帚星君离座大言道:"此事不难,只须聊施小计,便可将康有为置之于死地,何劳先师、世尊、天尊如此大费周折乎?"先师听他言罢,亦即问道:"既有妙计,便请一道其详。"扫帚星君道:"以某的愚见,可将扫帚星向地球轨道而行,与地球相碰,将地球碰烂,康有为必死其中,岂不省件许多大事,何必派人前去捉拿呢?"元始天尊听罢,大惊道:"如汝所言,是死一康有为,直欲使地球中所有生民,皆与康有为同罹死难,不但吾教中更无所依附,且令地球中变为冤海矣。汝既无知,何得多言败事?速退。"扫帚星君被元始天尊申斥下来,只得默默而退。

　　至圣先师又将在大成殿与如来佛、元始天尊所议各节,与诸世尊、天尊、道君、菩萨、尊者重行细说一遍,大众皆肃然称是,于是群推孔子发令施行。欲知后事如何,且听下回分解。

第三十九回
寻逆贼儒释道会拿　设奸谋众华民附会

　　话说至圣先师与如来佛、元始天尊同至三清宝殿,元始天尊传集诸世尊、天尊、道君、菩萨、尊者等众,齐集三清宝殿共议,诸世尊、天尊、道君、菩萨、尊者群推至圣先师为主。至圣先师再三推让道:"诸位不须如此,我等只须协力相助,有始有终,彼此不分轸域,公事公办,以期顾全大局便了。若诸君务强某为诸位之长,某即请从此逝,莫怪予之不情。"如来佛、元始天尊见至圣先师始终不肯,只得允从。于是至圣先师便先使了子路夫子,如来佛派了韦驮尊者①,元始天尊差了正乙玄坛。当下三位,听今已毕,至圣先师又吩咐了子路夫子道:"今者一役,本迫于无可如何,此去务宜战兢自持,勿恃暴虎冯河之勇,遇有狐疑之事,可与韦驮尊者、正乙玄坛商议而行,万不可好勇兼人,致生疑窦。慎之! 慎之!"子路夫子唯唯侍立。如来、元始也各吩咐了韦驮尊者、正乙玄坛许多话,然后三位告辞而去。但见子路夫子头戴鸡冠,身穿盛服,腰挂猳佩,手执长剑,乘坐肥马,那一种倨倨之貌、行行之容,真令人望之可畏。那韦驮尊者头戴金盔,身穿金甲,手执降魔杵,足登兽头靴。正乙玄坛头戴皂盔,身穿皂甲,脚着皂靴,手执钢鞭,坐下黑虎,放出降龙伏虎的神威。三位尊神皆是雄纠纠,气昂昂,各道了一声请,韦驮尊者在前,正乙玄坛、子路夫子殿后,冉冉凌空而去。至圣先师、

---

① "韦驮尊者"四字,哈佛本作"韦驮使者",据傅图本改。

如来佛祖及子贡夫子、子有夫子，暨诸世尊、天尊、道君、菩萨、尊者等众，亦相辞各回洞府，元始天尊直送至三清殿外而别，按下不表。

再说康有为自到香港，暂寓总缉捕房内，每日出游，均有身穿民装的西国兵一队跟随左右，以为保护。每遇各国之人，又复巧下说词，蛊惑西人官商绅士，意欲煽惑西人，责问中国，代他报复，为归罪于人之计。无如香港是弹丸之地，各国西人虽聚处不少，除领事之外，其余皆系商人。康有为纵下说词，各西人亦不能专主。康有为亦自知无济于事，因决计前往英国，遂于八月十七由香港乘坐英国克罗曼德公司船，前赴英京伦敦。不日到了英京，船抵码头，康有为正欲上岸，忽见克罗曼德船主向康有为道："且慢登岸。此地隶属^①英国，不若中国风声之紧，但我国亦有中国钦使驻在此地，难保你中国政府电饬驻英钦使，恐怕你逃至我国，饬令严密查拿，此事切不可不虑。依某愚见，待某先行探听，如果无甚信息，便可公然上岸；若稍有风声，仍宜敛迹为是。先生意下如何？"康有为道："承君指教，便请代为探听，某为静候便了。"克罗曼德船主便即上岸，先至官家探听消息，果然中国政府已电知驻英钦使，饬令严密查拿，驻英钦使^②已密密派心腹各处侦听。当时克罗曼德船主听此消息，即请官家至英政府代达，可否请其保护。那官家也便答应，遂即^③至外务大臣，具道一切。此时外务大臣已接驻英领事电报，知道康有为附搭克罗曼德公司轮船前来，正拟派人往码头护接，今闻已经抵埠，即便派了差役，跟着克罗曼德船主同去。到了

---

① "隶属"二字，哈佛本和傅图本均作"离属"，据文意改。
② "驻英钦使"四字，哈佛本和傅图本均作"驻英钦"，据文意补。
③ "即"字，哈佛本作"遂"，据傅图本改。

船上，当由克罗曼德船主将前话告知康有为一遍。康有为听了此话，当即谢道："若非先生指教，某几乎才离虎穴，又入龙潭了。先生之恩，当铭感不置。"克罗曼德船主让道："些须之事，何足介怀。"说罢，康有为同着外务大臣派来兵役，一齐上岸而去。当时就到外务大臣衙门暂行驻下，外务大臣亦即款待甚厚。相见之下，外务大臣问道："康有为如何有此变局？"康有为仍以变政为名，朝中大臣皆恶新政，百般谗谮，以致如此，并云："中国若仍守旧，国是不堪逆料。"外务大臣听康有为说出这番话来，也代康有为抱屈，总说"中国不能自强，有此国士反遭摈斥不用，未免可惜"。殊不知康有为苟非大逆不道，何致如此严拿？可惜英国外务大臣但听一面之词，而不知其底细。如果知道康有为僭谋不轨，情亦断不肯甘心保护，任康有为法外逍遥。

康有为在外务大臣衙门内住了几日，这日由外务大臣将康有为带了英廷，见了英主。英国国王又将中国情形问了一遍，康有为总说中国无能为力，并将紧要政事陈说一番。英皇亦颇扼腕，当饬外务大臣妥为保护。从此康有为即住在外务大臣衙内，平时出游，亦有兵役随行保护。中国驻英钦使当时不知康有为已到英京，过了两日，也知康有为在此，当即与英政府索交，并将康有为那些大逆不道之事，反复申辩。无奈英政府总以"国事犯各国例得保护"为词，不便交出，驻英钦使亦只徒唤奈何，只得据情电奏。

康有为在英京住了多日，每于出游之时，必暗结旅居华民，私相议论，皆谓朝廷权奸太众，不顾国家大事，皆图自便身家，国家诚不堪设想，信口胡言，到处煽惑。那些旅居华民不知底细，又长久远离中土，但听了康有为的胡言乱语，以为确的无疑。于是有代为远虑的，有代为不平的，甚有筹蹰计议的，一倡百和。在英旅居华民也有二三千之多，皆有愤懑不平之意。康有为见那些旅居华民又入其圈套，便更恃其簧鼓，向大众说道："我等生长中国，先人庐墓皆在中朝，今虽旅居外洋，仍系国家的赤子。或不幸而远离中土，或因事而羁迹异邦，仔细思来，谁非受恩深重。今中国如彼其弱，当今又独力难为，凡我同人，均宜具忠君爱国之忱，莫作自保身家之计。某现拟创立保皇会^①，愿远保我皇千秋万岁，不堕权奸意外之谋。凡曾践土食毛者，协力同心，聊报国恩于万一。不知大众意下如何？"那些旅居华民，听了这一番言词，以为康有为实系为权奸所害，逃出外洋，也遂深信不疑。大家俱愿入会，于是同声说道："现有此举，我等当矢志相从，始终不改。"康有为大喜，遂择定日期，通请旅居华民拜盟结会。那些旅居华民，不知康有为的诡计，复又集资纳会，以成此非常举动。

看官，你道康有为可奸险不奸险么？在中国立保国会，曾几何时奸谋败露，身犯国法，逃出外洋。甫至外夷，又煽惑旅居华民，设立保皇会，推其意，总要遂其奸谋而后快心。惟叹各国王公大臣，以及富商大贾，不能察其奸险，均为该逆所愚，信其一面之词，实心保护，以致该逆有恃无恐，得以法外逍遥，按下慢表。

且说子路夫子、韦驮尊者、正乙玄坛自奉了至圣先师、如来佛祖、元始天尊之命，前去香港捉拿康有为，以为蠢尔逆臣，不难就地擒获，因此子路夫子等三位直往香港而来。及至到了香港，打听该逆下落，方知早已离此地远去英京。于是子路夫子等一闻此言，当即追踪而去。毕竟康有为可拿得住否，且听下回分解。

―――――――

① "保皇会"三字，哈佛本作"保会皇"，据傅图本改。

第四十回
逢异教邂逅在岐途^①　示奸谋分明飞草檄

却说子路夫子、韦驮尊者、正乙玄坛行至香港，打听得康有为已往英京伦敦。子路夫子与韦驮尊者、正乙玄坛会议道："康逆业已远飏，我等既奉命而来，断无徒手而回之理。英国伦敦离此虽远，以我等兼程而进，也不消数日，便可驰抵英京。终不然空手而回，不但于公事无济，无面目见我等师尊，即凡我同人，亦不免从旁窃笑。"韦驮尊者、正乙玄坛齐道："此言甚合我意，我等即当追赶前去，总要将康逆拿回，方可销差覆命，不然终属难以为情。"子路夫子等会议已毕，仍各驾起祥云，直往英吉利国伦敦地方而去。

这日过了苏彝士河，正在趱赶前行，忽见一阵妖风迎面而至。韦驮尊者即睁开慧眼，拨去云头，望前一看，但见一人不衫不履，非俗非僧，头扎一块八尺多长元青绸帕，直拖至背后，身穿一件似圆领白布直缀，脚登一双皂皮鞋，满头黄发披在两肩，一双碧绿眼睛，高鼻梁，阔口，左手拿着一本书，右手执一根四尺长短黄藤棒，后跟一样装束两个童男女，彳亍着迎面走来。韦驮尊者正欲问他何人，只见迎面那人一声喝道："来者何人？尔等到我西国，有何事件，可曾带得照会？若有照会，赶紧拿出来呈验，好便放行。"韦驮尊者听罢，已是暗怒，勉强带笑说道："我等不知甚么照会，但知奉有教主的圣谕，从来走遍天下，不曾有人盘问过来。你是何人，要问我

---

① "岐途"二字，哈佛本和傅图本回目均作"歧途"。

等来历？"那人道："尔等既无照会，我这管辖地方，可是不准到的。"韦驮尊者道："尔说这地方是尔管辖，尔毕竟姓甚名谁，尔可明白说来。如果实有名望，便将照会与尔验看；若无名望，可莫怪。不但照会没有，而且还要紧赶让开，让我等前往。"

那人听罢，便怒道："你等既要问你祖师名姓，你可站稳了。我乃先天六万六千七百五十一年降世苏噜穆大教主教下大法师勃老特是也。你是何人？快将照会呈上。"韦驮尊者听罢，哈哈大笑道："我道是谁，原来是个无名异教。尔且听了，我乃西天佛国流传中土如来佛祖教下，护法韦驮尊者是也。"因指正乙玄坛、子路夫子二位说道："这手执铜鞭的，是太乙救苦元始天尊教下，降龙伏虎正乙玄坛赵大将军；那手执长剑者，是大成至圣先师教下仲氏夫子是也。我等儒、释、道三教宗祖，因中国出了一个叛臣康有为，现在逃往英吉利国，我等宗祖嫉恶如仇，故特派我前来拿他，所以只奉得圣谕，不知道是甚么照会。尔可听明白了么？快快让开，让我等前往。"勃老特也笑道："我道是谁，原来是中国最为崇信的儒、佛、道三教的门徒。在尔中国虽极尊贵，在我教中看来，实不算什么贵重。康有为虽为尔中国的国事犯，现既在英吉利国，即系西国之民，不但英皇及官绅商庶例得保护，即我等同教的各教主，也要暗地下护他。若要拿捉康有为，尔等不必作此妄想，还是赶紧回去，将你大法师这话，告诉你家那儒、佛、道三教的教主。"韦驮尊者、正乙玄坛、子路夫子听罢此言，不由心中大怒，齐声喝道："好一个不知好歹的禽兽，胆敢出言冲撞，抗逆臣！尔可知我等的利害么？"勃老特也怒道："我不知道什么利害不利害，但是要捉康有为，休要生此妄想。"

此时韦驮尊者也无暇与他再讲，便大喝一声，手起降魔杵，向勃老特打来。勃老特赶着举起藤棒,将降魔杵架住,道:"你休得无礼!"往下尚有话要说,不提防正乙玄坛赵大将军高举降龙伏虎鞭,一声吆喝:"好大胆的妖孽,敢阻挡你大将军去路!看鞭!"说着就从背后一鞭打来。勃老特知非敌手,赶着架住神鞭,哈哈笑道:"尔等但凭一时之勇,欺凌我法师势孤。现且不与你等说话,少时自诘责尔家教主便了。"说罢,起一阵妖风,掉转头便走。韦驮尊者、黑虎玄坛那里肯舍,跟着妖风,紧紧追去,子路夫子在后,亦缓缓赶来。大家赶了一程,倏然间勃老特已不知去向,惟见前面皆是黑雾,不辨东西。韦驮尊者睁开慧眼向前望去,争奈妖气太甚,正不敌邪,仍是分辨不出路径,不知英吉利国在于何处。大家没法,只得商议道:"我等暂且回去,将此话禀知师尊,候请酌夺便了。"子路夫子道:"所见甚是有理。"于是韦驮尊者、黑虎玄坛,同着子路夫子,仍驾祥云,回归本国。此是来路,不必辨问方向,不过一日,俱已到了中土。子路夫子等各将以上情节,禀知自己师尊。至圣先师、如来佛祖、元始天尊听罢,皆是怒不可遏,因此又定了日期,仍在三清宝殿会议。

这日,至圣先师、如来佛祖、元始天尊,及诸世尊、天尊、菩萨、道君、尊者,俱已齐集。大家商议了一会,迄无定见。还是至圣先师说道:"该教素所著名的,莫如英之耶稣、法之天主、美之基督①,而要以罗马为三教之王。依某愚见,莫若飞檄罗马教主,将康有为所有恶迹申明在上,檄知罗马教主转饬各教,不得私自袒护。倘罗马教主也不以为然,一意恃强干预,某等再以利害说之。若再不行,然后以兵革从事,所谓先礼后兵也。世尊、天尊意下如何?"如

---

① "基督"二字,哈佛本和傅图本均作"督基",据文意改。

来佛祖、元始天尊同声称道:"先师以仁义为重,以礼教为本,如此行法,该教若知错误,我等只要将康有为拿住,各守各教,毫不迁怒。该教若执迷不悟,恃强干预,然后再以兵革从事。如此,既不失之弱,又不失之忍,两面俱到,最为上策。即请先师主稿,作起檄文,便差人驰送。"至圣先师当即答应,于是便命子路夫子、子夏夫子两位先贤,作起草稿,一会子已经完毕,呈与至圣先师阅看。至圣先师先看了一遍,觉得甚好,又递与如来佛祖、元始天尊看视。世尊、天尊接过檄文同看,上面大略言:

> 康有为以新进官变乱国政,阴谋奸险,包藏祸心,固为国法所不容,殆亦人神所共愤,乃幸逃法网,远匿西夷,仗彼族之可依,便有恃而无恐。吾教心存嫉恶,协力锄奸,冀法网之重罹,复典刑之明正,庶使乱臣贼子,莫不惊心,即为烈士忠臣,同声称快。乃令同门弟子远涉重洋,誓将藐尔逆臣,擒回中土。讵料行经中道,忽来党恶之人,诘问由来,咸曰教主既多方之阻挡,复倚术之横行,致令去者莫前,奸人未获,荒唐如此,情理毫无。本主教未忍不教而诛,用是遥驰羽檄,伏望同申大义,共勉锄奸,勿为怙恶不悛,自贻伊戚,有厚望焉,其各懔之。特檄。

如来佛祖、元始天尊看罢,同声赞赏,当即命人分缮清讫,又饬令日行使者捧檄驰投。你道这一道檄文赍去,那西国等教,不但不能奉行,而且更加袒护,所以后来儒、释、道三教,成了骑虎之势。于是兴师问罪,西国各教亦兴兵抗敌,在英国大摆迷云阵,儒、释、道三教议破迷云阵,康有为逃往美利坚,儒、释、道三教议设十面埋伏阵,捉拿康有为等事,奇奇怪怪,颇有可观,俱于续集详载。毕竟后事如何,且看续集书中分解。

附录一：现代学人札记评论五篇

编者按：《康梁演义》在清末民初行销甚广，也引起过多位现代学人的注意。兹收录顾颉刚、阿英、杨世骥、陈家雄和叶恭绰所作札记、评论五篇，从文学与历史的角度，为读者提供参考。

《绣像捉拿康梁二逆演义》目录及题记①

顾颉刚

卷一

第一回　国阜民康万方向化　狼前狈后二宿潜逃

第二回　南海县妖星降世　东粤省督学抡才

第三回　逞奸刁②居心险诈　揽词讼作事荒唐

---

① 1930年10月21日作。原稿有眉批"不知有公车上书之事，以康在中进士前曾到外国"。

② "刁"字，《顾颉刚全集》原作"刀"，该篇标注"录自底稿"，疑为誊录之讹。

---

① "刁"字，《顾颉刚全集》原作"刀"，疑为誊录之讹。
② "县"字，《顾颉刚全集》原作"悬"，疑为誊录之讹。
③ "数"字，《顾颉刚全集》原作"教"，疑为誊录之讹。

上《康梁演义》四十回，不著撰人名氏。卷首有"古润埜道人"序，署年为"光绪己亥嘉平月"。盖戊戌变政，影响人民思想甚剧，故于其失败之后，著为小说以昭炯戒。然作者实于变政之原因及康梁事迹全未明了，似仅依傍许应骙及文悌两参折为之，其他材

① "糜"字，《顾颉刚全集》原作"縻"，疑为誊录之误。

料搜集无多,故尚不知梁为康之弟子也。书中以康为心月狐星下凡,梁为虚日鼠星下凡,虽为谤书,亦足见其仰望之情。又以如来佛、元始天尊、至圣先师设计会拿,乃不能弋获,终为外国教主所庇护,三教祖师如此不济事,然则宗教其自当衰息矣。

　　此书向马隅卿先生[①]所借,于中华民国十九年十月看一过。

颉刚记

顾颉刚《顾颉刚全集·宝树园文存》,中华书局2011年

立宪运动两面观(节选)

阿　英

　　《康梁演义》四十回,作者不知为谁,石印本,大概是商贾牟利之作。把康有为写得尤其不堪,在乡里包揽词讼,诈欺取财,不能容身,逃至外洋。以后返国,又遍谒要津,倡立邪说,提倡维新。终于恶贯满盈,仓皇出走。这些都不奇怪,最妙的是首二回写他们的降生,说康有为是天上二十八宿中的心月狐,梁启超是虚日鼠,因贪世界繁华,偷偷下世,分投康、梁二家,有意的来扰乱世界。因此写到康、梁最得意的时候,又插上一回儒、释、道三大祖师会议,认为他们还没有到恶贯满盈的时候,遂未捉他。直到写完立宪事件,三祖师才又会议起来,派人前去捉拿。无如他们在外国神祇势力之下,捉他不得,函电纷驰,迄无效果。

[①]　按,马廉(1893—1935),字隅卿,浙江鄞县人。近现代藏书家、小说戏曲研究家,曾先后执教于北京孔德学校、北京大学。

本书便在这里终结，据说还有二集，写三教向外国神祇兴师问罪，那边亦起兵抗敌，在英国大摆迷魂阵。儒、释、道三教议破迷魂阵，康有为逃往美国，儒、释、道三教会议，设十面埋伏阵，捉拿康有为。这是一部很落后的不足称的书。

阿英编《晚清小说史》，商务印书馆1937年

康圣人显圣记

杨世骥

《康圣人显圣记》四十回，伏魔使者撰，却邪居士评，光绪己亥北京文盛堂刊本。作者大约为当时一位守旧派的人物，开篇便是一派"话说我朝自定鼎以来，海晏河清，万民乐业，五谷丰登，三百年来，承平日久，虽上古亦无我朝立法之善"云云的话，歌功颂德，不免带些奴性。而其对于那位主人公康有为的恶谑毁谤，恰巧是康有为历史中最前进的一段生活。作者的立场既违背了时代，所以许多地方徒然表现着自己的幼稚和可笑。这里面对于康有为的故事，是怎样的呢？

原来天上二十八宿之中，有一个心月狐，一个虚日鼠，本是两个"极奸极恶、狡诈多端"的星宿，因为犯了罪过，谪下尘凡，前者变成了康有为，后者变成了梁启超，乃专在人寰捣乱（书中未曾述及康、梁有师生关系）。尤其是康有为，在他小时候就性情灵动，一见书本，过目不忘。他的先生代他开了笔，做起文章来，不过两年，便完了篇。先生看他的文章，却与别人多有不同的意思，"大抵好奇好怪，甚至不顾题目，异想天开，说得满篇洋洋得意。先生

因此就料他不甚平实，虽才气有余，而德性定然不足贵"。他在科场中与梁启超认识了，二人一见臭味相投，终日菲薄圣言，自鸣得意。年纪大了，做了地方上一个有名的讼棍，他常说"无毒不成丈夫"。他曾借端讹诈洞神宫的道士，又去陷害珠宝寺①的和尚，因此得罪了道、释二教。他既敛获了四千两意外之财，便遁往英美诸国游历，每到一地，便将政情民俗悉数记下，成了两部著作。回国以后，留居京津，遍谒当道，而到处碰壁。然终于夤缘求得侍郎张樵野，御史宋伯鲁、杨深秀联名保荐，以主事任用。他乃迭上奏章，裁废八股，改试策论，竟获特达之知。一时前往倚附他的人，几如山阴道上，应接不暇。而尤为荒谬的，就是他"托词孔子改制，为孔子作《春秋》，西狩获麟，为受命之符，又以春秋变周，为孔子当一代王者"，明似推崇孔子，实则要倡行改革维新，因此又得罪了儒教。旋即他又召开保国会，欲说动侍郎袁世凯去围攻颐和园，乃至有戊戌之变。他幸经李提摩太出来救护，再度逃到英国去。结果是：儒、释、道三教的神圣都恨极了他，便由至圣先师、如来佛和元始天尊召开联席会议，各派同门弟子，远涉重洋，要把他擒回中土。

此书以神话开始，以神话终结，中间却用一个实实在在的人物为主干，实在是奇妙不过的事。然而作者却煞费了苦心，因为他的目的无非要攻击康有为，他写了康有为在政治上的丑态和失败还不够，必得锦上添花，更理想地增加这位主人公的罪恶。这也正是作者所说的"康有为以新进小臣，变乱国政，阴谋险计，包藏祸心，固为国法所不容，殆亦神人所共愤"了！惟此书也有值得注意的

―――――――――

① "珠宝寺"，小说中原作"宝珠寺"。

地方：第一，里面录引康有为的章奏，或一般守旧大臣对康有为的参本，全是原原本本的，可以供给我们作为一种政治史料。第二，里面牵涉的人物很多，除康、梁及六君子外，有慈禧太后、光绪帝、张荫桓、宋伯鲁、黄遵宪、徐仁铸、阎敬铭及其子迺竹、徐致靖、文悌、许应骙、唐才常、李端棻、孙家鼐、王照、袁世凯、崇绮①，等等，皆先后粉墨登场。大凡在当时比较有眼光的人物，作者就把他点染成了丑角，反之作者又以非常同情的态度去颂扬他。现在看了真是有趣极了。这种荒谬的写作态度，且正可使现在一般小说家知道勾勒典型时不可任意颠倒黑白。第三，里面叙述六君子临刑的情形极为详细，作者一面讥消着这些志士们的卑怯，一面又归咎于康有为，惟其如此，我们更得以清晰地了解当时旧派对于那一幕时代悲剧的观感：

> 那隶卒当先走到康广仁等六人面前说道："恭喜！恭喜！诸位老爷们，今天大喜的日期到了！"那六人一闻此言，知道是要伏法，不由得心内一惊！彼此相视，一言不发；惟林旭忽吟诗两首道："青蒲饮泣知无补，慷慨难酬国士恩。欲为公歌千里草，本初健者莫轻言。""望门投正怜张俭，直谏陈书愧杜根。手掷欧刀仰天笑，留将功罪后人论。"林旭将诗吟罢，那禁卒促令六人出了监门，直望刑部大堂而来。但见堂上两旁，皆列着营兵，个个手执刀斧，好不森严可畏。当下健役将六名官犯押到堂下，当由监堂官点名已毕，捆绑手上前，将六人剥去衣服，当堂背绑停当，各在背后插了标记。监斩官喝令起

---

① "崇绮"，小说中原作"崇礼"。崇礼（？—1907），字受之，光绪二十四年（1898）授刑部尚书，兼步军统领。

身，堂下那些营兵差役，均各前后押护而行。出了刑部头门，各官犯乘没篷骡车，一队队刀斧手、长枪手、马队、步队、洋枪队，犯车两边，每乘车有八名刀斧手围护，刽子手在后跟随，末后监斩官头戴大红斗笠，身披大红披风，押解在后。真是弓上弦，刀出鞘，人人骠悍，队队整齐！出了宣武门，直望菜市口而去。沿途经过，那些看热闹的，一层层拥挤不开，只见得刘光第坐在车中，两目双垂，一言不语，自己悔恨已迟；林旭仰面朝天，浩然而叹；杨深秀口叫皇天，自己幻梦未醒；谭嗣同、康广仁、杨锐皆有懊悔之状。两旁观者，莫不互相议论，皆因康有为一人作乱，连累这许多官家子孙身首异处，他却逍遥法外！你言我语，议说纷纷，不一会，六名官犯已押至菜市口市曹，当将各犯推出车来，跪在一处，每名仍有八名刀斧手拥护左右，四面皆系大旗队、洋枪队、马队、步队圈绕四围，直围得如铜墙铁壁一般。监斩官坐在公案上面，只待午时三刻即便行刑。一会子只听得值时官报道："已交午时三刻，请即行刑！"监斩官闻报，当即勾绝了六人名字，忽听喝道："行刑牌下！"那刽子手那敢怠慢，高举钢刀，又听一排枪炮声，这六名官犯的头，早已个个落下。可怜富贵功名，一旦化为乌有（略）。自此以后，各人的三魂七魄，群向枉死城中讲变法维新去了（第三十五回）。

在作者目心中为了"变法维新"而牺牲"富贵功名"，实在太不合算，无疑他要把这种血淋淋地可歌可泣的事实，看成嘲笑的资料了。

杨世骥《文苑谈往》（第一集），中华书局1945年

《康梁演义》的作者

陈家雄

偶然在旧书铺里买了一部石印的《康梁演义》，起初读了以为作者迂腐可笑，捏词谩骂更为可恶。但后来想想，觉得这部书有很多矛盾的地方，作者写这书的用意、作者本身的苦闷都很显然。

全书四卷，每卷十回，共四十回，不明著者为谁，印者为谁，也无年月日，只在扉页上写着"绣像康梁演义，子明氏①署"的字样。子明氏是谁？是著者还是印者？一时都无法知道，这是有待博学者来考证的。

我在这里，根据此书，只想来说明作者是何等样的一个人。

此四卷为正集（续集未见），虽说是康梁演义，其实完全在写康有为一个人，梁启超虽时有提及，但极含糊简略。我意作者是在北京经常接触康有为的，所以写得这么多，梁启超为常在广东与上海，所以就写得少而简了。因此，我以为作者是住在北京的。

作者住在北京干什么行当呢？我以为作者是一个做官的，你看他对科举种种、官场形色虽讲得很枯燥，但却是十分详细，同时，对康有为与反对康有为者的奏本，都一篇篇全当了下来（是真是假暂不去管它）。书中一提到皇帝与太后就加以空格抬头，非熟于官

---

① 按，"子明氏"，原作"子明死"，据北京大学藏本、"中研院"傅斯年图书馆藏本《绣像康梁演义》改。

场者,是不大可能做到的事。

作者在书中尽力骂康、梁,说他们二人是大奸大恶、逆离经道的人,说二人是二十八宿中的奸恶狡诈的心月狐与虚日鼠,余凡降世后,狼狈为奸,揽讼诈财,扬监纳官;说康有为的立志改革朝政是谋逆篡位之野心,康有为的擢用新人,进行维新是——是什么呢? 连作者没有明确的定义,只说是大奸恶,又说是妄去是然,再说是违背皇朝成制,也说是妖言惑众。

但,作者写到康有为到了北平游说在朝大官,有①一些大官们附和康有为主张,同康有为上条陈呈②奏本,皇上准其所言,都没有丝毫不合理的地方。更奇怪的是,康有为的主张,不论写在条陈上或者他自己在思想,也都是十分入情人理。譬如说裁寺院,作者写康有为对僧道的意见,说"那些和尚道士,平时住着高房大屋,将各处骗来的钱,以为己有,过着富绅大贾,又百般借作什么如来佛、救苦天尊,花言巧语,说得大家相信……那些恶僧邪道,得些产业,便居移气、养移体③舒服起来。还有一种丛林内的方丈,仗着官绅势利,忘却自己本来面目,居然……出入乘舆,前呼后拥,外记清净之名,内多暧昧之事",这不是作者自己在骂和尚道士么? 所以到了下回写到尼僧设法保持寺庵产业,作者就很明显地把这批光头们调侃了一事。由此可见,作者也是十分同意康有为的维新的。

同时,写到戊戌政变事败,康、梁遁逃,谭嗣同等一批人被捕受

---

① "有"字,原作"又",据文意改。
② "呈"字,原作"皇",据文意改。
③ "养移体"三字,原作"养移侍",据小说改。

审时的一副神态,也没有摇尾乞怜的样子,他们在狱中吟的诗,很有志士豁达无畏的气概,林旭就刑的冷笑,同所作前诗,作者在十分有意的写在书中。

这不是一个绝大的矛盾么?带着钦佩的神情。

因此,据我看来,作者是一个在京为官,而与康有为一批人有关系的人,大概康梁事败,与他们有关系的人就都倒了霉,或者可能倒霉,于是不得不向当道者表明一番心迹,或悔过一下,以求免罪,于是写下了这部书来颂赞我朝皇上。似乎这位作者,还有一些良心,虽对康、梁谩骂侮辱不遗余力,但在另一方面,因为受了康、梁思想上的影响,不时也流露出同情的意思来。这是处在新旧交替时期,一般脆弱的智识份子的矛盾与苦闷。

说作者在思想上受了康、梁的影响,这里可以再找一些证明。第一,作者对洋务颇知道一些,科学常识也有,譬如知道彗星有万一和地球相撞的危险,不受过科学教育,只读了天官书的人是不能知道的。再看他到了说儒、释、道三教会骂康有为,就把如来佛、元始天尊、孔夫子,写成了三个小丑——作者腐儒与迷信的厌憎可想而知。这也是没受过科学教育的人不大能做到的事①。

然而,这书的作者,固然有他可取的地方,但他捏造事实,歪曲历史,阿谀清朝皇太后,着实是可耻可悲的。智识份子因动摇而造成了罪恶,同他自己人格上的极大的污点,难道是可以宽恕的么?

《巨型》第 3 期,1947 年 9 月

---

① “这也是没受过科学教育的人不大可能做到的事”一句,原作“这也能受过科学教育的人不大能做到的事”,据文意改。

《绣像捉拿康梁二逆演义》书后

叶恭绰

　　此书为戊戌的次年己亥年石印出版，印装极陋，题名为古润野道人撰。古润即镇江，野道人不知为谁。全书为章回体，四十回，书中意义假托三教同源，诋康、梁为乱臣贼子，不少事实有所依傍，而推尊太后和当时诸权臣，当系有计画的作品，不可以坊间投机性的小书视之。或即戊戌案的后党为平息反动争取同情而作。看此类书籍作为历史研究资料，顾颇有价值也。

叶恭绰《矩园余墨》，辽宁教育出版社1997年

附录二:《康梁演义》所引文书

编者按:《康梁演义》所引谕旨、奏折、条陈、章程等文书,大都有真实材源,虽部分经过了改编或删节,全引者亦多存在字句上的出入,但将这些文本置于小说语境中,仍具有强烈的政治指涉和现实意涵。兹将小说所涉文书的原文逐一检出,以便读者在故事和历史之间进行对照。

第十五回
上　谕

光绪二十四年六月十一日(1898年7月29日)

李端棻奏请删改则例等语,各衙门咸有例案,勒为成书,颛若画一,不特易于遵行,兼可杜吏胥准驳之弊,法至善也。乃阅时既久,各衙门例案太繁,堂司各官,不能尽记。吏胥因缘为奸,舞文弄法,无所不至,时或舍例引案,尤多牵混附会,无论或准或驳,皆恃例案为藏身之固,是非大加删订,使之归于简易不可。着各部堂官，督饬司员，各将该衙门旧例，细心绌绎，其有语涉两歧、易滋弊混，或貌似详细，揆之情理，实多窒碍者，概行删去，另定简明则例，奏准施行。尤不得借口无例可援，滥引成案，致启弊端。如有事属创办，不能以成例相绳者，准该衙门随时据实声明，请旨办理，仍按衙门烦简，立定限期，督饬司员，迅速办竣具奏。将此通谕知之。

《京报》1898年9月26日

《申报》1898年10月5日

中国史学会主编《戊戌变法》(二)，上海人民出版社2000年，第45页

第十六回
张之洞《劝学篇·教忠第二》(节选)

自汉、唐以来，国家爱民之厚，未有过于我圣清者也，请言其实。三代有粟米、布缕、力役之征，盛唐有租、庸、调三等之赋，最称善政，已列多名。以后秦创丁口之钱，汉行算缗之法，隋责有司以增户口，唐括土户以代逃亡，唐及五季、宋初有食盐钱，中唐、北宋有青苗钱，宋有手实法，金有推排民户物力之制，皆出于常例田赋、力役之外。明万历行一条鞭法，丁、粮尚分为二，明季又有辽饷、剿饷、练饷。至我朝康熙五十二年，奉滋生人丁永不加赋之旨；雍正四年，定丁银并入钱粮之制；乾隆二十七年，停编审之法，于是历代苛征，一朝豁除。赋出于田，田定于额，凡品官士吏、百工闲民，甚至里宅货肆、钱业银行，苟非家有田产、运货行商者，终身不纳一钱于官。

顺治元年，即将前明三饷除免。康熙中，复减江苏地丁银

四十万。雍正三年,减苏松一道地丁银四十五万,南昌一道地丁银十七万。乾隆二年,减江省地丁银二十万。同治四年,减江南地丁银三十万,减江南漕粮五十余万石、浙江漕粮二十六万余石。初制已宽,损之又损,是曰薄赋,仁政一也。

前代赐复蠲租,不过一乡一县,我朝康熙、乾隆两朝普免天下钱粮八次、普免天下漕粮四次。嘉庆朝复普免天下漕粮一次,至于水旱蠲缓,无年无之,动辄数百万。损上益下,合而计之,已逾京垓以上,是曰宽民,仁政二也。

《湘学报》第38册,1898年5月30日

苏舆编《翼教丛编》,上海书店出版社2002年,第40—41页

第十七回
宋伯鲁等《掌山东道监察御史宋伯鲁等折》^①

光绪二十四年五月初二日(1898年6月20日)

掌山东道监察御史臣宋伯鲁、山东道监察御史臣杨深秀跪奏,为礼臣守旧迂谬,阻挠新政,贻笑邻使,请伸乾威,立赐降斥,以儆效尤而重邦交,恭折仰祈圣鉴事。窃臣伏读四月二十三日上谕,仰见皇上赫然发奋,图新自强,而尤垂意于学校、外交两事,此诚储才之急务,保邦之远猷也。

臣惟礼部为学校总汇之区,总署为外交钤键之地,必得人以为

理，始措置之得宜。窃见礼部尚书、总理各国事务大臣许应骙，品行平常，见识庸谬，妄自尊大，刚愎凌人。礼部为文学之官，关系极为重大，国家学校贡举之制，多由核议。皇上既深惟穷变通久之义，为鼓舞人才起见，特开经济特科、岁举两途，以广登进。而许应骙庸妄狂悖，腹诽朝旨，在礼部堂上倡言经济科之无益，务欲裁减其额，使得之极难，就之者寡，然后其心始快。此外，见有诏书关乎开新下礼部议者，其多方阻挠，亦大率类是。接见门生后辈，辄痛诋西学；遇有通达时务之士，则疾之如仇。皇上日患经济之才少，而思所以养之；许应骙日患经济之才多，而思所以遏之，臣不解其何心也。

总理衙门为交涉要区，当此强邻环伺之时，一话一言，动易招衅，非深通洋务、洞悉敌情，岂能胜任？许应骙于中国学问尚未能十分讲求，何论西学？而犹鄙夷一切，妄自尊大，闻其尝在总署，因一无关轻重之事，忽向德使海静争论，德使瞋目一视，以手拍案，尚未发言，而许应骙已失色，即趋出署，德使乃大笑，加以讪诮。此等之事不一而足，其于伤邦交而损国体，所关非细故也。

臣以为许应骙既深恶洋务，使之承乏总署，于交涉事件一毫无所赞益，而言语举动，随在可以贻误。中国之见轻见侮，未必不由此辈致之。宜令即行退出总理衙门，实为慎重邦交之道。礼部总持天下学术，皇上方谆谆戒谕，令天下讲求时务，以救空疏迂谬之弊，而许应骙以空疏迂谬之人厕乎其间，日以窒塞风气、禁抑人才为事，致圣意不能宣达，天下无所适从，宜解去部职，以为守旧误国者戒。

伏请皇上天威特振，可否将礼部尚书许应骙，以三四品京堂降调，退出总理衙门行走，庶几内可以去新政之壅蔽，外可以免邻封之笑柄，所关似非浅鲜。臣愚昧之见，是否有当，谨合词具奏，伏乞皇上圣鉴训示。谨奏。

《戊戌变法档案史料》编者按：此正折、录副折各一，并存于军机处，但正折文句，多有用纸贴盖的，如"贻笑邻使""当此强邻环伺之时""闻其尝在总署，因一无关轻重之事，忽向德使海静争论，德使瞋目一视，以手拍案，尚未发言，而许应骙已失色，即趋出署，德使乃大笑，加以讪诮。此等之事不一而足""中国之见轻见侮，未必不由此辈致之"等句皆贴盖，而录副折悉照贴盖本钞写。今依正折未贴盖原状发表，以存真相。

《京报》1898年7月5日

《申报》1898年7月14日

国家档案局明清档案馆编《戊戌变法档案史料》，中华书局1958年，第5—6页

第十八回
许应骙《明白回奏并请斥逐工部主事康有为折》

光绪二十四年五月初四日（1898年6月22日）

为遵旨明白回奏事。本月初二日内阁奉上谕，御史宋伯鲁、杨深秀奏，礼臣守旧迂谬、阻挠新政一折，着许应骙按照所参各节，明白回奏，钦此。并军机处抄录原奏交出到臣，伏思戆直之招尤，仰荷圣明之洞察，许自陈达，良深感悚。谨将被参各节，为皇上缕晰言之。如原奏谓臣腹诽朝旨，在礼部昌言经济科无益，务欲裁减其额，使得之极难，就之者寡一节。查严修请设经济科原折，系下总署核议，臣与李鸿章等，以其因延揽人材、转移风气起见，当经议准覆陈。若臣意见参差，可不随同画诺，何至朝旨既下，忽生腹诽。

夫诽存于腹,该御史奚从知之？任意捏诬,已可概见。

至岁举中额,应由臣部妥议,会同具奏,恭候钦定。臣维事关创始,当求详慎。自古名臣著论,斤斤以珍惜名器为要图,况乡举一阶,胶庠所重,倘过为宽取,恐滥竽充数,鄙夫之所喜,即志士之所羞,人才何由鼓励？是以与同部诸臣熟商定额,期协于中,固不敢存刻核之见以从苛,更不敢博宽大之名以邀誉。且现未定稿,该御史竟谓臣务欲裁减,不知何据而言？向来交议事件,未经覆奏以前,言官不得搀越条奏。今该御史隐挟成见,逞臆遽陈,殊非体例。

原奏又称：诏书关乎开新,下礼部议者,臣率多方阻挠一节。迩来迭奉明谕,如汰冗兵、改武科诸政事,均不隶臣部,岂能越俎代谋？此外惟杨深秀厘正文体一折,系奉旨交议。按之西学时务,无甚关涉,且未拟稿,何得云多方阻挠耶？

原奏又称臣接见门生后辈,辄痛诋西学,遇有通达时务之士,则疾之如仇一节。臣世居粤峤,洋务夙所习闻,数十年讲求西法,物色通才,如熟习洋务之华廷春、精练枪队之方耀、善制火器之赖长,均经先后奏保。及中东事起,三员业早凋谢,未展其才,臣深惜之。方今时事多艰,需才愈亟,凡有偏长片技、堪资实用者,臣断不肯失之交臂。即平日接见门生后辈,无不虚衷谘访,冀有所益,并勖以务求实际、毋尚虚华,初何尝痛诋西学？该御史谓臣仇视通达时务之士,似指工部主事康有为而言。盖康有为与臣同乡,稔知其少即无行,迨通籍旋里,屡次构讼,为众论所不容。始行晋京,意图侥幸,终日联络台谏,夤缘要津,托词西学,以耸观听。即臣寓所,已干谒再三,臣鄙其为人,概予谢绝。嗣又在臣省会馆,私行立会,聚众至二百余人。臣恐其滋事,复为禁止,此臣修怨于康有为之所由来也。

比者饬令入对,即以大用自负,向乡人扬言。及奉旨充总理衙门章京,不无觖望。因臣在总署,有堂属之分,亟思中伤,捏造浮辞,讽言官弹劾,势所不免。前协办大学士李鸿藻,尝谓"今之以西学自炫者,绝无心得,不过借端牟利,借径弋名",臣素服膺其论。今康有为逞厥横议,广通声气,袭西报之陈说,轻中朝之典章,其建言既不可行,其居心尤不可问。若非罢斥,驱逐回籍,将久居总署,必刺探机密,漏言生事。长住京邸,必勾结朋党,快意排挤,摇惑人心,混淆国事,关系非浅。臣疾恶如仇,诚有如该御史所言者。

原奏又称臣深恶洋务一节。臣自承乏总署,已逾一载,平日仰蒙召对,辄以商务、矿务、置船、置械等事,皆属当务之急,屡陈天听,请次第施行。臣是否窒塞风气,应亦难逃圣鉴。窃自胶事定议后,总署交涉事件,益难措手,倘徒争以口舌,断不能弭隐患。臣望浅材庸,自揣万难胜任,惟有仰恳天恩,开去总理差使,俾息谗谤而免陨越,实为厚幸。所有微臣明白回奏缘由,缮折具陈,伏乞皇上圣鉴。谨奏。

《京报》1898年7月2日

《申报》1898年7月12日

中国史学会主编《戊戌变法》(二),第480—482页

第十九回
孙家鼐《奏译书局编纂各书请候钦定颁发并请严禁悖书疏》

光绪二十四年五月二十九日(1898年7月17日)

臣查开办大学堂,原奏第五节内云:宜在上海等处,开一编译局,集中西通才,专司纂译,其言中学者,荟萃经史子之精要,及与

时务相关者编之,勒为定本,请旨颁行各省学堂,悉遵教授,庶可以一趋向而广民智等语。又查原奏内云：将来学堂日有增益,而无所统辖,必至各分畛域,其弊不可不防。伏乞皇上简派大员,管理京师大学堂事务,即以节制各省所设之学堂等语。是学堂教育人才,首以书籍为要,而书籍考订,尤不可以不精,若使书中义理稍有偏歧,其关乎学术人心者,实非浅鲜。

臣观康有为著述,有《中西学门径七种》一书,其第六种《幼学通议》一条,言小学教法,深合古人《学记》中立教之意,最为美善,其第四种、第五种《春秋界说》《孟子界说》,言公羊之学,及《孔子改制考》第八卷中,《孔子制法称王》一篇,杂引谶纬之书,影响附会,必证实孔子改制称王而后已。言《春秋》既作,周统遂亡,此时王者即是孔子。无论孔子至圣,断无此僭乱之心,即使后人有此推尊,亦何必以此事反复征引,教化天下？方今圣人在上,奋发有为,康有为必欲以衰周之事行之今时,窃恐以此为教,人人存改制之心,人人谓素王可作。是学堂之设,本以教育人才,而专以蛊惑民志,是导天下于乱也。

履霜坚冰,臣实惧之。一旦犯上作乱之人,起于学堂之中,臣何能当此重咎。皇上既令臣节制各省学堂,臣以为康有为书中,凡有关"孔子改制称王"等字样,宜明降谕旨,亟令删除,实于人心风俗,大有关系。若夫经书之在国朝,久经列圣钦定,未可妄事改纂。若谓学者不能遍读,古人原有专经之法,至于择其精粹者读之,如朱子小学之例,亦无不可。总宜由管学大臣阅过,进呈御览,钦定发下,然后颁行,子史亦然。如此,则趋向可一,民智可广,而民心庶不至妄动矣。臣愚昧之见,谨专折具陈,不胜战栗屏营之至,谨奏。

第十九回
孙家鼐《奏遵议上海时务报改为官报折》

光绪二十四年六月初八日（1898 年 7 月 26 日）

孙家鼐跪奏：为遵旨议奏事。五月二十九日内阁奉上谕，御史宋伯鲁奏，请将上海《时务报》改为官报一折，着总理大学堂大臣孙家鼐酌核奏明，妥议办理，钦此。臣窃维明目达聪，唐虞之盛德，采风问俗，三代之隆规，自古圣帝明王，未有不通达下情，而可臻上理者也。今之论治者，皆以贫弱为患矣，臣窃谓贫弱之患犹小，壅蔽之患最深，该御史请将《时务报》改为官报，进呈御览，拟请准如所奏。该御史请以梁启超督同向来主笔人等实力办理。查梁启超奉旨办理译书事务，现在学堂既开，急待译书，以供士子讲习，若兼办官报，恐分译书功课，可否以康有为督办官报之处，恭请圣裁。

抑臣更有请者，唐臣魏徵对唐太宗曰："人君兼听则明，偏听则暗。"泰西报馆林立，人人阅报，其报能上达于君主，亦不问可知。今《时务报》改为官报，仅一处官报得以进呈，尚恐见闻不广，现在天津、上海、湖北、广东等处，皆有报馆，拟请饬各省督抚，饬下各处报馆，凡有报单均呈送都察院一分、大学堂一分，择其有关时事，无甚背谬者，均一律录呈御览，庶几收兼听之明，无偏听之弊。如此，则皇上虽法宫高拱万里之外，如在目前，于用人行政，似有裨益。臣谨拟章程三条，开列于后：

一、《时务报》虽有可取，而庞杂猥琐之谈、夸诞虚诬之语，实所不免。今既改为官报，宜令主笔者慎加选择，如有颠倒是非、混淆黑白、挟嫌妄议、渎乱宸聪者,一经查出,主笔者不得辞其咎。

　　一、官书局向有汇报,系遵总理衙门奏定章程,不准议论时政,不准臧否人物,皆译外国之事,俾阅者略知各国情形。今新开报馆,既得随时进呈,胪陈利弊,将来官书局报,亦请开除禁忌,仿陈诗之观风,准乡校之议政。惟各处报纸送到,臣仍督饬书局办事人员,详慎选择,不得滥为印送。

　　一、原奏官报经费一节,臣查官书局印报,例令阅报者出价,惟所售无多,故每月经费不足,由书局贴补。兹新设官报,阅报者自应一体出价,拟请将此项官报,随时寄送各省督抚,通行道、府、州、县,均令阅看,每月出价银一两,统十八省一千数百州县,约计每月得价近一千两,常年核算,约在二万四千之谱。加以官商士庶阅报出价,计亦可得巨款,于纸墨刷印工本,自当游刃有余,可无庸另筹经费。惟创设之始,需费必须数千金,若在上海开办,或由上海道代为设法,可令该员自往筹商。以上遵旨议奏,及所筹办法,是否有当,伏乞皇上圣鉴训示。谨奏。

《京报》1898年8月1日

《申报》1898年8月11日

中国史学会主编《戊戌变法》(二),第432—433页

第二十回
孙家鼐代梁启超奏译书局事折

光绪二十四年六月

　　臣孙家鼐跪奏,为据呈代奏仰祈圣鉴事。窃据六品衔办理译

书局事务举人梁启超呈称，拟在上海设立编译学堂，培养译人，并请准予学生出身等语。又，具呈书籍报纸恳免纳税等语。臣查该举人以前次呈请译书经费，蒙恩加给开办经费等项，感激恩施。冀仰副皇上作人之意，于翻译书籍、培养人才均有裨益。书籍报纸免税，于税饷所减无几，足以沾溉士林。所呈尚属可行，谨将原呈恭呈御览。应否照办之处，恭候圣裁。伏乞皇上圣鉴。谨奏。奉旨已录。

　　具呈六品衔办理译书局事务举人梁启超呈，为拟在上海设立编译学堂，培养译才，并请准予学生出身呈请代奏事。窃举人前奉特派办理译书局事务，又蒙加给开办经费等项，感激莫名。译书一事，为育才之关键，我皇上三令五申，郑重于斯。举人敢不勉竭驽骀，仰副圣意。查中国向来风气未开，中西兼通之人实不多观，故前者间有译出之书，大都一人口授、一人笔述，展转删润，讹误滋多。故举人此次办理译务，拟先聘日人先译东文。因日本人兼通汉文、西文之人尚多，收效较速。而中土译才甚多，计不得不出此也。今既为经久之谋，自以养译才为急，拟一面翻译东文，一面在上海设立编译学堂。堂中设学生六十人，分为两项，其第一项，系已通中国学问，尝多阅译出各书而未尝通西文者，则以西文教之；其第二项，系已学西文而未通中国学问者，则以中国学问教之。两途并进，则两年之后，学生皆能翻译，不须口授笔述展转为误，而成书可以速且佳矣。查香港、澳门各处通习西文之人不少，惜中学太无根底，不能效力中国，致为洋人所用，殊堪痛惜。今若招致此辈而教之，实可事半功倍，他日成就为用更多，又不徒翻译之才而已。伏唯皇上昌明政教，实事求是，除各省官立学堂外，更许臣民自行筹办，务期宏奖风流，用意良厚。今举人拟设翻译学堂，上体皇上作人之意，下为译局经久之谋。伏乞请旨准其设立，不胜翘企。再，堂中所拟招第一项学生，多系举贡生监，已通学问、能文章者；第二项学生，多系已从香港各处通习西文者，皆属已经成材之人，必有以鼓励之，始能乐于来学。拟请旨，许其将来学成出身，与各省之高等学堂一例无几。可以招来淘汰，得人较多。至学堂经费，拟即就译书局款项，每月划出若干应用，未能绰有余裕，故堂中教习拟多以上海徐家汇学堂之西人为之。该教士等学问优长，教授有法，举人径与函商，乐于相助，薪水可以从俭，不必计较。伏查大学堂总教习丁韪良，亦系教士，则翻译学堂兼延教士为教习，似亦无妨。他日或教有成效，能得传旨嘉奖，则彼族更乐于效力矣。如此则经费较省，更易集事，合并陈明。所有举人拟设总编译学堂情由，伏乞代奏皇上圣鉴。谨呈。

《京报》1898年9月6日

北京大学校史研究室编《北京大学史料》(第1卷)，北京大学出版社1993年，第190—191页

第二十回
梁启超呈

光绪二十四年七月初十日(1898年8月26日)

查泰西各国通例，凡书籍报纸一概免税，所以流通典籍，开广风气，意至美也。中国海关税则，本无书报纳税之条，惟仍须作为纸税完纳，各处厘卡亦然。统计此项税厘，国家每年所入，其数极微，而因此之故，劳费留滞，大碍流通。故山、陕、云、贵、四川各省

分士子欲购一书,欲阅一报,殊不易易,因之见闻固陋者多,通知外事者少。此非我皇上作育人材之意也。请援各国通例,饬总理衙门通饬各海关、各厘局,凡一切书籍报章概准免纳厘税。计国帑此项每年所省,不过数百金,而沾溉士林,获益匪鲜。谨附片陈明,伏乞代奏,请旨施行。谨呈。

国家档案局明清档案馆编《戊戌变法档案史料》,第 456 页

第二十二回
文悌《严参康有为折稿》

光绪二十四年五月二十日(1898 年 7 月 8 日)

三品衔湖广道监察御史奴才文悌跪奏:为言官党庇,诬罔荧听,请旨饬查覆奏,以肃台规,恭折仰祈圣鉴事。窃奴才生长满洲旧族,诵习孔孟遗书,世受国恩,幼承家教,惟知奉公守法,时欲报主捐躯。忆昔乙酉之年,在户部郎中任时,京察一等,蒙皇上召见于养心殿,亲闻圣训,命奴才谨慎当差,破除情面。奴才退即以此八字镌刻图章,终身膺佩,是以奴才蒙恩外简河南知府,三年不受一人私书,京中故旧,亦皆未尝以一字通问。服官京外三十余年,从不敢沾染陋习,与人结盟换帖。除幼年同学六人外,亦绝无拜上官举主为师,颇以此取怨招尤,不以为悔。盖深懔皇上破除情面训辞,亦由奴才四世祖鄂伯诺费扬武在康熙年间,见族人鳌拜乱政伏罪,因著有清文家训,令后世子孙,首重寡交,永戒植党,赤心报国,勒石祠堂,奴才等世世守之,弗敢违也。

今者备员台谏,目睹同官中有为人指使,党庇报复,紊乱台规

者,奴才于此事,确有闻见,谨遵皇上破除情面训诫,缕晰陈之。奴才于光绪二十四年五月初九日恭读邸抄,见御史宋伯鲁、杨深秀联衔参劾礼部尚书许应骙守旧迂谬,阻挠新政,及许应骙奉旨明白回奏原折各一件。许应骙在朝声誉,初碌碌未有奇节,奴才与之向无往来,晤对亦未闻其有讲求旧学之名,此次见其覆奏折内,所称珍惜名器,物色通才等言,深合大臣之体。始知该尚书立身行事,自有本末,转过于奴才平日所闻。至该尚书折内,所指工部主事康有为,请将其罢斥驱逐,证以奴才见闻所及,许应骙所言,亦适相符合。

伏维奴才服官京外已数十年,康有为素不相识。去年十二月,奴才改官御史,忽于今年二月间,由原任大学士阎敬铭之子、道员阎迺竹,致奴才一信,言有杰士康某,欲访奴才相见。奴才昔在户部,为阎敬铭赏识,天下所共知。然于阎迺竹向亦不相闻问,止于去年十二月引见御史之日,在朝房始一识面。奴才当即函覆阎迺竹云"方今士大夫存诚践实之时,非标榜声气之日,康某何须必相见也"以阻之。而康有为仍复踵门来见,奴才因与晤言,接谈之顷,闻其议论颇多偏宕,然见其激昂慷慨,以为是盖志士忧时郁挹,激而出此。虽即以言规正之,而心亦喜其负气敢任,或可救今时委靡忸怩积习,不为无用。

于其去后,曾致阎迺竹信,告以康有为不无血性可爱,惟其看天下事太易,正恐不足有为。迨后康有为数数来奴才处,送奴才以所著书籍数种,阅其著作,以变法为宗。而尤堪骇诧者,托词孔子改制,谓孔子作《春秋》,西狩获麟,为受命之符,以春秋变周,为孔子当一代王者,明似推崇孔教,实则自申其改制之义。大抵原据《公羊》何休学,黜周王鲁、变周从殷之说,首引董仲舒《春秋繁露》、《淮南子》各书,以为佐证。不知何休为《公羊》传罪人,宋儒早经论定,董仲舒本传"其所著《繁露》,《玉杯》《竹林》,各自为卷",今本则皆在《繁露》一编之中。故《崇文书目》已疑《春秋繁露》非董子原书,程大昌攻之尤力,国朝文渊阁著录《春秋繁露》十七卷,亦置之附录提要,谓其中无关经义者多。再考《汉书》董仲舒本传,当时其弟子吕步舒已不知其师说,以为大愚。何况数千年后士,不获亲见圣人,自三传以下,假托圣贤,以伸己说者,何可胜数,又焉能于蠹简之余,欲尽废群籍,执一家之言,而谓为独得圣人改制之心哉?

至于《淮南》,乃汉淮南王刘安所著之殷变夏、周变殷、春秋变周、三代之礼不同等言,不过叛王肇乱之辞,殆与汉末张角妖言"苍天已死,黄天当立"正同,尤不可据为典要。由是奴才乃知康有为之学术,正如《汉书·严助传》所谓以《春秋》为苏秦纵横者耳。然奴才犹以为方今时事孔棘,求才未可一格,譬如鸟附蛇蝎,皆有毒药品,然以之治风痹疾,转良于参尤蓍苓,止在用之何如也。

及聆其谈治术,则专主西学,欲将中国数千年相承大经大法,一扫刮绝,事事时时以师法日本为长策。奴才于咸丰庚申年,始年十二三岁,即留意西学,故三十余年,所见泰西书籍颇多,亦粗通其二十六母拼字之法,及其七十课学言之诀,颇有志习学其天算格致之术。前者在户部会计,光绪七年出入计帐,全用西洋岁计算法,非绝口不谈洋务者比。即近日数上奏议弹章,亦曾以推广新学为言,已在圣明洞鉴之中。惟中国此日讲求西法,所贵使中国之人明西法为中国用,以强中国,非欲将中国一切典章文物废弃摧烧,全变西法,使中国之人,默化潜移尽为西洋之人,然后为强也。

故其事必须修明孔、孟、程、朱、四书、五经、《小学》、《性理》诸书,植为根柢,使人熟知孝弟、忠信、礼义、廉耻、纲常、伦纪、名教、气节以明体，然后再学习外国文字、言语、艺术以致用，则中国有一通西学之人，得一人之益矣。若全不讲为学为政本末，如迩来《时务》《知新》等报所论，尊侠力，伸民权，兴党会，改制度，甚则欲去跪拜之礼仪，废满、汉之文字，平君臣之尊卑，改男女之外内，直似止须中国一变而为外洋政教风俗，即可立致富强。而不知其势，小则群起斗争，召乱无已；大则各便私利，卖国何难。

奴才曾以此言戒劝康有为，而康有为不知省改，且更私聚数百人，在辇毂之下，立为保国一会，日执途人而号之曰："中国必亡，中国必亡！"其会规，设议员，立总办，收捐款，竟与会匪无异，以致士夫惶骇，庶民摇惑，私居偶语，亦均曰："国亡国亡，可奈何？"设使四民解体，大盗生心，借此以聚集匪徒，招诱党羽，因而犯上作乱，未知康有为又何以善其后？是则康有为立会倡始，名为保国，势必乱国而后已焉。

奴才于其立保国会后，曾又与面言，恐其实生乱阶，令其将忠君爱国合为一事，幸勿徒欲保中国四万万人，而置我大清国于度外，而康有为亦似悔之。奴才由是不欲与之往来，然仍谓其心或无他，止不过不知轻重，尚未深恶其人。迨后许应骙等阻其在会馆聚众，又有人奏参康有为忽到处辞行，奴才处亦两次来辞，云将回里养母，奴才当即作诗送之，讽以归隐，并有劝其切勿走胡走越之言。不意其伪为归养以息讥弹，而暗营保荐以邀登进，乃于辞行之日，忽有召见之事，奴才至是始觉其诈伪多端，断乎非忠诚之士，心鄙其人矣。

而康有为见奴才于其赐对后，绝无闻问，又于四月初七日使其弟康广仁至奴才处求见，奴才未与相见，为奴才留一信，云康有为在寓患病，现奉旨令其进书。是时宋伯鲁、杨深秀等已参劾许应骁，许应骁已明白回奏，惟原折邸钞未见，奴才未知宋伯鲁等所奏云何。又闻康有为奉旨进书，欲知其进书之意何在，且仍欲劝其安静，勿再生事端，遂于初八日至康有为寓所，其家人因奴才问病，引奴才至其卧室，案有洋字股信多件，不暇收拾，康有为形色张皇，忽坐忽立，欲延奴才出坐别室。奴才随仆，又闻其弟怨其家人，不应将奴才引至其内室，奴才乃匆匆起立，惟告以《中庸》有云"万物并育而不相害，道并行而不相悖"，万不可分门别户，致成党祸，置国事于不问。而康有为兄弟同言："即今在朝诸人，又何尝以国事为问乎？"奴才仍勉以既蒙恩命为总署章京，当谨慎趋公，以图报效。康有为言："实不能为此奔走之差，现奉旨进书，书进仍然回籍。"其弟又谓奴才云："朝廷特罢制艺，何不从速，仍待下科？且生童小试，尤当速改策论。"奴才见其终不可谏，乃舍之而去。

初九日遂于邸钞中，见许应骁覆奏中，言康有为少即无行，通籍回里，屡次构讼。晋京后，终日联络台谏，夤缘要津，再三干谒。又在会馆私行立会，聚众至二百余人，入对奉旨充总理衙门章京，不无觖望，捏造浮词，讽言官弹劾等情。奴才更深信康有为不过一轻浮巧滑之徒，独怪以阎敬铭之捐介家风，而阎酒竹何为交结此人，且引见至奴才处也。由是忆其曾于闰三月间，拟有折底二件，属奴才具奏，一件欲参广东督抚，一件请厘正文体、更变制科。当时即经奴才晓以科道为朝廷耳目之官，遇事原不能不向人访问，然必进言者，自有欲言之事，参询详细于人，若受人指使，而条奏弹劾，是乃大干列祖列宗严禁，断不敢为。且其欲参广东巡抚奏中，特为清查沙田一事而发，奴才拒之尤力。至今其拟来奏底，仍存奴才处，而其厘正文体一事，已有杨深秀言之矣。

至康广仁所言罢制艺不必待下科，小试尤宜速改策论，而宋伯鲁又适有此奏，是许应骙谓其联络台谏，诚不为诬。又康有为于闰三月间，忽遣其门生广东崖州举人林缵统，持其信函，至奴才处求见。奴才闻林缵统系会试举人，亦即延见。乃林缵统并非来京会试，因其在崖州有聚众州衙、哄堂塞署之案，其子弟迄今仍监禁州狱，康有为令其寻奴才为之奏办。时奴才正在都察院署理京畿道事务，告以如有冤抑，应到院呈诉，不当在私宅商办。乃林缵统竟于次日备办礼物，至奴才处馈送，甚至奴才幼子童奴，皆有赠贴。奴才大骇，立即驱逐之去，告以如敢再来，定即奏交刑部。林缵统去，而康有为旋来，奴才以正言责之，康有为且言礼亦微物，系由康有为代备，初不以为愧怍。至今康有为引荐林缵统申诉之信，亦仍存奴才家中，是则许应骙言其构讼，亦不为无据。

至康有为两三月中，凡至奴才处十余次，路隔重城，或且上灯后亦至，往往见其车中携有衾枕。奴才家丁问其随仆，皆言其行踪诡秘，恒于深夜至锡拉胡同张大人处住宿。盖户部侍郎张荫桓，与康有为同县同乡，交深情密，是则许应骙言其夤缘要津，亦属有因。若云用为总署章京，不无觖望，奴才实亲闻康有为有"不能当奔走差使"之言。由此观之，则许应骙所论康有为各节，皆非揣测之辞，概可信也。

总之，康有为之为人，讲学如明之李贽，干进如明之陈启新，犹复胆大妄为，不安本分，性非安静。然而奴才始尚以为其深通洋务，不妨节取所长，留为侦探参访之用。故两次至其寓所，回拜十余次，在奴才家与之晤言，虽无一次不规劝其失，于其属托，均不敢听受，后亦明知其生事，然不欲参劾，盖恐或阻抑朝廷破格求才之路。今见许应骙所奏，历指其奸，若终始不言，则有违皇上破除情面之训，负恩实甚。且康有为又曾在奴才处手书御史名单一纸，欲奴才倡首鼓动众人,伏阙痛哭,力请变法。其单内所开多台谏中知名之人,而宋伯鲁、杨深秀即在其内。后康有为立会保国,在单之人皆不与闻,惟宋伯鲁、杨深秀两次到会,列名传布。奴才于其开单之时,即告以言官结党,为国朝大禁,此事万不可为。乃杨深秀旋即便服至奴才处,仍申康有为之议。且奴才与杨深秀初次一晤,杨深秀竟告奴才以万不敢出口之言,是则杨深秀为康有为浮词所动,概可知也。

至宋伯鲁,奴才未曾与之晤言,而闻其曾上设立公司之奏,亦系康有为持此议,先寻御史黄桂鋆陈奏,黄桂鋆不为所使,竟由宋伯鲁奏之。以康有为一人在京城,任意妄为,遍结言官,把持国是,已足骇人听闻,而宋伯鲁、杨深秀身为台谏,公然联名庇党,诬参朝廷大臣。夫容台本执礼之官,宗伯以守旧为过,一则曰重邦交,再则曰伤邦交,以今日之非礼胁制,诸臣曲全大局,正患无御侮之才。傥使许应骙能折冲樽俎,遇事挽回,得一分即可为朝廷存一分国体,凡为大清臣子,孰不喜之,奈何独以为罪乎?尤可怪者,原折竟敢擅拟以三四品京堂降调正卿,干预皇上黜陟大权,实从来所未有,此风又何可长也。

宋伯鲁前者党庇薛允升,今者又与杨深秀党庇康有为,专以报复为得计。原折谓免邻封之笑柄,以奴才观之,该御史等纵不虑天下后世笑,不知同台中正有笑之者矣。孟子曰:“国君进贤如不得已,国人皆曰不可。”是康有为也。我圣祖仁皇帝御制台省箴曰:“或藏嫌怨,谬为雌黄,受人指属,尤为不臧。”是宋伯鲁、杨深秀也。奴才身沐圣朝厚恩,久存不敢避嫌远怨之志,故于三月初一日初次封事,即以请甄别御史为言。今目睹此情,初亦再四踌躇,恐蹈明季科道攻讦恶习,迟迟十日不敢轻于陈奏,继思国家变法,原为整顿国事,非欲败坏国事。譬如人家屋宇,年久失修,欹斜欲覆,势宜改造,自应招集工匠,依法折抑,庶乎瓦木不损,终成室庐。若任三五喜事之徒,运以重椎,絚以巨索,邪许一声,曳之倾仆,而曰"非此不能捷速",姑无论砖石梁栋,毁折摧伤,且恐因而压人,更何改造之有?其间稍有阻止持重者,则反加之殴詈,此何理也?今康有为之变法,宋伯鲁、杨深秀之参劾,何以异是?此奴才所以终不敢已于言也。

所有康有为之为人如是,是否可用,应如何办理,皇上自有权衡。至宋伯鲁、杨深秀,显有党庇荧听情事,然奴才终恐启台谏互相攻击之风,仍未敢擅拟其去留,可否请旨饬下都察院堂官,查核该员等是否堪胜御史之任,覆奏请旨办理。奴才为整肃台规起见,谨缮折缕陈,伏乞皇上圣鉴。再,康有为历次致奴才信函,所拟折底,如有应行考核之处,奴才当呈交都察院堂官咨送军机处备查,合并声明。谨奏。

《京报》1898年7月16—17日

《申报》1898年7月23—25日

中国史学会主编《戊戌变法》(二),第482—489页

第二十三回
康有为《请开农学堂地质局折》

光绪二十四年七月

工部主事臣康有为跪奏,为请开农学堂、地质局,以兴农殖民而富国本,恭折仰祈圣鉴事。窃万宝之原,皆出于土;故富国之

策, 咸出于农。上古重垦辟, 有尽地力之教, 外国讲求尤至, 城邑聚落有农学会, 察土质、辨物宜, 入会则自百谷、花木、果蔬、牛羊、牧畜, 皆比其优劣, 而旌其异等。田样各等、机器车各式, 农夫人人可以讲求, 鸟粪可以培肥, 电气可以速成, 沸汤可以暖地脉, 玻罩可以禁寒气, 播种则一日可及数百亩, 刈禾则一日可兼数百工。播种一粒, 可收一万八千粒, 千粒可食人一岁, 二亩可食人一家。泰西培壅, 近用灰石、磷酸、骨粉, 故能以瘠壤为腴壤, 化小种为大种, 化淡质为浓质, 易少熟以多熟。比较则去楛而从良, 鼓舞则用新而去旧, 农业自盛, 故有土此有财, 安有万里之地而患贫者哉?

今日人皆知言矿, 而地下之矿无凭, 地面之矿有据。农者, 地面之矿也, 不开地面之矿, 而遽求地下之矿, 得无本末削失乎? 伏乞皇上饬下各省、府、州、县, 皆立农学堂, 酌拨官地公费令绅民讲求, 令开农报以广见闻, 令开农会以事比较。每省开一地质局, 译农学之书, 绘农学之图, 延化学师, 考求各地土宜, 以劝植土地所宜草木。将全地绘图贴说, 进呈御览, 并饬各州县土产人工之物, 购送小样, 到其省会地质局种植陈设, 以广试验而便考求, 扩见闻而兴物产。

其通商口岸, 若上海、广东为中外大市, 则设地质总局, 有可推行外国者, 皆令送小样至总局, 以便外国人阅看购取。庶几商业盛而流通广, 农业并兴, 地利益出, 而国可富。查古者有大农官, 唐、宋有劝农使, 外国皆有农商部, 可否立农商局于京师, 而立分局于各省, 以统率之? 出自圣裁, 臣愚一得之见, 伏乞皇上圣鉴训示, 谨奏。

《中外日报》1898 年 9 月 6 日

中国史学会主编《戊戌变法》(二), 第 250—251 页

第二十三回
上　谕

光绪二十四年七月初五日（1898年8月21日）

谕内阁：总理各国事务衙门代奏，工部主事康有为条陈请兴农殖民以富国本一折，训农通商，为立国大端，前经叠谕各省整顿农务、工务、商务，以冀开辟利源，各处办理如何，现尚未据奏报。万宝之原，皆出于地，地利日辟，则物产日阜，即商务亦可日渐扩充。是训农又为通商惠工之本，中国向本重农，惟尚无专董其事者以为倡导，不足以鼓舞振兴，着即于京师设立农工商总局，派直隶霸昌道端方，直隶候补道徐建寅、吴懋鼎为督理。端方着开去霸昌道缺，同徐建寅、吴懋鼎赏给三品卿衔，一切事件，准其随时具奏。

其各省、府、州、县，皆立农务学堂，广开农会，刊农报，购农器，由绅富之有田业者试办，以为之率。其工学、商学各事宜，亦着一体认真举办，统归督办农工商总局大臣，随时考察，各直省即由该督抚，设立分局，遴派通达时务、公正廉明之绅士二三员，总司其事，所有各局开办日期，及派出办理之员，并着先行电奏。此事创办之始，必须官民一气，实力实心，方可渐收成效，端方等及各该督抚等，务当仰体朝廷率作兴事之至意，考求新法，精益求精，庶几农业兴而生殖日蕃，商业盛而流通益广，于以植富强之基，朕有厚望焉。

《申报》1898年8月24日

中国史学会主编《戊戌变法》（二），第57页

第二十四回
王照《礼部代递奏稿》

光绪二十四年六月

具陈礼部主事王照,为朦混拘牵,难行新政,请布纶言以祛众惑,广慈训以定众志,设教部以释众疑,并折呈请代奏,仰祈圣鉴事。窃自本年四月奉上谕明定国是以来,每有谕旨,有识者莫不欢跃,以为天相中国,牗启圣聪,四万万臣民福命未绝。即西人寓此者,对中国人喜形于色,脱帽顶祝曰:"贵国皇上如此英明,为目前各国元首所少有,惟俄国昔年之大彼得第一仿佛相同。"此臣所亲闻,非谀词也。

惟两月以来,皇上振厉,志在风行,而诸臣迁就弥缝,阴怙旧习,上以诚感,下以伪应,其号称持正者,相与歔欷叹息,诅咒圣躬,而众人习听,不以为非。若不早令憬悟,恐皇上力愈奋而势益孤矣。谨陈转移观听之法,以备采用。

一、请旨宣示削亡之祸,已在目前,竭力挽回犹恐不及,勿空言万全以贻误也。甲午以前,我国之力已不足立于群雄之间,所以暂容作大者,赖群雄适互嫉耳。自俄路东指,英人束手,日人乃急发难,我国既受大挫,而大臣不悟,反欲倚俄,益致列国生心。自去冬以来,环迭进攫,未尝歇手。夫西人虽在攻战之际,亦盘敦从容,况对于我国,已无须攻战,而诸大臣则以为目无烽燧,耳无鼓鼙,前此小有损失,事已过矣。乐得貌为镇定,谓改旧章为伤元气,谓倡新政为启乱萌,以空谈正学术为纯臣,以大言轻外夷为良将,狂瞽之论,不知纪极。今到处乱民滋事,无不托言杀鬼子者,士大夫反称之曰义民，谓此为中国之元气，实则外人割要害，吸膏髓，我皇上一人自痛之，而所谓纯臣、良将、义民者，仍旧妄自夸大，以为无若我何，而未觉其痛也。

此其受病，譬若痰热狂叫，必以凉剂平之，使其先有感觉，然后可施培养，然后可望健壮。今日于彼此优劣，勿再讳言，应令国人皆晓然于强弱之分自有根源，各国士农工商人人讲习之功，非一朝一夕之故，必难以一时之策略，妄希凌驾，此凉剂之谓也。

夫各国视我内容，久已洞若观火，我何必掩耳盗铃？苟不于此显揭劣败之由，此等伪纯臣、伪良将、伪义民，在在掣皇上之肘，以致变法无效。迨目见国旗之换，若辈始知灭亡，必且死而不悟，仍归咎于皇上之变法，纵有一二警觉，亦已迟矣。拟请降旨剀切揭示，国人知能远逊彼族，议论浮伪，万难图存。令地方官刊印遍布，俾人人知危急存亡，朝廷苦心挽救，庶海内从风，反求诸己，不为浮嚣所惑，此转移之术一也。

一、请皇上奉皇太后圣驾，巡幸中外，以益光荣而定趋向也。自中外交通，我皇太后听政三十年，忧劳备至，所有变通之端，皇上继之，实皆由皇太后开之，与维多利亚东西媲美，非荷西诸女主所能并论。惟因诸臣奉行不力，致劳我皇上今日之奋厉，而皇太后起衰振靡之凤志，久已表著于中外矣。今者合万国之欢心以隆孝养，正宜奉慈驾游历邻邦，借以考证得失，决定从违，应自日本始。中日匹敌，礼教相同，日主日后佐我皇上以捧觞上寿不啻偕男女，欢洽何如。浅见者必以先往为降尊，抑知各国习惯，不以往来先后判尊卑。今世各国，英俄最大，前者各国遣使贺俄加冕，俄主即躬莅同州各邦，不以过恭为嫌。英主每岁避暑至法，不闻有关荣辱。俗儒之见，不值一辨也。

又西洋国主,或随意偶游街市,百姓见之,不过脱帽为礼,以表爱敬。或两君相会,亿兆夹道欢呼,而不之禁,此我皇上入邻境,不必独异者也。即在我国境内,亦宜力祛旧习。近世凡有巡幸,地方官先期饬令御路所经城市镇林,将庙宇民舍,修茸完美,以壮观瞻。夫古之天子巡狩,陈诗纳贾,就问百年,惟恐不得周知民间实状,今乃闭目塞耳,为官吏之效忠,警跸之本意,果如是乎?拟请皇太后特下明诏,以后銮舆所经,勿得修饰隐匿,斯境内境外,真象悉呈,兴败之机既著,得失之故可思矣。然后体皇太后之意以变法,善则称亲,以孝治镇服天下,天下孰敢持异议,此转移之术二也。

一、请专设教部,以重教部而祛纠纷也。近来谈时务者,特标明西法不外儒书,意在卫道,就理论而言固可通也。乃至拘文牵战,攘臂而争,欲专就儒书取人才,如科场新章,必就第三场经艺如额取中。夫前二场政艺各科所选之人,平日功力,层累繁重,亦甚难矣,乃入选之后,三分黜二,使多数用功有得之人,不得自效。以后志士灰心,必致群骛于空疏之文章,一如曩日矣。

夫孔子之道,无所不包,而德行与政艺,亦各占科目,相贯而不相掩,相通而不相混。譬如医理,遍身之知觉运动,皆由脑筋,固也。而教医者倘专务理论,令弟子之学治手足、胸背、脏腑、牙骨之疾者,皆于脑求之,是不啻废医术而已矣。

夫西人之尊奉耶教也,亦恒谓一切有用之学者,皆以其教为本,亦非虚诞也。而其分职也,则有特设之教会总监督焉,所以握人心风俗之大原。全国之分监督,及教会教堂隶之,与学部无涉。而学部所统,则为各等学堂,除礼拜日外,每日朝夕虽亦颂偈祈祷,而自以学科为重。其不设教会监督之国,教与学统于一大部,而仍各为统系,分治而不相牵混。人人在教中,亦人人在学中,而教与学仍为两事。今请以西人敬教之法，尊我孔子之教，以西人劝学之法，兴我中国之学。特设教部，就翰林院为教部署，以年高之大学士统之，辅以翰詹各官，专以讨论经术，维系纲常。各省督以学政，改名曰教政，佐以教职。各邑各乡增设明伦堂，领以师儒，聚讲儒书，生徒之外，许人旁听，立之期会，令乡老族长书其品行之优者，具结上陈。教官覆核之，由教政考以四书各经经义，每州县拔取数人，以至二三十人，统名为优行生，以备用为教官；并备学部咨取，用作学堂之国文教习，表以章服，树之风声。此教部之专责，无难陆续奏请扩充者也。

至学部专辖各等学堂，企入专门，亦自博大精深，层累而上。应许各就所学较优劣，若学堂之学生，有曾为优行生者，格外加以荣衔，尽先擢用，其余因材器使，不以文字之短而黜废，此学部之专责，以实用为重者也。两部之事相辅而行，不相牵掣，庶乎道可卫而学可兴矣，此转移之术三也。倘蒙采纳施行，则疑惑祛除，然后新政递颁，概无阻滞矣。谨奏。

《申报》1898 年 10 月 6—7 日

中国史学会主编《戊戌变法》(二)，第 351—355 页

第二十四回
上　谕

光绪二十四年六月十五日 (1898 年 8 月 2 日)

谕内阁：朝廷振兴庶务，不厌讲求，所赖大小臣工，各抒谠论，以备采择，着翰林院、詹事府、都察院，各于值日之日，由该堂官轮

派讲读编检八员、中赞二员、科道四员，随同到班，听候召见，俾收敷奏以言之益。其部院司员，有条陈事件者，着由各堂官代奏，士民有上书言事者，着赴都察院呈递，毋得拘牵忌讳，稍有阻格，用副迩言必察之至意。

第二十四回
上　谕

光绪二十四年七月十九日（1898年9月4日）

朱笔谕：吏部奏，遵议礼部尚书怀塔布等处分一折，朕近来屡次降旨，戒谕群臣，令其破除积习，共矢公忠，并以部院司员及士民，有上书言事者，均不得稍有阻格，原期明目达聪，不妨刍荛兼采，并借此可觇中国人之才识。各部院大臣，均宜共体朕心，遵照办理，乃不料礼部尚书怀塔布等，竟敢首先抗违，借口于献可替否，将该部主事王照条陈，一再驳斥，经该主事面斥其显违谕旨，始不得已勉强代奏，似此故为抑格，岂以朕之谕旨为不足遵耶？若不予以严惩，无以儆戒将来，礼部尚书怀塔布、许应骙，左侍郎堃岫，署左侍郎徐会沣，右侍郎溥颋、署右侍郎曾广汉，均着即行革职。至该主事王照，不畏强御，勇猛可嘉，着赏给三品顶戴，以四品京堂候补，用昭激励，特谕。

第二十四回
康有为《请饬各省改书院淫祠为学堂折》

光绪二十四年五月

　　奏为请改直省书院为中学堂，乡邑淫祠为小学堂，令小民六岁皆入学，以广教育，以成人才，恭折仰祈圣鉴事。窃顷迭奉上谕，开办大学堂，停止八股，举行经济常科，仰见我皇上除旧布新，兴学堂育才至意。臣维古者国学之下，有乡塾、党庠、术序，泰西各国尤崇乡学，其中等学校、小学校遍地，学校以数十万，生徒数万万，举国男女，无不知书识字、解图绘、通算学、知历史、粗谙天文地理之人。中学以上，咸有天文舆地、光化电重、公法律例、农工商矿、各国语言文学、师范之学。故非独其为士者知学也。

　　其农工商皆有专门之学，即其被选为兵者，亦皆童幼出自学堂，咸粗知天文、地理、图算、格致；妇女亦皆有学，近多为医师、律师及为师范、蒙师者，盖有一民即得一民之用。美国学堂，乃至百万所，学堂经费八千万，生徒乃至二千万人，故人才至盛，岁出新书二万，新器三千，民智而国富以强，故养兵仅二万，兵费不及学费十之一，而万国咸畏之。近者败日斯巴尼亚，其明效也。

　　丹麦男子八十万，庚寅俄、英失和，将交兵丹国海峡，丹国不允，俄、英逡巡而退。我中国民四万万，冠于地球，倍于全欧十六国，地当温带，人民智慧，徒以学校不设，愚而无学，坐受凌辱，是遵何故哉？盖泰西户口少而才智之民多，吾户口多而才智之民少故也。故欲富强之自立，教学之见效，不当仅及于士，而当下达于民，不当仅立于国，而当遍及于乡，臣为我皇上筹之。

泰西变法三百年而强，日本变法三十年而强，我中国之地大民众，若能大变法，三年而立，欲使三年而立，必使全国四万万之民，皆出于学，而后智开而才足。我皇上若辨之既明，审之既定，行之以勇，则与二三大臣，聚精会神于兴乡学而开民智之事，昼夜课功，以全力赴之，其效之大小，必有与皇上心力之多寡以相应者。臣为我皇上思兴学至速之法，凡有二焉：我各直省及府、州、县，咸有书院，多者十数所，少者一二所。其民间亦有公书院、义学、社学、学塾，皆有师生，皆有经费。惜所课皆八股试帖之业，所延多庸陋之师，或拥席不讲，坐受脩脯者，其省会间有及考据词章之学者，天下数所而已。师徒万千，日相率为无用之学，故经费虽少，虚糜则多。今既罢弃八股，而大学堂经济常科，皆须小学、中学之升擢，而中学、小学，直省无之，莫若因省、府、州、县、乡、邑，公私现有之书院、社学、学塾，皆改为兼习中西之学校，省会之大书院为高等学，府、州、县之书院为中等学，义学、社学为小学。

方今创办伊始，亦无高等学，凡有诸学略备者为中等学，粗知图算、舆象、语言、文字、政律者为小学，但以学规经费为等级，不论郡邑乡落，不论公私官民，皆颁发大学堂章程，令仿照办理。其力有不足，略减规模。请旨先电饬各省督抚，率道、府、州、县，各将所属书院、义学、社学、学塾处所多少，教习人才高下，经费数目，限两月内报明。各书院、义学，皆本有经费，但有明诏，改变章程，别延教习，因已成之基，转移间而直省郡邑、僻壤穷乡，祈祈学子，千数百万，皆知通经史而讲时务矣。事之效顺，未有逾此。然观美国学费十倍兵费之故，则我直省书院，区区经费，不足言矣。皇上若欲速收成效，非大增学费，不能奏功。

臣闻各省陋规，及广东闱姓规，皆溢款百数十万。刚毅尝抚广东，清声颇著，皇上试诘问之，必得其详。夫各省督抚，累经严旨饬办学堂，则委以支绌无款，而应酬举动杂费，乃滥浪无数。方当国事艰危，非复侈供张饰繁文之日，乃使皇上独忧社稷，而疆臣但安富尊荣，滥用民脂，而置国是不问，视严旨犹为有人心者乎？请严旨戒饬各疆臣，清查善后局及电报、招商局各溢款、陋规、滥费，尽拨为各学堂经费，除贵州等极瘠苦省分外，必可每省得数十万金，以为养士之用。庶几各学堂延师、购书、置器，皆有所资。并鼓动绅民，捐创学堂，其能自捐万金，广募地方经费者，赏御书匾额，给以学衔，以资鼓励。其有独捐十万巨款，创建学堂者，请特旨奖以世职。其院师、学长，多八股之士，或以京秩清班，以空名领之者，宜皆更易，别聘通才。其中学、小学所读之书，所办之章程，皆特设书局，编辑中外要书，颁发诵读遵行，然犹虑不能遍及穷乡也。

查中国民俗，惑于鬼神，淫祠遍于天下。以臣广东论之，乡必有数庙，庙必有公产，若改诸庙为学堂，以公产为公费，上法三代，旁采泰西，责令民人子弟年至六岁者，皆必入小学读书，而教之以图算、器艺、语言、文学，其不入学者，罪其父母。若此则人人知学，学堂遍地，非独教化易成，士人之才众多，亦且风气遍开，农、工、商、兵之学亦盛。诗云："肃肃兔罝，施于中逵。赳赳武夫，公侯腹心。"以兔罝之野人，犹足为干城腹心之寄，人才之众可想矣。如蒙采择，伏乞明降谕旨，饬下各省督抚施行，严课地方官以为殿最，违者劾其一二，以警其余，庶几风化可广，人才大成，而国势日强矣。臣愚昧之见，伏乞皇上圣鉴训示。谨奏。

《知新报》第63册，1898年8月27日

中国史学会主编《戊戌变法》（二），第219—222页

第二十四回
上 谕

光绪二十四年五月二十二日(1898年7月10日)

  谕内阁:前经降旨开办京师大学堂,入堂肄业者,由中学、小学以次而升,必有成效可睹。惟各省中学、小学,尚未一律开办,总计各直省省会暨府、厅、州、县,无不各有书院,着各该督抚,督饬地方官,各将所属书院坐落处所、经费数目,限两个月详查具奏。即将各省、府、厅、州、县现有之大小书院,一律改为兼习中学、西学之学校,至于学校等级,自应以省会之大书院为高等学,郡城之书院为中等学,州县之书院为小学,皆颁给京师大学堂章程,令其仿照办理。其地方自行捐办之义学、社学等,亦令一律中西兼习,以广造就。至各书院需用经费,如上海电报局、招商局,及广东闱姓规,闻颇有溢款,此外陋规滥费,当亦不少,着该督抚尽数提作各学堂经费。各省绅民如能捐建学堂,或广为劝募,准各督抚按照筹捐数目,酌量奏请给奖,其有独力措捐巨款者,朕必予以破格之赏。所有中学、小学应读之书,仍遵前谕,由官设书局编译中外要书,颁发遵行。至于民间祠庙,其有不在祀典者,即着由地方官晓谕居民,一律改为学堂,以节糜费而隆教育,似此实力振兴,庶几风气遍开,人无不学,学无不实,用副朝廷爱养成材至意,将此通谕知之。

《申报》1898年7月19日
中国史学会主编《戊戌变法》(二),第34页

第二十六回
康有为《请断发易服改元折》

光绪二十四年七月二十日后（1898年9月5日后）

奏为请断发易服改元，以与国民更始，恭折仰祈圣鉴事。窃维非常之原，黎民所惧，易旧之事，人情所难。自古大有为之君，必善审时势之宜，非通变不足以宜民，非更新不足以救国，且非改视易听，不足以一国民之趋向，振国民之精神。故孔子于《礼》通三统之义，于《春秋》立三世之法，当新朝必改正朔，易服色，殊徽号，异器械。而汉武帝当守文之中世，定礼乐而改历服，魏文帝承祖宗之强威，迁都邑而易服色，皆以更新善治，为法后世。若夫当列国争强之世，尤重尚武，欲举中国儒缓之俗，一变致强，其道尤难。故赵武灵王将有事于灭胡，则变服而骑；齐桓公将欲有事于中原，则易短衣而霸；而魏文帝、赵主父变其国俗，易其祖旧，父兄群臣，守旧之彦，哗言力争，而二主终独断行之，遂致治强，英风霸烈，焜耀无尽，岂非善得通变之宜哉？然是四主者，所遇之世，尚非迫于必变之时也。

今则万国交通，一切趋于尚同，而吾以一国，衣服独异，则情意不亲，邦交不结矣。且今物质修明，尤尚机器，辫发长垂，行动摇舞，误缠机器，可以立死。今为机器之世，多机器则强，少机器则弱，辫发与机器不兼容者也。且兵争之世，执戈跨马，辫尤不便，其势不能不去之。欧美百数十年前，人皆辫发也，至近数十年，机器日新，兵事日精，乃尽剪之。今既举国皆兵，断发之俗，万国同风矣。且垂辫既易污衣，而蓄发尤增多垢，衣污则观瞻不美，沐难则卫生非宜，梳刮则费时甚多，若在外国，为外人指笑，儿童牵弄，既缘国弱，尤遭戏侮，斥为豚尾，出入不便，去之无损，留之反劳。断发虽始于热地之印度，创于尚武之罗马，而泰伯至德，端委治吴，何尝不先行断发哉！

夫五帝不沿礼，三王不袭乐，但在通时变以宜民耳。故俄彼得游历而归，日明治变法伊始，皆先行断发易服之制，岂不畏矫旧易俗之难哉？盖欲以改民视听，导民尚武，与欧美同俗，而习忘之，以为亲好，故不惮专制强力以易之也。且夫立国之得失，在乎治法，在乎人心，诚不在乎服制也。然以数千年一统儒缓之中国，褒衣博带，长裾雅步，而施之万国竞争之世，亦犹佩玉鸣琚，以走趋救火也，诚非所宜矣。窃闻德之冑子，以拔刀为戏，以面瘢为荣，虽好勇斗狠，不足为训，然其尚武至于如是也，夫是以强，然吾兵服，亦复宽衣博袖，悬于各国博物院，与金甲相比较，岂不重可怪笑哉？

夫西服未文，然衣制严肃，领袖白洁，衣长后衽，乃孔子三统之一，大冠似箕，为汉世士夫之遗。革鸟为楚灵王之制，短衣为齐桓之服，故发尚武之风，趋尚同之俗，上法泰伯、主父、齐桓、魏文之英风，外取俄彼得、日明治之变法。皇上身先断发易服，诏天下同时断发，与民更始，令百官易服而朝，其小民一听其便，则举国尚武之风，跃跃欲振，更新之气，光彻大新。虽守旧固蔽之夫，览镜顾影，亦不得不俛徇维新之令，而无复敢为公孙成等之阻挠矣。其于推行维新之政，犹顺风而披偃草也。

抑臣更有请者，将行实政，尤在先播声灵，元历何关实事，而人心尤多系之。昔日本明治元年，大誓维新，定布五条。今皇上决行维新，亦宜大誓改元，以昭国是，定民志。伏乞大集群臣，誓于天坛太庙,上告天祖,下告臣民,亦若日本布告五事,即以今年改元为维新元年,与天下更始,俾举国臣民回首面内,改视易听,同奉圣意,咸与维新。其于振动举国之精神,必有大效。伏惟圣意裁察,维新幸甚,中国幸甚。伏乞皇上圣鉴,谨奏。

中国史学会主编《戊戌变法》(二),第263—264页

第二十八回
上　谕

光绪二十四年八月初六日(1898年9月21日)

谕军机大臣等:工部候补主事康有为,结党营私,莠言乱政,履经被人参奏,着革职。并其弟康广仁,均着步军统领衙门拿交刑部,按律治罪。

《京报》1898年9月30日

《申报》1898年10月10日

中国史学会主编《戊戌变法》(二),第99页

第二十八回
上　谕

光绪二十四年八月初七日(1898年9月22日)

电寄荣禄,工部候补主事康有为,现经降旨革职拿办。兹据步军统领衙门奏称,该革员业已出京,难免不由天津航海脱逃,着荣

禄于火车到处,及塘沽一带,严密查拿,并着李希杰、蔡钧、明保于轮船到时,立即捕获,毋任避匿租界为要。[1]

中国史学会主编《戊戌变法》(二),第100页

第二十九回
上　谕

光绪二十四年八月十九日(1898年10月4日)

都察院奏,遵查四品京堂王照,并无下落一折。该员畏罪避匿,实难姑容,候补四品京堂王照,着即行革职,交步军统领、顺天府、五城一体严拿务获。并着顺天府府尹,督饬宁河县知县,将该革员原籍家产,一律查抄,毋任隐匿。

《申报》1898年10月6日
中国史学会主编《戊戌变法》(二),第106页

第二十九回
上　谕

光绪二十四年八月十六日(1898年10月1日)

电寄谭钟麟,已革工部主事康有为,已革举人梁启超,情罪重

---

[1]　按,据报载新闻,初七日停止火车系荣禄传令。"是夜督辕迭接京电,遂于夜半之后,札行津芦铁路总局,称有密件,饬于初七日暂且停车,京师亦未开车搭客前来。"《津友述国事要闻》,《申报》1898年9月28日,第2版。

大，现饬革职拿办，所有该革员等原籍财产，着谭钟麟督饬该地方官，迅速严密查抄。该家属例应缘坐，着一并严拿到案，一面根究康有为、梁启超下落，一面悬赏购缉，克日电奏。

中国史学会主编《戊戌变法》（二），第105页

第二十九回
上　谕

光绪二十四年八月初九日（1898年9月24日）

谕军机大臣等：张荫桓、徐致靖、杨深秀、杨锐、林旭、谭嗣同、刘光第，均着先行革职，交步军统领衙门，拿解刑部治罪。

《京报》1898年9月30日

《申报》1898年10月10日

中国史学会主编《戊戌变法》（二），第100页

第三十回
上　谕

光绪二十四年八月初十日（1898年9月25日）

电寄荣禄，着即刻来京，有面询事件。直隶总督及北洋大臣事务，着袁世凯暂行护理。

中国史学会主编《戊戌变法》（二），第100页

第三十四回
上　谕

光绪二十四年八月十一日(1898年9月26日)

徐致靖等一案,着派御前大臣会同军机大臣、刑部、都察院审讯,限三日具奏。

刑部奏,案情重大,请钦派大臣会同审讯一折。所有官犯徐致靖、杨深秀、杨锐、林旭、谭嗣同、刘光第,并康有为之弟康广仁,着派军机大臣,会同刑部、都察院,严行审讯。其张荫桓屡经被人参奏,声名甚劣,惟尚非康有为之党,着刑部暂行看管,听候谕旨。至康有为结党营私,情罪重大,业将附和该犯之徐致靖等,交部严讯。此外官绅中难保无被其诱惑之人,朝廷政存宽大,概不深究株连,以示明慎用刑至意。

《申报》1898年9月28日

中国史学会主编《戊戌变法》(二),第102页

第三十五回
上　谕

光绪二十四年八月十三日(1898年9月28日)

谕军机大臣等:康广仁、杨深秀、杨锐、林旭、谭嗣同、刘光第等,大逆不道,着即处斩,派刚毅监视,步军统领衙门,派兵弹压。

中国史学会主编《戊戌变法》(二),第102页

第三十五回
上　谕

光绪二十四年八月十四日（1898 年 9 月 29 日）

　　朱笔谕：近因时事多艰，朝廷孜孜求治，力求变法自强，凡所设施，无非为宗社生民之计。朕忧勤宵旰，每切兢兢，乃不意主事康有为，首倡邪说，惑世诬民，而宵小之徒，群相附和，乘变法之际，隐行其乱法之谋，包藏祸心，潜图不轨。前日竟有纠约乱党谋围颐和园，劫制皇太后，陷害朕躬之事，幸经觉察，立破奸谋。又闻该乱党私立保国会，言"保中国不保大清"，其悖逆情形，实堪发指。朕恭奉慈闱，力崇孝治，此中外臣民之所共知。康有为学术乖僻，其平日著作，无非离经畔道，非圣无法之言。前因其素讲时务，令在总理各国事务衙门章京上行走，旋令赴上海办官报局，乃竟逗遛辇下，构煽阴谋，若非仰赖祖宗默佑，洞烛几先，其事何堪设想？

　　康有为实为叛逆之首，现已在逃，着各直省督抚一体严密查拿，极刑惩治。举人梁启超与康有为狼狈为奸，所著文字，语多狂谬，着一并严拿惩办。康有为之弟康广仁，及御史杨深秀，军机章京谭嗣同、林旭、杨锐、刘光第等，实系与康有为结党，隐图煽惑。杨锐等每于召见时，欺蒙狂悖，密保匪人，实属同恶相济，罪大恶极，前经将各该犯革职，拿交刑部讯究。旋有人奏，稽延日久，恐有中变。朕熟思审处，该犯等情节较重，难逃法网，供语多牵涉，恐致株连，是以未俟覆奏，于昨日谕令将该犯等即行正法。此事为非常之变，附和奸党，均已明正典刑，康有为首创逆谋，恶贯满盈，谅亦难逃显戮。现在罪案已定，允宜宣示天下，俾众咸知。

我朝以礼教立国，如康有为之大逆不道，人神所共愤，即为覆载所不容，鹰鹯之逐，人有同心。至被其诱惑、甘心附从者，党类尚繁，朝廷亦皆查悉。朕心存宽大，业经明降谕旨，概不深究株连。嗣后大小臣工，务当以康有为为炯戒，力扶名教，共济时艰。所有一切自强新政，胥关国计民生，不特已行者，亟应实力奉行；即尚未兴办者，亦当次第推广，于以挽回积习，渐臻上理，朕实有厚望焉。将此通谕知之。

《京报》1898年9月29日
《申报》1898年10月2日
中国史学会主编《戊戌变法》(二)，第102—103页

第三十五回
上　谕

光绪二十四年八月十四日（1898年9月29日）

已革户部左侍郎张荫桓，居心巧诈，行踪诡秘，趋炎附势，反复无常，着发往新疆，交该巡抚严加管束。沿途经过地方，着各该督抚等，遴派妥员押解，毋稍疏虞。已革翰林院侍读学士徐致靖，着刑部永远监禁。翰林院编修湖南学政徐仁铸，着革职永不叙用。

《申报》1898年10月2日
中国史学会主编《戊戌变法》(二)，第104页

附录三：《康梁演义》代表性版本封面、绣像和插图

1.《绣像捉拿康梁二逆演义》，北京大学图书馆藏本

封面题《康梁演义》，书前有古润埜道人序。

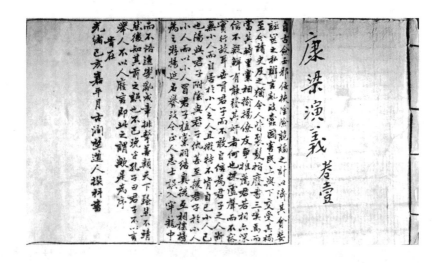

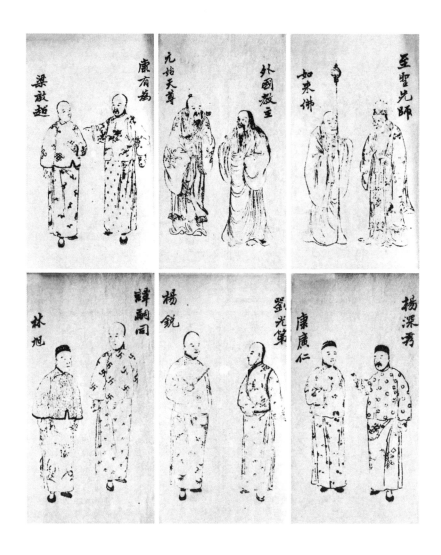

2.《绣像康梁乱国始末演义》,哈佛大学燕京图书馆藏本
颠翁题,韩南教授旧藏。

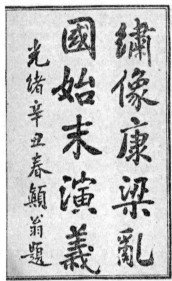

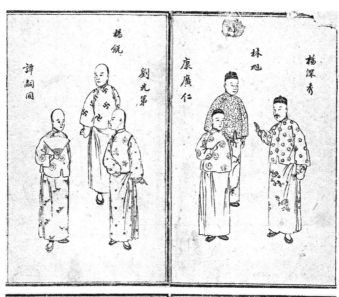

绣像投笔廬康梁演義卷一

第一回　國阜民康萬民向化　恨前猷退一宿滔逃

話說我朝自定鼎以來，平日久遠上古，亦無我朝建立之功。武更專心，保我國赤膽忠心。且生界以武為界，文相佐以治，海晏河清風景明。如前朝之盛，文武兼備，有道之君，海內昇平萬姓有道。可深仁厚澤，涵濡其家，深治本朝之忠，不盡萬萬年。雜家兄弟之人，才出文如胡文忠之忠臣，曾國藩沈文正之忠良，授中興之功臣。然吾朝授其民心，而國上下君恩和几年。天下四百兆人民之眾，模樣照耀。威福所御，耕耘種社稷之功，武德式微，當盡其民衷社稷之根，如向康張招致安富，授中國一千六百生靈之命，以無窮民惠其大，經大小州縣沈君出之賢豪，國之忠良以治他國。如向康，由難咸豐之戰，海軍屢屢軍艦，殺我之由難，由中帶兵諸將領軍各不願軍心不因由丸扣粮餉等情，以我國老官諸大臣，俯如所謂上古景耕耘王師授以所臣，洋人，聯為而外洋各國。威德如此不因由丸扣粮餉為之，我國家仁厚為之。

3.《绣像康梁演义》,复旦大学图书馆藏本

赵景深旧藏。

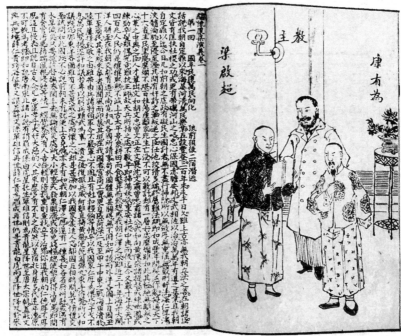

4.《绣像康梁演义》,"中研院" 傅斯年图书馆藏本

子明氏署,第一至二十回署《抄刻康梁新书》,第二十一至四十回署《续刻康祖诒梁启超新书》。

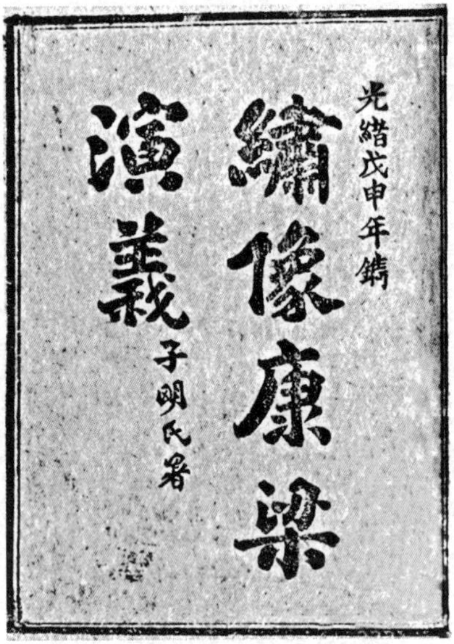

光緒戊申年鐫

繡像康梁演義

子明氏著

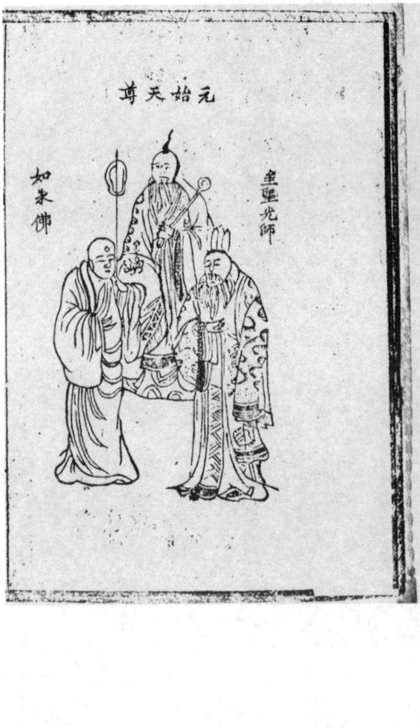

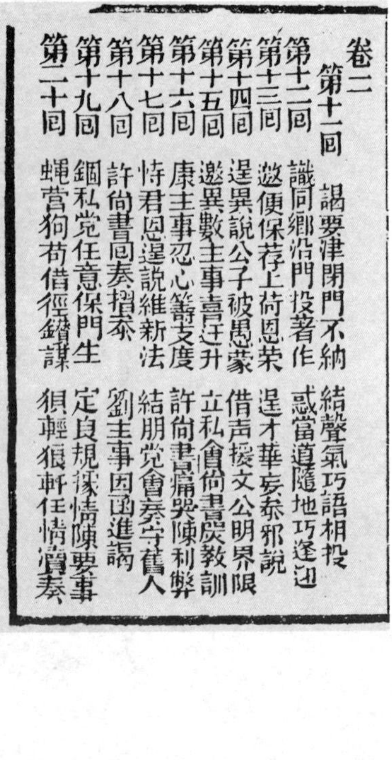

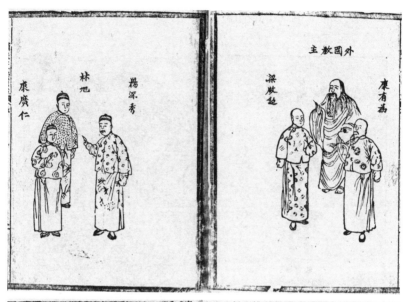

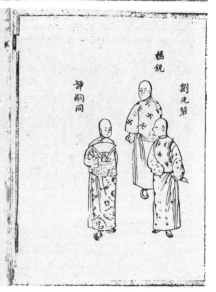

康梁演義卷一

第一回　國阜民康萬民向化　很前很後二俏潛逃

話說我朝自定鼎以來海晏河淸萬民樂業五穀豐登三百年來承平日久雖上古亦無我朝立法之善在朝諸臣文皆有匡扶社稷之功武更有帶礪河山之器忠心保國赤胆安邦文武相佐以治治萬萬年有道之基業且我朝自定鼎以迄今日凡如前朝之虐政有硔民生罔計者無不盡行掃除所以無厚歛無重徭無嚴刑苟罰深仁厚澤浹髓淪肌至優至渥其間有奸詐之輩叛逆之臣任他佼猾多端終屬難

5.《维新小说康有为》,上海同文书局版

茂苑朱斗南题,1909年版。

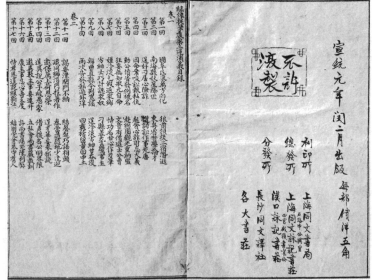

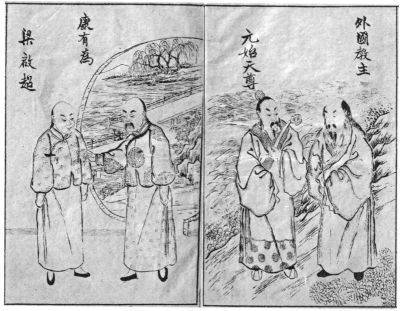

6.《康圣人演义》，上海广益书局版

胡协寅校勘。

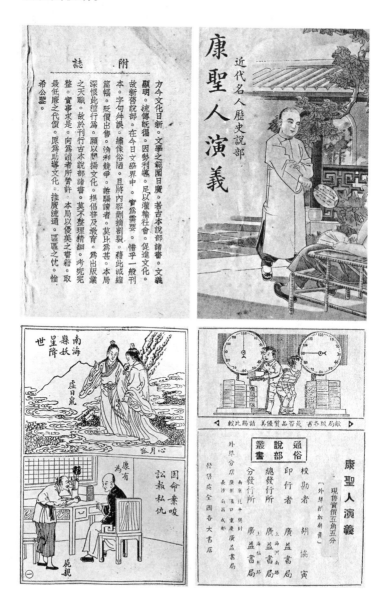

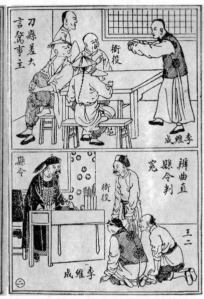

第一回

國皇民康萬民向化　狼前狠後二盜潛逃

图书在版编目（CIP）数据

康梁演义 /（清）佚名著；宋雪编校. -- 上海 ：
上海古籍出版社，2025.8. -- ISBN 978-7-5732-1721-9

Ⅰ. I242.4

中国国家版本馆CIP数据核字第2025BU1050号

康梁演义

〔清〕佚名　著

宋　雪　编校

上海古籍出版社出版发行

（上海市闵行区号景路 159 弄 1-5 号 A 座 5F　邮政编码 201101）

（1）网址：www. guji. com. cn

（2）E-mail：guji1 @ guji. com. cn

（3）易文网网址：www. ewen. co

上海展强印刷有限公司印刷

开本 890×1240　1/32　印张 8.5　插页 2　字数 191,000

2025 年 8 月第 1 版　2025 年 8 月第 1 次印刷

ISBN 978-7-5732-1721-9

K·3918　定价：52.00 元

如有质量问题，请与承印公司联系

电话：021-66366565